Hulda Hermannsdóttir, Kommissarin bei der Polizei Reykjavík, soll
frühzeitig in Ruhestand gehen, um Platz für einen jüngeren
Kollegen zu machen. Sie darf sich einen letzten Fall, einen *cold case*,
aussuchen – und sie weiß sofort, für welchen sie sich entscheidet.
Der Tod einer jungen Frau wirft während der Ermittlungen
düstere Rätsel auf, und die Zeit, um endlich die Wahrheit ans
Licht zu bringen, rennt. Eine Wahrheit, für die Hulda ihr eigenes
Leben riskiert …

RAGNAR JÓNASSON, 1976 in Reykjavík geboren, ist Mitglied
der britischen Crime Writers' Association und Mitbegründer
des »Iceland Noir«, dem internationalen isländischen Krimifestival.
Seine Bücher, darunter die preisgekrönte »Hulda-Serie« sowie
die »Dark-Iceland-Serie« werden weltweit gefeiert und erscheinen
in 36 Ländern mit einer Gesamtauflage von 5 Millionen Büchern.
Er lebt und arbeitet als Schriftsteller und Investmentbanker in
der isländischen Hauptstadt und unterrichtet an der Universität
außerdem Rechtswissenschaften.

Ragnar Jónasson

DUNKEL

Thriller

*Aus dem Englischen
von Kristian Lutze*

btb

Die isländische Originalausgabe erschien 2015
unter dem Titel *Dimma* bei Veröld, Reykjavík.
Übersetzt wurde von der englischen Ausgabe, © Victoria Cribb,
erschienen 2018 unter dem Titel *The Darkness* bei Michael Joseph,
einem Imprint von Penguin Books Ltd., London.

Der Verlag behält sich die Verwertung der urheberrechtlich
geschützten Inhalte dieses Werkes für Zwecke des Text- und
Data-Minings nach § 44 b UrhG ausdrücklich vor.
Jegliche unbefugte Nutzung ist hiermit ausgeschlossen.

Penguin Random House Verlagsgruppe FSC® N001967

2. Auflage
Genehmigte Taschenbuchausgabe Mai 2025
Copyright © der Originalausgabe 2015 by Ragnar Jónasson
Published by Agreement with
Copenhagen Literary Agency ApS, Copenhagen
Copyright © der deutschsprachigen Ausgabe 2020 btb Verlag
in der Penguin Random House Verlagsgruppe GmbH,
Neumarkter Straße 28, 81673 München
produktsicherheit@penguinrandomhouse.de
(Vorstehende Angaben sind zugleich Pflichtinformationen nach GPSR)

Covergestaltung: semper smile, München
Covermotiv: © plainpicture / Conny Hepting; Shutterstock / MoonRock
Satz: GGP Media GmbH, Pößneck
Druck und Einband: GGP Media GmbH, Pößneck
MA · Herstellung: bb
Printed in Germany
ISBN 978-3-442-77549-1

www.btb-verlag.de
www.facebook.com/penguinbuecher

Für meine Mutter

»Zorn verbiegt wie ein Blitzschlag aus der Hölle sämtliche Glieder eines Menschen und entfacht ein Inferno in seinen Augen ...«

Bischof Jón Vídalín

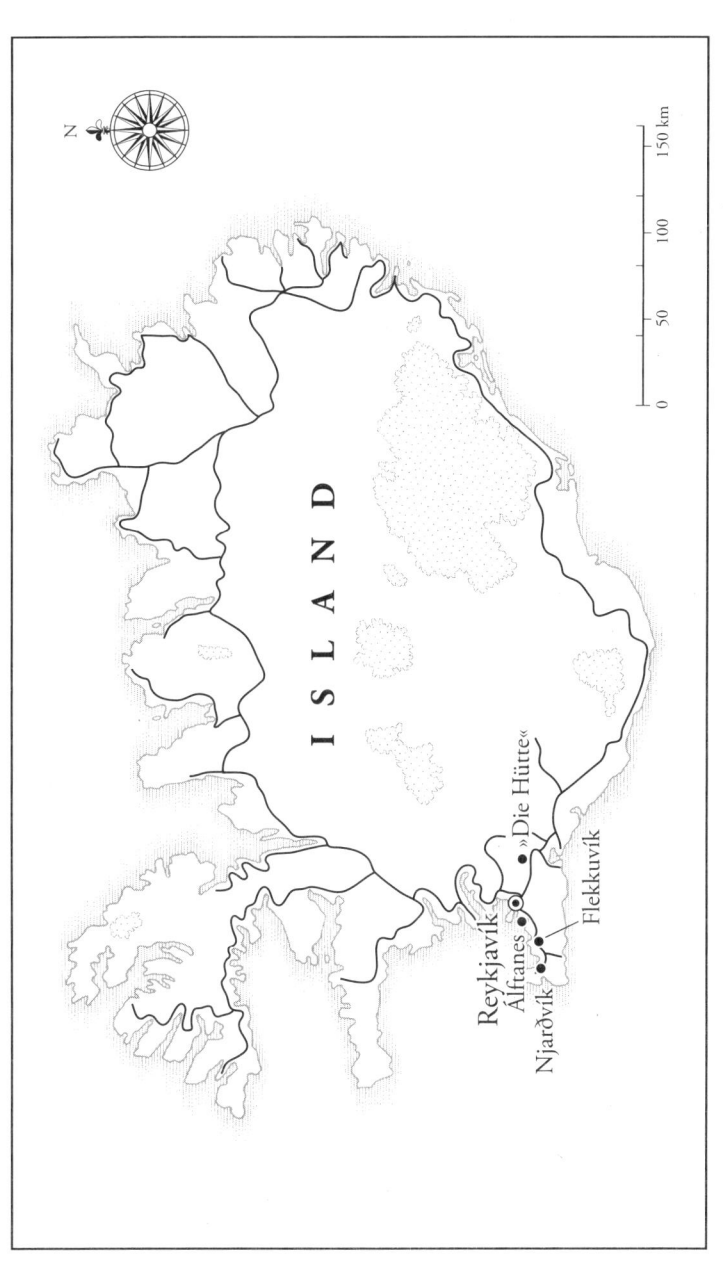

TAG EINS

I

»Wie haben Sie mich gefunden?«, fragte die Frau. Ihre Stimme zitterte, sie wirkte verängstigt.

Kommissarin Hulda Hermannsdóttir merkte auf, obwohl sie das Spiel lange und gut genug kannte, um zu wissen, dass Befragte zu nervösen Reaktionen neigten, selbst wenn sie nichts zu verbergen hatten. Eine Befragung durch die Polizei war immer einschüchternd, egal ob bei einer offiziellen Vernehmung auf der Polizeistation oder bei einem informellen Gespräch wie diesem. Sie saßen sich in der winzigen Teeküche neben der Personalkantine eines Pflegeheims in Reykjavík gegenüber, wo die Frau arbeitete. Sie war um die vierzig, hatte kurzes Haar und sah müde aus. Huldas unangemeldeter Besuch hatte sie sichtlich aus der Fassung gebracht. Dafür mochte es natürlich eine vollkommen unschuldige Erklärung geben, aber Hulda war sich fast sicher, dass die Frau etwas zu verbergen hatte. Im Laufe der Jahre hatte Hulda in zahllosen Gesprächen mit Verdächtigen ein Gespür dafür entwickelt, wann jemand sie hinters Licht führen wollte. Manche hätten es vielleicht Intuition genannt, doch Hulda mochte das Wort nicht, weil es für sie eine Umschreibung für nachlässige Ermittlungsarbeit war.

»Wie ich Sie gefunden habe?«, wiederholte sie ruhig.

»Wollten Sie denn nicht gefunden werden?« Sie drehte der Frau die Worte im Mund herum. Irgendwie musste sie das Gespräch in Gang bringen.

»Was? Ja …« Ein Hauch von Kaffeegeruch lag in der Luft – Duft konnte man es nicht nennen –, der beengte Raum wirkte düster, das altmodische Mobiliar trist und rein funktional.

Als die Frau ihre Hand hob und an die Wange führte, hinterließ sie auf der Tischplatte einen feuchten Abdruck. Dieser verräterische Hinweis hätte Hulda normalerweise gefreut, aber diesmal empfand sie keine Genugtuung.

»Ich muss Sie nach einem Zwischenfall fragen, der sich in der vergangenen Woche ereignet hat«, fuhr Hulda nach einer kurzen Pause fort. Wie üblich sprach sie ein wenig zu schnell, in einem freundlichen, munteren Ton, der zu der Persönlichkeit passte, die sie sich für ihren Beruf zugelegt hatte, selbst angesichts einer so schwierigen Aufgabe wie dieser. Wenn sie abends allein zu Hause saß und all ihre Kraft verbraucht war, konnte sie auch das Gegenteil sein und sich von Erschöpfung und Depression überwältigen lassen.

Die Frau nickte. Sie wusste offensichtlich, was als Nächstes kam.

»Wo waren Sie am Freitagvormittag?«

»Bei der Arbeit, soweit ich mich erinnere«, kam die

prompte Antwort, und Hulda war fast erleichtert, dass die Frau nicht kampflos aufgab.

»Sind Sie sich da sicher?«, fragte sie. Sie lehnte sich, wie fast immer bei einer Vernehmung, mit verschränkten Armen zurück und beobachtete die Reaktion der Frau genau. Manche deuteten diese Haltung als defensiv oder als Ausdruck mangelnden Mitgefühls. Defensiv? Von wegen. Sie machte das nur, damit ihr die Hände nicht in die Quere kamen, wenn sie sich konzentrieren musste. Und was das mangelnde Mitgefühl betraf, fand Hulda, dass sie emotional nicht noch mehr investieren musste, als sie es ohnehin schon tat: Der Beruf verlangte ihr auch so genug ab, denn sie führte ihre Ermittlungen sehr engagiert und beinahe zwanghaft korrekt.

»Sind Sie sich sicher?«, wiederholte sie. »Das können wir leicht überprüfen. Sie möchten doch nicht bei einer Lüge ertappt werden.«

Die Frau sagte nichts, doch ihr Unbehagen war mit Händen zu greifen.

»Ein Mann wurde angefahren«, fuhr Hulda nüchtern fort.

»Oh?«

»Ja, das haben Sie bestimmt in der Zeitung oder im Fernsehen gesehen.«

»Was? Hm, kann sein ...« Nach kurzem Schweigen fragte die Frau: »Wie geht es ihm?«

»Er wird überleben, falls Sie das wissen wollten.«

»Nein, eigentlich nicht ... Ich ...«

»Aber er wird nie mehr vollständig gesund werden. Er liegt immer noch im Koma. Sie wissen also, welchen Unfall ich meine?«

»Ich ... Ich muss irgendwo davon gelesen haben ...«

»Die Zeitungen haben nicht darüber berichtet, aber der Mann war vorbestraft wegen sexuellen Missbrauchs von Kindern.« Die Frau reagierte nicht, deshalb fuhr Hulda fort: »Aber das wussten Sie bestimmt, als Sie ihn angefahren haben.«

Immer noch keine Reaktion.

»Er wurde vor Jahren zu einer Gefängnisstrafe verurteilt und hat seine Zeit abgesessen.«

»Wie kommen Sie darauf, dass ich etwas damit zu tun habe?«, fiel die Frau ihr ins Wort.

»Er hatte seine Strafe wie gesagt abgesessen. Wie wir im Zuge unserer Ermittlung festgestellt haben, heißt das allerdings nicht, dass der Mann aufgehört hat. Sehen Sie, wir hatten Anlass zu der Vermutung, dass dieser Unfall mit Fahrerflucht vielleicht gar kein Unfall war. Deshalb haben wir auf der Suche nach einem möglichen Motiv seine Wohnung durchsucht. Und da haben wir all diese Bilder gefunden.«

»Bilder?«, fragte die Frau erschüttert. »Was für Bilder?« Sie hielt den Atem an.

»Von Kindern.«

Die Frau wollte offensichtlich verzweifelt mehr wissen, verkniff sich jedoch jedes weitere Wort.

»Ihr Sohn war eines dieser Kinder«, beantwortete Hulda die unausgesprochene Frage.

Jetzt strömten Tränen über das Gesicht der Frau. »Bilder ... von meinem Sohn«, stammelte sie unter Schluchzen.

»Warum haben Sie ihn nicht angezeigt?«, fragte Hulda und strengte sich an, nicht vorwurfsvoll zu klingen.

»Was? Ich weiß nicht ... Natürlich hätte ich das machen sollen ... Aber ich habe an *ihn* gedacht, verstehen Sie? An meinen Sohn. Ich habe es nicht über mich gebracht, ihm das anzutun. Er hätte ... Leuten davon erzählen müssen ... vor Gericht aussagen. Vielleicht war es ein Fehler ...«

»Den Mann zu überfahren? Ja, das war ein Fehler.«

»Also ...«, fuhr die Frau nach kurzem Zögern fort, »ja ... aber ...«

Hulda wartete ab. Sie wollte der Frau Zeit geben, ihr Geständnis selbst zu formulieren. Und sie wartete nach wie vor darauf, dass sich endlich die übliche Genugtuung einstellte, ein Verbrechen aufgeklärt zu haben. Normalerweise war es ihr sehr wichtig, im Job zu glänzen, und sie war stolz auf die Zahl schwieriger Fälle, die sie im Laufe der Jahre gelöst hatte. Diesmal aber war sie nicht restlos davon überzeugt, dass die Frau, die ihr gegenübersaß, tatsächlich die wahre Schuldige war – ungeachtet ihrer Tat. Wenn überhaupt, war sie ein weiteres Opfer.

Die Frau schluchzte jetzt unkontrolliert. »Ich ... Ich habe beobachtet ...«, stammelte sie und brach dann erstickt ab.

»Sie haben ihn beobachtet? Sie wohnen in derselben Gegend, oder?«

»Ja«, flüsterte die Frau. Sie bekam ihre Stimme wieder unter Kontrolle, und Wut verlieh ihr unerwartete Kraft. »Ich habe das Schwein im Auge behalten. Die Vorstellung, dass er einfach weitermachen könnte, war für mich unerträglich. Ich hatte Albträume davon, hab mir ausgemalt, wen er sich als Nächstes schnappt … Und … Das alles ist meine Schuld, weil ich ihn nicht einfach angezeigt habe …«

Hulda nickte. Das war durchaus nachvollziehbar.

»Dann habe ich ihn in der Nähe der Schule entdeckt, als ich meinen Sohn dort abgesetzt habe. Ich habe den Wagen geparkt und ihn beobachtet. Er hat mit ein paar Jungs geredet, mit diesem … diesem widerlichen Grinsen im Gesicht. Dann hat er eine Weile beim Spielplatz herumgelungert, und ich bin wütend geworden. Er hat einfach nicht aufgehört. Männer wie er hören nie auf!« Sie fuhr sich mit der Hand über die Wangen, doch die Tränen strömten weiter.

»Okay …«

»Dann bot sich aus heiterem Himmel die Gelegenheit. Als er von der Schule wegging, bin ich ihm gefolgt. Er hat die Straße überquert. Sonst war niemand da, niemand, der mich hätte sehen können, und da hab ich einfach Gas gegeben. Ich weiß nicht, was ich mir dabei gedacht habe … Eigentlich hab ich gar nicht gedacht.« Die Frau brach erneut in lautes Schluchzen aus und vergrub ihr Gesicht in den Händen, bevor sie zitternd fortfuhr: »Ich wollte ihn nicht töten, jedenfalls glaube ich nicht, dass ich das wollte.

Ich hatte bloß Angst, und ich war wütend. Was passiert jetzt mit mir? Ich kann nicht … Ich kann nicht ins Gefängnis. Wir sind nur zu zweit, mein Sohn und ich. Mit seinem Vater kann ich nicht rechnen, der wird ihn nie bei sich aufnehmen …«

Hulda stand wortlos auf und legte eine Hand auf die Schulter der Frau.

II

Die junge Mutter wartete vor der Glasscheibe. Wie üblich hatte sie sich schick gemacht für den Besuch. Ihr bester Mantel sah zwar leicht abgetragen aus, aber das Geld war knapp, da musste dieser Mantel eben reichen. Man ließ sie hier jedes Mal warten, als wollte man sie bestrafen, sie an ihren Fehler erinnern und ihr die Gelegenheit geben, ihn sich ein ums andere Mal zu vergegenwärtigen. Zu allem Überfluss hatte es draußen geregnet, und ihr Mantel war nass.

Schweigend verbrachte sie die Minuten, die sich wie eine Ewigkeit anfühlten, bis endlich eine Schwester mit dem kleinen Mädchen im Arm den Raum betrat. Immer wenn sie ihre Tochter durch die Glasscheibe sah, krampfte sich ihr das Herz zusammen. Sie fühlte sich wie erdrückt vor Verzweiflung, die sie jedoch tapfer zu verbergen versuchte. Obwohl das Kind erst sechs Monate alt war – heute auf den Tag genau – und sich später wahrscheinlich nicht mehr an die Besuche erinnern würde, spürte die Mutter, wie wichtig es war, dass alle Erinnerungen, die ihre Tochter vielleicht einmal haben würde, positiv wären, dass diese Besuche glückliche Anlässe sein mussten.

Aber das Kind sah alles andere als glücklich aus und reagierte, was noch schlimmer war, fast gar nicht auf das Gesicht hinter der Scheibe. Sie hätte genauso gut eine Fremde sein können, irgendeine Frau in einem nassen Mantel, die das Kind nie zuvor im Leben gesehen hatte. Dabei war es noch nicht lange her, dass es in der Entbindungsstation in den Armen der Mutter gelegen hatte.

Die Frau durfte das Mädchen zweimal pro Woche besuchen. Das war nicht genug. Jedes Mal spürte sie, wie die Distanz zwischen ihnen wuchs – bloß zwei Besuche pro Woche und durch eine Glasscheibe voneinander getrennt.

Die Mutter versuchte, etwas zu ihrer Tochter zu sagen, versuchte, durch das Glas zu ihr zu sprechen. Sie wusste, dass die Kleine sie hören konnte, aber was sollten Worte ausrichten? Das Mädchen war noch zu klein, um sie zu verstehen. Was es brauchte, war, in den Armen ihrer Mutter gewiegt zu werden.

Mit Tränen in den Augen lächelte sie ihre Tochter an, versicherte ihr leise, wie sehr sie sie liebte. »Sieh zu, dass du genug isst«, sagte sie. »Sei ein braves Mädchen bei den Schwestern.« Dabei wollte sie nichts lieber, als das Glas zu zertrümmern, ihre Tochter aus den Armen der Schwester zu reißen, sie fest an sich zu drücken und nie wieder loszulassen.

Unwillkürlich war sie ganz dicht an die Scheibe getreten. Sie klopfte vorsichtig dagegen, und der Mund des kleinen Mädchens verzog sich zu einem Lächeln. Der Mutter ging das Herz auf, die erste Träne löste sich aus den Wimpern und kullerte ihr über die Wange. Sie klopfte ein wenig lauter, doch da zuckte das Kind zusammen und fing ebenfalls an zu weinen.

Die Mutter konnte nicht anders, als immer lauter gegen die Scheibe zu klopfen und zu rufen: »Geben Sie sie mir! Ich will meine Tochter!«

Selbst als die Schwester aufstand und mit dem Baby hastig aus dem Raum ging, konnte die Mutter nicht aufhören zu klopfen und zu schreien.

Dann spürte sie plötzlich eine feste Hand an ihrer Schulter. Sie drehte sich zu der älteren Frau um, die hinter ihr stand. Es war nicht ihre erste Begegnung.

»Sie wissen doch, dass das nicht geht«, sagte die Frau sanft. »Wir können Ihre Besuche nicht gestatten, wenn Sie ein solches Aufheben machen. Sie erschrecken Ihr kleines Mädchen.«

Die Worte hallten im Kopf der Mutter wider. Sie hörte all das nicht zum ersten Mal: dass es im Interesse des Kindes sei, keine zu enge Bindung zur Mutter zu entwickeln, weil das die Wartezeit zwischen den Besuchen nur schwieriger mache. Sie müsse verstehen, dass diese Regelung bloß dem Wohle ihrer Tochter diene.

Für sie ergab das alles keinen Sinn. Trotzdem gab sie sich einsichtig, weil sie Angst hatte, dass man ihr die Besuche ansonsten ganz verbieten würde.

Als sie wieder draußen im Regen stand, beschloss sie,

dass sie ihrer Tochter, wenn sie erst wieder vereint wären, nie von dieser Zeit erzählen würde, von der Glasscheibe und der erzwungenen Trennung. Sie hoffte nur, dass die Kleine sich nicht daran erinnern würde.

III

Es ging auf sechs Uhr zu, als Hulda die Befragung der Frau beendet hatte. Sie fuhr direkt nach Hause; sie brauchte Zeit zum Nachdenken, bevor sie die nächsten Schritte unternähme.

Allmählich wurde es Sommer, und die Tage wurden länger, aber von Sonne war noch keine Spur. Nur Regen und noch mehr Regen.

In ihrer Erinnerung waren die Sommer früher wärmer und heller gewesen, sonnendurchflutet. So viele Erinnerungen, zu viele im Grunde. Der Gedanke, dass sie demnächst fünfundsechzig werden würde, war unvorstellbar. Sie fühlte sich nicht, als wäre ihr siebtes Lebensjahrzehnt schon halb vorüber, als würde die Siebzig schon am Horizont lauern.

Sein Alter zu akzeptieren war eine Sache, den Ruhestand hinzunehmen eine ganz andere. Aber es gab kein Entrinnen: Schon bald würde sie in Pension gehen. Nicht dass sie wüsste, wie man sich als Frau in ihrem Alter fühlen sollte. Ihre Mutter war bereits mit sechzig eine alte Frau gewesen, wenn nicht schon früher, aber jetzt, da Hulda selbst an der

Reihe war, konnte sie keinen echten Unterschied zwischen vierundvierzig und vierundsechzig spüren. Vielleicht hatte ihre Kondition gelitten, aber nicht so sehr, dass es aufgefallen wäre. Ihre Augen waren immer noch ziemlich gut, sie hörte allerdings nicht mehr ganz so gut wie früher.

Außerdem hielt sie sich fit, dafür sorgte allein schon ihre Liebe zur Natur. Sie hatte es sogar schriftlich, dass sie keine alte Frau war. »In ausgezeichneter Verfassung«, hatte der junge Arzt, der natürlich viel zu jung gewesen war, um überhaupt Arzt zu sein, bei ihrer letzten Untersuchung erklärt. Genau genommen hatte er gesagt: »In ausgezeichneter Verfassung *für Ihr Alter*.«

Sie hatte ihre Figur behalten, ihr kurzes Haar war bis auf ein paar vereinzelte graue Strähnen immer noch natürlich dunkel. Erst wenn sie in einen Spiegel blickte, sah sie, wo der Zahn der Zeit an ihr genagt hatte. Manchmal traute sie ihren Augen kaum und hatte das Gefühl, das Spiegelbild einer Fremden vor sich zu sehen, die sie lieber nicht wiedererkennen wollte, obwohl ihr das Gesicht vertraut vorkam. Die Falten hier und dort, die Ringe unter den Augen, die schlaffe Haut. Wer war diese Frau, und was machte sie in Huldas Spiegel?

Sie saß in dem Sessel, dem Platz ihrer Mutter, und starrte aus dem Wohnzimmerfenster. Keine berückende Aussicht. Mehr oder weniger, was man aus dem vierten Stock eines Wohnblocks in der Stadt erwarten würde.

So war es nicht immer gewesen. Hin und wieder erlaubte Hulda sich einen flüchtigen Moment der Nostalgie und dachte an früher, an das Familienleben in ihrem Haus am Meer draußen auf Álftanes. Gestattete sich die Erinnerungen. Dort draußen war der Vogelgesang so viel lauter und beharrlicher gewesen; man hatte nur in den Garten hinausgehen müssen, um in der Natur zu sein. Natürlich war es an der Küste oft windig gewesen, aber die frische Meeresluft, so kalt sie auch gewesen sein mochte, war für Hulda ein Lebenselixier gewesen. Wie oft hatte sie unterhalb ihres Hauses am Wasser gestanden, die Augen geschlossen, sich von den Geräuschen der Natur vereinnahmen lassen – vom Donnern der Wellen und Schreien der Möwen – und einfach nur geatmet.

Die Jahrzehnte waren so schnell verflogen. Es kam ihr vor, als wäre sie gerade erst Mutter geworden, als hätte sie gerade erst geheiratet. Doch als sie die Jahre durchzählte, wurde ihr bewusst, dass das bereits ein halbes Leben her war. Die Zeit war wie eine Ziehharmonika: In einem Moment zog sie sich zusammen, im nächsten dehnte sie sich unendlich.

Sie wusste, dass sie ihre Arbeit vermissen würde, ganz gleich, wie oft es sie gekränkt hatte, dass ihr Talent nicht angemessen gewürdigt worden war. Trotz der gläsernen Decke, an die sie so oft gestoßen war.

In Wahrheit hatte sie Angst vor der Einsamkeit, obwohl es einen möglichen Lichtblick am Horizont gab. Sie wusste noch immer nicht, wohin sich die Freundschaft mit dem Mann aus dem Wanderverein entwickeln würde, aber die Möglichkeiten, die ihr diese Freundschaft eröffnete, waren ebenso verlockend wie beunruhigend. Seit sie verwitwet war, war sie mehr oder weniger Single gewesen und hatte die Avancen des Mannes zunächst in keiner Weise ermutigt. Sie hatte endlos über die Nachteile einer neuen Beziehung gegrübelt und sich wegen ihres Alters Sorgen gemacht, was eigentlich ganz untypisch für sie war. Normalerweise gab sie sich alle Mühe, es einfach zu vergessen und sich für im Herzen jung zu halten. Aber diesmal war ihr diese Zahl dazwischengekommen – vierundsechzig! Immer wieder fragte sie sich, ob es wirklich so klug wäre, in diesem Alter eine neue Beziehung einzugehen, bis ihr jedes Mal neu bewusst wurde, dass dies lediglich ein Vorwand war, um kein Risiko eingehen zu müssen. Sie hatte Angst, das war alles.

Aber was immer geschehen würde, Hulda war entschlossen, es langsam angehen zu lassen. Sie mochte den Mann und konnte sich problemlos vorstellen, ihren Lebensabend mit ihm zu verbringen. Liebe war es nicht – sie hatte vergessen, wie sich Liebe anfühlte –, aber das war für sie auch keine Grundvoraussetzung. Sie teilten die Leidenschaft für die freie Natur, was nicht selbstverständlich war, und sie genoss seine Gesellschaft. Allerdings wusste sie auch, dass es noch einen anderen Grund gab, warum sie eingewilligt hatte, ihn nach ihrer ersten Verabredung wiederzusehen. Wenn sie ganz ehrlich zu sich war, war ihre bevorstehende Pensionierung ein entscheidender Faktor gewesen: Sie fand die Aussicht, allein alt zu werden, unerträglich.

IV

Obwohl es sich lediglich um eine schlichte Aufforderung handelte, war Hulda sofort beunruhigt, als sie die E-Mail las. Ihr Vorgesetzter wollte sie gleich frühmorgens sehen, um ein paar Dinge mit ihr zu besprechen. Die E-Mail war spät am Vorabend abgeschickt worden, was an sich schon merkwürdig war; und es sah ihrem Chef auch gar nicht ähnlich, dass er mit *ihr* »ein paar Dinge besprechen« wollte. Zu seinen informellen morgendlichen Runden war sie nie eingeladen gewesen; es waren auch weniger Arbeitsbesprechungen als Seilschaftstreffen für die Jungs, und dazu gehörte Hulda nun mal nicht. Trotz all der Dienstjahre in verantwortlicher Position hatte sie immer das Gefühl gehabt, nicht das volle Vertrauen ihrer Vorgesetzten zu genießen – im Übrigen ebenso wenig wie das der Dienstjüngeren. Die Führungsebene hatte sie bei Beförderungen irgendwann zwar nicht mehr komplett übergehen können, doch nach einer Weile war sie nur noch gegen Mauern gerannt. Die Posten, auf die sie sich beworben hatte, waren in schöner Regelmäßigkeit an jüngere männliche Kollegen vergeben worden, sodass sie sich am

Ende gefügt und sich damit zufriedengegeben hatte, ihren Job als Kommissarin so gut wie nur möglich zu erledigen.

Deshalb war ihr auch ein wenig mulmig, als sie über den Flur zu Magnús' Büro ging. Er reagierte sofort auf ihr Klopfen, war leutselig wie immer, obwohl Hulda den Eindruck hatte, dass seine Freundlichkeit nur aufgesetzt war.

»Setzen Sie sich, Hulda«, sagte er in einem Ton, der sie verärgerte, weil sie darin einen Hauch von Herablassung zu hören glaubte, ob nun beabsichtigt oder nicht.

»Ich habe viel zu tun«, sagte sie. »Ist es wichtig?«

»Setzen Sie sich«, wiederholte er. »Wir müssen uns kurz über Ihre Situation unterhalten.« Magnús war Anfang vierzig und in den Rängen der Polizei rasch aufgestiegen. Er war groß und wirkte körperlich fit, auch wenn sein Haar für einen Mann seines Alters recht schütter war.

Mit sinkendem Mut nahm sie Platz. Ihre Situation?

»Sie haben nicht mehr lange«, begann Magnús lächelnd. Als Hulda nicht reagierte, räusperte er sich und setzte verlegen neu an: »Ich meine, dies ist Ihr letztes Jahr bei uns, stimmt's?«

»Ja, das ist richtig«, bestätigte sie zögernd. »Ich gehe Ende des Jahres in Pension.«

»Genau. Die Sache ist die …« Er hielt inne, als wollte er seine Worte mit Bedacht wählen. »Im kommenden Monat schließt sich uns ein junger Mann an – ein echter Überflieger.«

Hulda war sich nach wie vor nicht sicher, wohin diese Unterhaltung steuerte.

»Er wird für Sie übernehmen«, fuhr Magnús fort. »Wir haben außerordentliches Glück, dass er bei uns anfangen will. Er hätte auch ins Ausland oder in die Privatwirtschaft gehen können.«

Sie fühlte sich, als hätte man ihr einen Schlag in die Magengrube verpasst. »Was? Für mich übernehmen? Was … Was meinen Sie damit?«

»Er wird Ihren Posten und Ihr Büro übernehmen.«

Hulda war sprachlos. Ihre Gedanken rasten. »Wann?«, fragte sie heiser, als sie ihre Stimme wiederfand.

»In zwei Wochen.«

»Aber … Aber was passiert dann mit mir?« Die Nachricht haute sie um.

»Sie können aufhören, sofort. Sie haben doch ohnehin nicht mehr lange. Es geht also nur darum, Ihren Abschied um ein paar Monate vorzuziehen.«

»Aufhören? Sofort?«

»Ja. Bei vollem Gehalt selbstverständlich. Sie werden nicht gefeuert, Hulda! Sie machen einfach ein paar Monate Urlaub und gehen dann nahtlos in den Ruhestand über – natürlich, ohne dass es Auswirkungen auf die Höhe Ihrer Pension hätte. Sie müssen nicht so überrascht gucken. Das ist ein guter Deal. Ich versuche nicht, Sie über den Tisch zu ziehen.«

»Ein guter Deal?«

»Natürlich. Sie haben mehr Zeit für Ihre Hobbys, mehr Zeit für …« Seine Miene verriet, dass er keine Ahnung hatte, was sie in ihrer Freizeit machte. »Mehr Zeit für …«

Wieder brach er mitten im Satz ab. Dass Hulda keine Familie hatte, hätte er wissen müssen.

»Das ist ein sehr freundliches Angebot, aber ich möchte nicht früher in Pension gehen«, erwiderte Hulda mühsam beherrscht. »Trotzdem vielen Dank.«

»Es handelt sich eigentlich nicht um ein Angebot. Ich habe meine Entscheidung bereits getroffen.« Schlagartig war Magnús' Ton schärfer geworden.

»Ihre Entscheidung? Habe ich kein Mitspracherecht?«

»Es tut mir leid, Hulda. Wir brauchen Ihr Büro.«

Und Sie wollen sich mit jüngeren Leuten umgeben, schoss es ihr durch den Kopf.

»Ist das der Dank, den ich bekomme?« Sie hörte selbst, wie zittrig sie klang.

»Nun nehmen Sie es nicht so schwer. Das hat nichts mit Ihren Fähigkeiten zu tun. Kommen Sie, Hulda, Sie wissen, dass Sie eine unserer besten Beamtinnen sind – das wissen wir beide.«

»Aber was ist mit meinen laufenden Fällen?«

»Die meisten habe ich bereits anderen Mitgliedern des Teams zugeteilt. Allerdings könnten Sie vor Ihrem Abschied noch den Neuen ins Bild setzen. Die wichtigste Sache, die Sie zurzeit bearbeiten, ist dieser Unfall mit Fahrerflucht mit dem Pädophilen. Gibt es da irgendwelche Fortschritte?«

Sie überlegte kurz. Für ihr Ego wäre es das Beste, mit einem Triumph zu gehen: Fall abgeschlossen, Geständnis eingetütet. Eine Frau, die in einem Moment des Wahnsinns das Recht in die eigenen Hände genommen hatte, um zu verhindern, dass weitere Kinder in die Klauen eines Sexualstraftäters gerieten. Vielleicht hatte in dem Angriff ja eine Art Gerechtigkeit gelegen, die angemessene Vergeltung ...

»Ich fürchte, ich bin einer Lösung noch kein Stück näher gekommen. Wenn Sie mich fragen, war es ein Unfall. Ich rate, den Fall fürs Erste zu den Akten zu legen und zu hoffen, dass der Fahrer sich zu gegebener Zeit freiwillig meldet.«

»Hm, in Ordnung. Okay. Sehr gut. Wir werden Ende des Jahres einen kleinen Empfang ausrichten, um Sie zu verabschieden, wenn Sie offiziell in Pension gehen. Aber Sie können Ihren Schreibtisch schon heute räumen, wenn Sie wollen.«

»Sie möchten, dass ich ... heute aufhöre?«

»Sicher, wenn Sie wollen? Sie können natürlich auch noch ein, zwei Wochen bleiben, wenn Ihnen das lieber ist.«

»Ja, bitte«, sagte sie und bereute das »bitte« sofort. »Ich höre auf, wenn der Neue anfängt, aber bis dahin arbeite ich weiter an meinen Fällen.«

»Die sind wie gesagt bereits alle neu zugeteilt worden. Aber Sie könnten, also ... Sie könnten sich natürlich jederzeit einen ungelösten Fall vornehmen – was immer Ihnen gefällt. Wie finden Sie das?«

Sie verspürte kurz den Impuls aufzuspringen, aus dem Zimmer zu stürmen und nie mehr zurückzukehren, doch diese Genugtuung gönnte sie ihm nicht.

»Fein, das werde ich machen. Irgendein Fall, der mir gefällt?«

»Ähm, ja, unbedingt. Was immer Sie wollen. Irgendwas, damit Sie beschäftigt sind.«

Hulda hatte den Eindruck, dass Magnús sie vor allem aus seinem Büro raushaben und sich um dringendere Angelegenheiten kümmern wollte.

»Sehr gut. Dann versuche ich mal, mich zu beschäftigen.« Sie stand auf und ging ohne einen Abschiedsgruß oder ein Wort des Dankes.

V

Wie unter Schock taumelte Hulda zurück in ihr eigenes Büro. Sie fühlte sich, als wäre sie gefeuert worden, hochkant rausgeworfen, als ob all ihre Jahre im Polizeidienst nichts zählten. Das war eine vollkommen neue Erfahrung für sie. Und obwohl sie wusste, dass sie übertrieben reagierte, dass sie es nicht so auffassen sollte, konnte sie die Übelkeit, die in ihr hochstieg, nicht mehr hinunterschlucken.

Sie setzte sich an ihren Schreibtisch und starrte mit leerem Blick auf den Bildschirm, ohne auch nur die Energie aufzubringen, den Computer einzuschalten. Ihr Büro, das bis jetzt ihr zweites Zuhause gewesen war, kam ihr mit einem Mal fremd vor, als hätte der Neue es bereits in Beschlag genommen. Ihr alter Schreibtischstuhl fühlte sich unbequem an, der braune Schreibtisch sah antiquiert und abgenutzt aus, die Akten bedeuteten ihr nichts mehr. Die Vorstellung, auch nur einen Moment länger hierzubleiben, war unerträglich.

Sie brauchte etwas, um sich abzulenken. Und was könnte besser sein, als Magnús beim Wort zu nehmen und in ungelösten Fällen zu wühlen? Dabei musste Hulda in Wahrheit nicht mal überlegen: Es gab einen unaufgeklärten Todesfall, der förmlich danach schrie, ihn sich wieder vorzunehmen. Die damalige Ermittlung war von einem ihrer Kollegen durchgeführt worden – sie hatte den Verlauf nur aus der Ferne verfolgt –, doch das könnte sich nun als Vorteil erweisen, weil es sie in die Lage versetzte, die Indizien unvoreingenommen zu betrachten.

Der besagte Todesfall würde fast sicher ein Rätsel bleiben, sofern keine neuen Beweise auftauchten. Aber vielleicht erwies er sich auch als verkappter Segen, als unverhoffte Gelegenheit. Die Tote hatte niemanden gehabt, der für sie eingestanden war, doch für kurze Zeit – wie kurz auch immer – würde Hulda die Rolle ihrer Advokatin übernehmen. In zwei Wochen ließe sich eine Menge erreichen. Zwar machte sie sich keine echten Hoffnungen, den Fall zu lösen, aber sie hätte zumindest ein Ziel vor Augen. Sie war wild entschlossen, jeden einzelnen Tag im Büro zu erscheinen, bis dieser »junge Mann« kam, um sie zu vertreiben. Sie hätte sich natürlich auch beim Personalrat darüber beschweren können, wie mit ihr umgesprungen wurde, und darauf beharren, bis Ende des Jahres ihrem Dienst nachzugehen; doch um darüber nachzudenken, blieb ihr immer noch reichlich Zeit. Im Moment wollte sie ihre Energie auf etwas Positives richten.

Als Erstes rief sie die elektronischen Akten zu dem alten Fall auf, um sich die Details in Erinnerung zu rufen. Man hatte die Leiche der jungen Frau an einem dunklen

Wintermorgen in einer felsigen Bucht am Vatnsleysuströnd gefunden, einem dünn besiedelten Küstenstreifen im Norden der Halbinsel Reykjanes etwa dreißig Kilometer südlich von Reykjavík. Hulda war nie in der Bucht gewesen, hatte nie einen Grund gehabt, dorthin zu fahren, kannte die Gegend jedoch, weil man auf dem Weg zum Flughafen dort vorbeikam. Es war ein öder, windgepeitschter Landstrich, die kargen Lavafelder boten kaum Schutz vor den Stürmen, die regelmäßig in südwestlicher Richtung vom Atlantik hereinfegten.

In den gut zwölf Monaten, die seit dem Leichenfund vergangen waren, war die öffentliche Erinnerung daran verblasst. Nicht dass er damals große mediale Beachtung gefunden hätte. Nach den üblichen Kurzmeldungen war der weiteren Entwicklung wenig Aufmerksamkeit geschenkt und der Fokus auf neuere Nachrichten gerichtet worden. Obwohl Island mit durchschnittlich zwei Morden pro Jahr, mitunter auch weniger, als eins der sichersten Länder der Welt galt, waren Unfalltode durchaus an der Tagesordnung; doch hiesige Journalisten sahen wenig Nutzen darin, darüber zu berichten.

Es war auch nicht die Gleichgültigkeit der Medien, die Hulda damals schon gestört hatte, es war vielmehr der Verdacht, dass der Kollege von der Kriminalpolizei, der in dem Fall ermittelt hatte, nachlässig gearbeitet hatte. Alexander. Sie hatte nie viel Vertrauen in seine Fähigkeiten gehabt. Ihrer Meinung nach war er weder besonders sorgfältig noch besonders intelligent und hielt sich nur durch eine Mischung aus Hartnäckigkeit und guten Beziehungen auf seinem Posten. In einer gerechteren Welt wäre sie in den höheren Rang befördert worden – sie wusste, dass sie klüger, gewissenhafter und erfahrener war als er –, trotzdem war sie auf ihrem Karriereweg stecken geblieben. In solchen Momenten hatte sie sich nicht gegen das nagende Gefühl der Verbitterung wehren können. Sie hätte alles dafür gegeben, über die Macht zu verfügen, einem Ermittler, der seinem Job offensichtlich nicht gewachsen war, den Fall zu entziehen.

Alexanders mangelndes Engagement bei der Ermittlung war bei den Teamsitzungen deutlich zutage getreten. In gelangweiltem Ton hatte er bemüht jedes Indiz präsentiert, das auf einen Unfalltod hindeutete. Auch sein Abschlussbericht war schlampig, wie Hulda jetzt feststellte. Er enthielt eine unbefriedigend kurze Zusammenfassung des Obduktionsberichts und schloss mit dem üblichen Vorbehalt, dass man bei einer aus dem Meer angespülten Leiche unmöglich feststellen könne, ob es eine Fremdeinwirkung gegeben habe. Kaum überraschend hatte die Ermittlung nie etwas Konkretes ergeben, und irgendwann war der Fall zugunsten anderer, »dringenderer« Fälle eingemottet worden. Hulda fragte sich unwillkürlich, ob man anders reagiert hätte, wenn die junge Frau Isländerin gewesen wäre. Jede Wette, dass man den Fall einem kompetenteren Kommissar übertragen hätte, weil von der Öffentlichkeit lautstark Ergebnisse verlangt worden wären.

Die Frau war zum Zeitpunkt ihres Todes siebenundzwanzig Jahre alt gewesen, so alt wie Hulda bei der Geburt ihrer Tochter. Erst siebenundzwanzig, in der Blüte des Lebens: viel zu jung, um Gegenstand einer Polizeiermittlung zu sein, geschweige denn zu einem ungelösten Fall zu werden, dessen Wiederaufnahme niemanden auch nur im Geringsten zu interessieren schien – außer Hulda.

Laut Obduktionsbericht war sie in Salzwasser ertrunken. Ihre Verletzungen deuteten auf eine vorangegangene Körperverletzung hin, aber die Frau konnte ebenso gut gestolpert, gefallen und bewusstlos ins Meer gestürzt sein.

Der Name des Opfers war Elena. Sie war Russin gewesen, hatte erst seit vier Monaten in Island gelebt und hier Asyl beantragt. Vielleicht lag es an der Schnelligkeit, mit der die meisten Elena vergessen hatten, warum es Hulda so schwerfiel, die Sache auf sich beruhen zu lassen. Elena hatte in einem fremden Land Zuflucht gesucht und nur ein nasses Grab gefunden. Und niemanden kümmerte es. Hulda wusste, wenn sie diese letzte Gelegenheit, dem Rätsel auf den Grund zu gehen, nicht ergriff, würde sich nie wieder jemand die Mühe machen, und Elenas Geschichte geriete in Vergessenheit. Sie würde einfach das Mädchen bleiben, das nach Island gekommen und gestorben war.

VI

Hulda fuhr denselben Weg aus Reykjavík nach Süden, den sie früher täglich gependelt war, als sie noch in ihrem kleinen Haus am Meer draußen auf Álftanes gelebt hatten. Sie war seit Jahren nicht mehr dort gewesen, nicht seit das Haus verkauft worden war und sie beschlossen hatte, nie dorthin zurückzukehren. Zu ihrer Rechten tauchte auf der anderen Seite der Bucht die flache grüne Halbinsel auf. Álftanes hatte sich immer fast ländlich angefühlt, eine kleine Welt abseits des urbanen Trubels in Reykjavík, aber mittlerweile waren dort komplett neue Siedlungen entstanden.

Nachdem sie Álftanes hinter sich gelassen hatte und damit auch die Erinnerungen an ihr altes Leben, konzentrierte sie sich wieder auf ihr Ziel, die Kleinstadt Njarðvík in der Nähe des Flughafens Keflavík auf der Halbinsel Reykjanes. Sie war unterwegs zu der Asylbewerberunterkunft, in der Elena laut Fallakte bis zu ihrem Tod gewohnt hatte.

Hulda hätte sich auch den Rest des Tages freinehmen und nach Hause fahren können. Trotz des Regens lag der Frühling in der Luft. Jetzt im Mai blieb es schon spürbar länger hell, und die Abende bargen bereits das Versprechen der Mitternachtssonne. Es war eine wunderbare, lebensbejahende Jahreszeit, die Dunkelheit des Winters im hohen Norden zog sich langsam zurück, die Tage wurden bis Mitte Juni fast unmerklich länger, bis die Nacht vollends vertrieben war. Ihr kam eine Erinnerung an eine jener spektakulären Sommernächte in ihrem alten Haus auf Álftanes in den Sinn: Im Garten hinter dem Haus, wo man so frei hatte atmen und die Sonne ins Meer eintauchen sehen können, während der Himmel weiterhin flammend orange und rot geleuchtet hatte und die Vögel am Ufer in der sanften Abendröte die ganze Nacht durchgezwitschert hatten. In ihrer beengten Stadtwohnung schienen alle Jahreszeiten gleich, die Tage flossen zu einem gleichförmigen Band ineinander, und die Zeit entglitt ihr beunruhigend schnell.

Als wäre der Sommer nicht ohnehin kurz genug. Unmittelbar nach dem Höhepunkt Ende Juni, Anfang Juli kehrte die Dunkelheit schon wieder schleichend zurück, stahl sich erneut in das Leben der Inselbewohner, zunächst nur als Andeutung einer Dämmerung, aber im August, einem von Huldas liebsten Monaten, waren die Nächte schon wieder dunkel und erinnerten an den bevorstehenden Winter.

Nein, jetzt nach Hause zu fahren kam nicht in Frage, nicht nachdem Magnús die Bombe hatte platzen lassen. Eingepfercht in den vier Wänden ihrer Wohnung ohne jede Ablenkung von der deprimierenden Aussicht, ihre

Arbeit schneller als befürchtet aufgeben zu müssen, würde sie einen Koller bekommen. Der Ruhestand war etwas, worauf Hulda sich nie mental vorbereitet hatte. Er war bloß ein Datum gewesen, ein Jahr, ein Alter, alles rein hypothetisch. Bis er heute plötzlich harte Realität geworden war.

Ihre Gedanken kehrten in die Gegenwart zurück. Sie war dankbar für die vierspurig ausgebauten Abschnitte der Strecke, auf denen sie sich rechts halten und die ungeduldigeren Fahrer überholen lassen konnte. Sie fuhr einen Skoda, achtziger Baujahr, ein Überbleibsel aus der Zeit, als die meisten Isländer erschwingliche osteuropäische Autos gefahren hatten – meist sowjetische oder tschechische Modelle, aus Ländern, in die Island Fisch exportierte. Ihr Auto war ein hellgrüner Zweitürer, der nie besonders gut beschleunigt hatte und in letzter Zeit zunehmend häufigerer Reparaturen bedurfte. Hulda war zwar eine praktisch begabte Frau, aber keine Automechanikerin, doch zum Glück kannte sie einen Mann, dessen Lebensinhalt darin bestand, an alten Autos herumzuschrauben, und der ihren treuen alten Skoda fahrtüchtig hielt. Bis jetzt.

Es war lange her, dass Hulda zum letzten Mal an dieser Küste entlang in Richtung Süden gefahren war. Sie hatte so gut wie nie auf der Halbinsel Reykjanes zu tun. Selbst der internationale Flughafen, der die meisten Menschen hierherführte, barg keine Anziehungskraft für sie. Nicht dass sie nicht gern ins Ausland gereist wäre – sie hätte jede Gelegenheit dazu gerne ergriffen –, aber in ihrer finanziellen Lage verboten sich solche Pläne. Nach Deckung der alltäglichen Kosten konnte sie sich von ihrem Gehalt als Polizistin keine Auslandsurlaube leisten. Früher hatte ein solcher Luxus in bequemer Reichweite gelegen. Ihr Mann hatte mit seiner Investmentfirma einen beachtlichen Umsatz erwirtschaftet. Zumindest hatte Hulda das naiverweise angenommen, sodass es ein Schock für sie gewesen war, nach seinem plötzlichen Tod festzustellen, dass ihre finanzielle Sicherheit eine Illusion gewesen war. Nachdem die Anwälte seine Geschäfte entwirrt hatten, war die Summe der geerbten Schulden größer als das Vermögen gewesen. Letztendlich hatte sie ihr schönes Haus verkaufen und im fortgeschrittenen Alter fast wieder bei null anfangen müssen. Sie hatte sich in allen Geldfragen immer voll und ganz auf ihren Mann verlassen und nie eigene Ersparnisse gehabt, deshalb war es alles andere als leicht für sie gewesen zu lernen, mit ihrem neuen, knappen Budget über die Runden zu kommen. Sie hatte zunächst eine kleine Wohnung erworben, die sie wieder verkauft hatte, um sich eine unwesentlich größere in einem Wohnblock zu kaufen. Es war unglaubliches Pech gewesen, dass sie diesen Schritt am Vorabend des Bankenzusammenbruchs mit einer indexgebundenen Hypothek finanziert hatte, sodass sie jetzt auf einem riesigen Schuldenberg saß und horrende monatliche Raten zahlen musste.

Hulda hatte die Fahrt zum Flughafen immer als öde und deprimierend empfunden. Zu beiden Seiten erstreckten sich karg, flach und windgepeitscht dunkle Lavafelder, die im Norden an die tückische graue See grenzten und im Süden nur vom Kegel des Keilir und von weiteren, flacheren Bergen unterbrochen wurden. Es war eine gefährliche Gegend voller verborgener Vulkankrater und Dampfwolken, vernarbt von den gewaltigen Kräften, die hier, wo Island die Kluft zwischen zwei Kontinentalplatten überspannte, unter der Erdoberfläche brodelten. Die Berge waren bei Wanderern beliebt – Hulda hatte etliche von ihnen selbst bestiegen –, aber ansonsten betrachtete man diese Landschaft besser von Weitem, als sie zu erwandern. Wer sich auf die Lavafelder wagte, konnte sich leicht verletzen oder einfach spurlos verschwinden.

Doch heute schien die Sonne über der Halbinsel, auch wenn nach wie vor ein böiger Wind wehte und Hulda, wenn sie sich umdrehte und auf die Bucht hinausblickte, tief hängende Regenwolken über Reykjavík ausmachen konnte. Schließlich zeichnete sich in der gesichtslosen Landschaft zu ihrer Rechten eine Reihe weißer Wohnblocks mit blauen Dächern ab, die die Stadtgrenze von Njarðvík markierten, und sie fuhr von der Hauptstraße ab. Die Kleinstadt war überschaubar, trotzdem kannte sich Hulda nicht aus und kurvte eine Weile orientierungslos durch die Straßen, bis sie die Asylbewerberunterkunft erreichte.

Sie hatte ihren Besuch nicht angekündigt. In ihrer Eile, die bedrückende Atmosphäre der Polizeistation hinter sich zu lassen, die sich sofort nach Erhalt der Hiobsbotschaft über ihr Büro gelegt hatte, war ihr der Gedanke gar nicht gekommen. Stattdessen hatte sie sich ausgemalt, wie die Kollegen auf den Fluren über sie tuschelten, weil alle davon Wind bekommen hatten, dass man sie loswerden wollte, dass sie Geschichte war, überflüssig, abserviert zugunsten eines neueren Modells. Verdammt.

Die junge Frau am Empfang konnte kaum älter sein als fünfundzwanzig. Hulda stellte sich als Polizeibeamtin vor, ohne den Grund für ihren Besuch zu nennen. Die junge Frau zuckte nicht mit der Wimper.

»Ja? Was kann ich für Sie tun? Möchten Sie einen unserer Bewohner sprechen?«

Soweit Hulda wusste, wurde diese Pension ausschließlich zur Unterbringung von Asylbewerbern genutzt. Es war ein wenig einladender Ort. Sie konnte die Verzweiflung in der Luft, das Schweigen und die Anspannung förmlich spüren. Die Wände waren in nüchternem Weiß gehalten, nichts erinnerte an ein Zuhause oder auch nur an ein Hotel. Dies war ein Ort, an dem Menschen in der Schwebe hingen und ihres weiteren Schicksals harrten.

»Nein, ich würde nur gern kurz mit dem Verantwortlichen sprechen.«

»Klar. Das bin ich, Dóra.«

Hulda brauchte einen Moment, um zu begreifen, dass diese junge Frau die Leiterin der Unterkunft war.

»Ah, okay«, sagte sie verlegen und beschämt angesichts ihrer eigenen Vorurteile. Sie war einfach davon ausgegangen, dass dieses junge Ding nie und nimmer für eine solche Einrichtung verantwortlich sein konnte. »Können wir uns irgendwo unter vier Augen unterhalten?«

Dóra hatte kurzes braunes Haar und eine geschäftsmäßige Art. Ihr Lächeln war durchaus freundlich, doch ihr Blick war beunruhigend scharf. »Natürlich, kein Problem«, sagte sie. »Ich habe nach hinten raus ein Büro.«

Ohne ein weiteres Wort stand sie auf und ging forsch den Flur hinunter. Hulda folgte ihr. Das Büro war klein und unpersönlich, vor den Fenstern hingen dunkle Jalousien und von der Decke eine nackte Glühbirne, die ein ungnädiges Licht auf die karge Einrichtung warf. Es gab keine Bücher oder Zeitungen, nur einen Laptop auf dem Schreibtisch.

Sie setzten sich, und Dóra wartete stumm darauf, dass Hulda den Grund für ihr Kommen erklärte. Hulda suchte nach den richtigen Worten.

»Ich bin hier«, begann sie, »weil ich den gut ein Jahr zurückliegenden Todesfall einer jungen Frau untersuche, die hier untergebracht war.«

»Todesfall?«

»Ja. Die junge Frau hieß Elena und war Asylbewerberin.«

»Ach, die. Verstehe. Aber ...« Dóra runzelte die Stirn. »Ich dachte, der Fall wäre abgeschlossen. Er hat mich angerufen, dieser Kommissar, ich hab seinen Namen vergessen ...«

»Alexander«, half Hulda ihr auf die Sprünge und sah ihn sofort vor sich: schmierig, übergewichtig und mit einer Leere im Blick, die sie regelmäßig auf die Palme brachte.

»Ja, Alexander, so hieß er. Er hat mich angerufen, um mir mitzuteilen, dass er den Fall abschließen würde, weil die Ermittlung ergebnislos verlaufen wäre und er persönlich von einem Unfall ausgehen würde. Oder vielleicht Selbstmord – Elena hatte schon Ewigkeiten auf den Ausgang ihres Verfahrens gewartet.«

»Würden Sie sagen, sie hat außergewöhnlich lange gewartet? Meines Wissens war sie seit vier Monaten hier.«

»Nein, eigentlich nicht – das ist nicht ungewöhnlich … Aber vermutlich wirkt sich das Warten unterschiedlich auf Menschen aus. Es kann sehr belastend sein.«

»Waren Sie seiner Meinung?«

»Ich?«

»Ja, Sie. Glauben Sie auch, dass sie sich ins Meer gestürzt hat?«

»Ich bin da keine Expertin. Ich weiß nicht, was ich denken soll. Ich hab ja auch nicht ermittelt. Vielleicht wusste … Wie hieß er noch …«

»Alexander.«

»Richtig, Alexander. Vielleicht wusste er etwas, was ich nicht wusste.«

Das bezweifle ich sehr, dachte Hulda und unterdrückte den verlockenden Impuls, es laut auszusprechen. »Aber Sie müssen sich doch gefragt haben, was passiert ist.«

»Na ja, sicher, aber wir sind hier ziemlich beschäftigt. Ständig kommen und gehen Leute, und sie ist eben so gegangen. Außerdem habe ich keine Zeit, über so etwas nachzudenken.«

»Aber Sie haben sie doch bestimmt gekannt?«

»Eigentlich nicht, also nicht besser als alle anderen. Hören Sie, ich führe hier ein Unternehmen. Ich bestreite damit meinen Lebensunterhalt, und da muss ich mich auf meine täglichen Aufgaben konzentrieren. Für die Bewohner geht es vielleicht um Leben und Tod, aber ich versuche bloß, diese Unterkunft zu leiten.«

»Gibt es jemanden hier, der sie vielleicht besser gekannt haben könnte?«

Dóra überlegte. »Ich bezweifle es. Nicht mehr. Bei uns kommen und gehen die Leute wie gesagt ständig.«

»Nur damit ich Sie richtig verstehe: Sie sagen, keiner Ihrer aktuellen Bewohner war schon hier, als Elena noch lebte?«

»Oh, die Möglichkeit besteht natürlich …«

»Könnten Sie das nachsehen?«

»Sicher.«

Dóra wandte sich ihrem Laptop zu und begann zu tippen. Nach einer Weile blickte sie auf. »Zwei Iraker – die sind noch hier. Sie können sie gleich treffen. Und eine Syrerin.«

»Kann ich die auch sprechen?«

»Leider nicht.«

»Wieso?«

»Die ist unterwegs. Ihr Anwalt hat sie abgeholt. Ich glaube, sie sind nach Reykjavík gefahren. Es hat irgendeinen Fortschritt in ihrem Fall gegeben, was gut ist, weil sie sich die ganze Zeit nur in ihrem Zimmer einschließt und wartet. Selbst zu den Mahlzeiten kommt sie fast nie nach unten. Mehr weiß ich nicht – mir erzählen die Anwälte natürlich gar nichts. Aber ich habe sie beobachtet und vermute, dass da was im Busch ist. Hoffen wir, dass es gute Nachrichten sind, obwohl man sich da nie sicher sein kann.«

»Erzählen Sie mir von Elena? Wie hat sie sich verhalten? Wie war die Lage in ihrem Fall?«

»Keine Ahnung.«

»Hatte sie einen Anwalt, der sich um ihren Antrag gekümmert hat?«

»Ja, vermutlich schon – obwohl ich mich nicht erinnern kann, wer es war, sofern ich es je gewusst habe.«

»Nun, haben Sie eine Idee, wer es gewesen sein könnte?«

»Es sind eigentlich immer dieselben«, antwortete Dóra und leierte drei Namen herunter, die Hulda pflichtgemäß notierte.

»Wäre es möglich, ihr Zimmer zu sehen?«

»Warum untersucht die Polizei die Sache überhaupt wieder?«, wollte Dóra wissen.

»Hören Sie, könnten Sie mir einfach ihr Zimmer zeigen?«, knurrte Hulda, der langsam die Geduld ausging.

»Schon gut, schon gut«, gab Dóra mit einem Schnauben zurück. »Es tut bestimmt nicht weh, ein bisschen höflicher zu sein, oder? Es ist schließlich kein Witz, in so was verwickelt zu werden.«

»Sind Sie denn darin verwickelt?«

»Ach, Sie wissen schon, was ich meine. Ihr Zimmer ist oben, aber es ist mittlerweile wieder neu belegt. Wir können da nicht einfach so reinplatzen.«

»Könnten Sie wenigstens nachsehen, ob der neue Bewohner da ist?«

Dóra stolzierte aus dem Büro, den Flur hinunter und die Treppe hinauf. Hulda folgte ihr eilig. Nachdem sie an mehreren Türen vorbeigegangen war, blieb Dóra vor einer Tür stehen und klopfte. Ein junger Mann antwortete, und Dóra erklärte ihm auf Englisch, dass die Polizei sein Zimmer sehen wolle. Alarmiert fragte der Mann: »Wollen sie mich nach Hause schicken?« Er wiederholte die Frage mehrmals, bis Dóra ihm versichert hatte, dass der Besuch der Polizei nichts mit ihm zu tun hatte. Fast unter Tränen nickte er erleichtert.

Hulda wusste, dass er nicht verpflichtet war, sie hereinzulassen. Andererseits war es unwahrscheinlich, dass der arme Mann sich trauen würde, gegenüber der Vertreterin einer ausländischen Polizeibehörde auf seinen Rechten zu bestehen. Sie schämte sich ein wenig dafür, ihm das hier zuzumuten – aber der Zweck heiligte die Mittel, und sie hatte nicht viel Zeit.

»Hat sie Englisch gesprochen?«, fragte Hulda an Dóra gewandt, als sie das Zimmer betraten. Der derzeitige Bewohner blieb verlegen im Flur stehen.

»Verzeihung?« Dóra drehte sich um.

»Das russische Mädchen. Elena.«

»Sehr wenig. Vielleicht hat sie ein bisschen was verstanden, aber sie konnte keine Unterhaltung auf Englisch führen. Nur auf Russisch.«

»Haben Sie sie deswegen nicht besser kennengelernt?«

Dóra schüttelte den Kopf und wirkte amüsiert. »Oh nein, ich lerne keinen von ihnen kennen, egal welche Sprache sie sprechen.«

»Hier drin ist nicht viel Platz …«

»Ich führe auch kein Luxushotel«, sagte Dóra.

»Hat sie das Zimmer für sich allein gehabt?«

»Ja. Und sie hat keinen Ärger gemacht, soweit ich mich erinnere.«

»Keinen Ärger?«

»Ja. Kein Theater, wenn Sie wissen, was ich meine. Nicht alle kommen mit der Warterei klar. Das kann hart sein.«

In dem schmalen, zellenartigen Zimmer standen ein Bett, ein winziger Schreibtisch und ein kleiner Kleiderschrank. Bis auf eine Trainingshose auf dem Bett und ein halbes getoastetes Sandwich auf dem Schreibtisch konnte Hulda keine persönlichen Gegenstände entdecken.

»Kein Fernseher?«, bemerkte sie.

»Das ist hier wie gesagt kein Luxushotel. Unten im Gemeinschaftsraum gibt es einen.«

»Hat Elena möglicherweise ihre Sachen zurückgelassen?«

»Ich fürchte, daran kann ich mich nicht mehr erinnern. Wenn Leute verschwinden und nicht wieder auftauchen, schmeiße ich ihre Sachen normalerweise weg.«

»Oder wenn sie sterben.«

»Ja.«

Das Zimmer lieferte zumindest auf den ersten Blick keine Erkenntnisse. Hulda sah sich noch einmal kurz um, und sei es nur, um zu versuchen, sich in die Lage der jungen Russin zu versetzen und einen Eindruck davon zu bekommen, wie ihr Leben in den letzten Monaten gewesen sein musste. Gestrandet in einer ungastlichen Unterkunft in einem fremden Land, in dem niemand ihre Sprache sprach, eingesperrt in den vier Wänden eines kargen Zimmers – genau wie Hulda sich in ihrer eigenen Wohnung manchmal fühlte, wie eine Gefangene, ganz allein, ohne Familie, ohne jemanden, der sich um sie sorgte. Das war das Schlimmste. Niemanden zu haben, der sich um einen sorgte.

Nur für eine Sekunde schloss Hulda die Augen und versuchte, die Atmosphäre einzuatmen, aber sie nahm nur den Geruch von Pilzsuppe wahr, der aus der Küche durch das Gebäude strömte.

VII

Vor ihrer Abfahrt befragte Hulda noch die beiden Iraker. Einer von ihnen sprach ziemlich gut Englisch und übernahm das Reden. Sie lebten beide seit mehr als einem Jahr in Island und waren offensichtlich dankbar für die Gelegenheit, mit einem Behördenvertreter zu sprechen. Bevor Hulda ihre Fragen stellen konnte, musste sie sich eine Flut von Beschwerden über die Bearbeitung ihrer Asylanträge und den Umgang mit ihnen anhören. Als sie endlich ein Wort dazwischenbekam, konnte sie immerhin in Erfahrung bringen, dass die beiden sich an Elena erinnerten, jedoch vor allem wegen ihres plötzlichen Todes. Wie sich herausstellte, hatten sie nie persönlich mit ihr gesprochen, weil sie kein Wort Russisch konnten, sodass eine Konversation wenig ergiebig gewesen wäre.

Auf dem Weg hinaus bedankte sich Hulda bei Dóra und bat sie, sich zu melden, sobald die Syrerin wieder auftauchte, in der schwachen Hoffnung, dass die Frau vielleicht etwas wusste.

»Mach ich«, versprach Dóra, auch wenn Hulda sich keine Illusionen machte, dass ihr Wunsch vorrangig behandelt werden würde.

Eine Dreiviertelstunde später war Hulda wieder in Reykjavík und parkte vor der Polizeistation, hatte aber eigentlich keine Lust hineinzugehen. Stattdessen machte sie sich daran herauszufinden, welcher Anwalt Elenas Fall betreut hatte. Nach ein paar Telefonaten hatte sie in Erfahrung gebracht, dass der Mann, den sie suchte, ein Rechtsanwalt mittleren Alters war, der etliche Jahre für die Polizei gearbeitet und dann seine eigene Kanzlei eröffnet hatte. Er erinnerte sich sofort an Hulda.

»Ich bezweifle, dass ich Ihnen viel sagen kann«, erklärte er freundlich, »aber Sie können gerne vorbeikommen. Wissen Sie, wo Sie uns finden?«

»Das krieg ich schon raus. Kann ich gleich vorbeikommen?«

»Natürlich«, sagte er.

Die Kanzlei war in bescheidenen Räumlichkeiten in der Innenstadt untergebracht. Statt einer Empfangssekretärin begrüßte Albert Albertsson Hulda persönlich an der Tür und schien sofort ihre Gedanken zu lesen. »Wir arbeiten mit knappem Budget«, erklärte er. »Verschwenden kein Geld für Schnickschnack. Wenn etwas erledigt werden muss, packen wir alle mit an. Jedenfalls ist es schön, Sie wiederzusehen.«

Albert hatte schon immer eine lockere Art gehabt und die warme, wohlmodulierte Stimme eines sympathischen Late-Night-Radiomoderators, der zu beruhigender Hintergrundmusik mit seinen Zuhörern plauderte. Man hätte ihn beim besten Willen nicht als gut aussehend bezeichnen wollen, aber er war jemand, der Vertrauen einflößte.

Der Gegensatz zwischen dem Büro, in das Albert sie führte, und Dóras seelenlosem kleinen Kabuff in der Asylbewerberunterkunft hätte kaum größer sein können. Hier hingen Gemälde an den Wänden, auf einem Regal neben dem Schreibtisch reihten sich Fotos, und auf jeder verfügbaren Freifläche türmten sich Papierstapel. Hulda fand das Ganze ein wenig erdrückend. Es fühlte sich übertrieben an, wie ein Versuch, den Umstand zu kaschieren, dass Albert in Wahrheit gar nicht so viel zu tun hatte. All die Fotos und Gemälde hätten besser in ein Privathaus als an einen Arbeitsplatz gepasst. Es sei denn, dies war der Ort, den er sein Zuhause nannte.

»Haben Sie den Fall übernommen?«, fragte Albert, nachdem sie Platz genommen hatten.

Hulda zögerte nur kurz. »Ja, bis auf Weiteres.«

»Irgendwelche neuen Entwicklungen?«

»Nichts, wozu ich mich derzeit äußern dürfte«, erwiderte sie. »Hat Alexander im Zuge der ursprünglichen Ermittlung mit Ihnen gesprochen?«

»Ja, hat er. Wir haben uns getroffen, aber ich glaube nicht, dass ich ihm weiterhelfen konnte.«

»Haben Sie Elenas Asylantrag von Anfang an betreut?«

»Ja. Ich übernehme eine Menge von diesen Menschenrechtsmandaten. Neben meiner anderen Arbeit natürlich.«

»Könnten Sie mich über die Hintergründe des Falls ins Bild setzen?«

»Nun, sie hatte in Island Asyl beantragt, weil sie zu Hause in Russland von Verfolgung bedroht war.«

»Aber Ihr Antrag hatte keinen Erfolg?«

»Was? Nein, im Gegenteil, wir haben gute Fortschritte gemacht.«

»Wie gut?«

»Ihrem Antrag sollte stattgegeben werden.«

Hulda war wie vom Donner gerührt. »Moment, haben Sie gerade gesagt, man wollte ihr Asyl gewähren?«

»Ja, die Entscheidung stand kurz bevor.«

»Wusste sie das?«

»Ja, selbstverständlich. Sie hat es am Tag vor ihrem Tod erfahren.«

»Haben Sie das Alexander erzählt?«

»Natürlich, obwohl ich nicht sehe, inwiefern das relevant ist.«

»Na ja, das macht es umso weniger wahrscheinlich, dass sie sich das Leben genommen hat«, bemerkte Hulda.

»Nicht unbedingt«, widersprach Albert. »Das gesamte Verfahren setzt Asylsuchende immens unter Druck ...«

»Welchen Eindruck hat sie auf Sie gemacht – insgesamt, meine ich? War sie ein fröhlicher Mensch? Oder eher depressiv?«

»Schwer zu sagen.« Albert beugte sich über den Schreibtisch. »Schwer zu sagen«, wiederholte er, »vor allem, weil sie kaum Englisch gesprochen hat und ich kein Russisch kann.«

»Dann haben Sie einen Dolmetscher hinzugezogen?«

»Ja, wenn nötig. Das Verfahren war mit einer Menge Papierkram verbunden.«

»Vielleicht sollte ich mit ihm reden«, murmelte Hulda mehr an sich selbst als an Albert gerichtet.

»Wenn Sie glauben, das wäre hilfreich? Er heißt Bjartur. Er wohnt im Westen der Stadt und arbeitet von zu Hause. Aber das steht alles in den Akten. Sie können sie ausleihen, wenn Sie wollen.«

»Danke, das wäre super.«

»Sie war musikalisch«, fügte Albert unvermittelt hinzu, als wäre es ihm gerade wieder eingefallen.

»Musikalisch?«

»Ja, sie hat Musik geliebt. Mein Partner bewahrt in seinem Büro eine Gitarre auf, und einmal hat Elena sie genommen und uns ein paar Melodien vorgespielt.«

»Was wissen Sie sonst noch über sie?«, fragte Hulda.

»Was sonst noch? Nicht viel«, antwortete Albert. »Wir erfahren nie wirklich viel über die Asylbewerber, die wir vertreten, aber ich versuche auch, es nicht zu persönlich werden zu lassen. Die meisten werden zurückgeschickt, wissen Sie.« Er schwieg einen Moment. »Das war alles sehr traurig … Das arme Mädchen. Aber andererseits ist ein Selbstmord immer traurig.«

»Ein Selbstmord?«

»Ja. War das nicht das Ergebnis, zu dem Alexanders Ermittlung gekommen ist?«

»Ja, in der Tat … Alexanders Ermittlung.«

VIII

»Ich dachte, der Fall ist abgeschlossen«, sagte Bjartur, der Übersetzer und Dolmetscher, und ließ sich auf seinem Bürostuhl nieder, der so alt und klapprig aussah, als stammte er noch aus den achtziger Jahren. »Aber ich helfe Ihnen natürlich gerne, soweit ich kann.«

»Danke. Hat Alexander damals mit Ihnen gesprochen? Konnten Sie ihm irgendwelche Hinweise geben?«

»Alexander?« Bjartur sah sie ausdruckslos an.

Sein Name – »der Helle« – passte zu ihm: Mit seinem blonden Haar war er durchaus attraktiv. Sie saßen in der umgebauten Garage eines Einfamilienhauses in einem der besseren Vororte im Westen der Stadt, wo es, auf drei Seiten von Meer umgeben, zwar reizvoll, aber auch windig war. Als Hulda an der Haustür geklingelt hatte, hatte zunächst eine ältere Frau aufgemacht und sie zur Garage geschickt, »wo Bjartur sein Büro hat«. Es gab keinen zweiten Stuhl, deshalb hatte sich Hulda auf die Kante eines in die Jahre gekommenen Bettes gesetzt, das mit Büchern übersät war, viele davon auf Russisch, wie sie anhand der Buchstaben auf den Buchrücken vermutete. Obwohl sie sich telefonisch angekündigt hatte, hatte Bjartur sich offenbar keine Mühe gemacht aufzuräumen. Der Boden war mit Papierstapeln, Wanderschuhen und Pizzaschachteln bedeckt, und in der Ecke türmte sich schmutzige Kleidung.

»Alexander ist ein Kollege von der Kriminalpolizei«, erklärte sie mit einem schalen Geschmack auf der Zunge. »Er hat die Ermittlungen damals geleitet.«

»Oh, okay. Den hab ich nie getroffen. Sie sind die Erste, die mit mir darüber spricht.«

Hulda spürte erneut Verbitterung in sich aufsteigen. Wenn man sie anstelle von Alexander befördert hätte, wie es eigentlich angebracht gewesen wäre, hätte sie den Kollegen längst vor die Tür gesetzt.

»Worum geht es denn genau?«, riss Bjartur sie aus ihren Gedanken. »Ist etwas Neues ans Licht gekommen?«

Hulda gab die gleiche Antwort, die sie auch schon dem Anwalt gegeben hatte: »Nichts, wozu ich mich derzeit äußern dürfte.« In Wahrheit hatte sie keinerlei Anhaltspunkte außer ihrem Bauchgefühl, aber das musste sie ja nicht zugeben. Im Laufe des Tages war sie zudem zu der Überzeugung gelangt, dass es richtig gewesen war, sich diesen Fall noch einmal vorzunehmen, denn die ursprüngliche Ermittlung war offensichtlich skandalös nachlässig gewesen. »Haben Sie sie oft getroffen?«

»Nein, oft kann man das nicht nennen. Ich nehme diese Jobs an, wenn es sich ergibt. Es macht nicht viel Arbeit und wird ganz gut bezahlt. Es ist schwierig, allein vom Übersetzen zu leben.«

»Aber Sie kommen zurecht?«

»So eben. Ich dolmetsche öfter für Russen. Es kommen immer wieder welche, die in der gleichen Lage sind wie … ähm …«

»Elena«, half Hulda ihm auf die Sprünge. Nicht einmal Bjartur konnte sich an ihren Namen erinnern. Es war doch erstaunlich, wie schnell der Aufenthalt der jungen Frau in Island in Vergessenheit geraten war.

»Elena … natürlich. Ja, hin und wieder dolmetsche ich für Leute wie sie, Leute in ihrer Lage, Asylbewerber, aber meistens arbeite ich als Fremdenführer für Russen, zeige ihnen die Sehenswürdigkeiten. Einige von denen schwimmen regelrecht in Geld, deshalb ist die Bezahlung nicht übel. Und dann übersetze ich auch, mal eine Kurzgeschichte oder einen Roman, schreibe sogar ein bisschen selbst …«

»Was für einen Eindruck hatten Sie von ihr?«, unterbrach Hulda ihn. »Hat sie auf Sie in irgendeiner Weise selbstmordgefährdet gewirkt?«

»Jetzt wo Sie fragen«, sinnierte Bjartur, der ganz gewiss lieber weiter über sich selbst gesprochen hätte. »Schwer zu sagen. Vielleicht. Wie man erwarten würde, war sie hier nicht direkt glücklich, aber … War es nicht … Ich meine, es war doch bestimmt Selbstmord?«

»Wahrscheinlich nicht«, erwiderte Hulda, ohne es begründen zu können. Sie ahnte, dass der Dolmetscher mehr wusste, als er ihr verriet, aber sie durfte nicht zu viel Druck aufbauen, sondern musste ihm Zeit lassen, sich ihr gegenüber in seinem eigenen Tempo zu öffnen. »Haben Sie in Russland studiert?«

Er schien ein wenig irritiert angesichts des abrupten Themenwechsels. »Was? Oh, ja. In Moskau. Ich habe mich damals sofort in die Stadt und in die Sprache verliebt. Waren Sie schon mal dort?«

Hulda schüttelte den Kopf.

»Eine fantastische Stadt. Sie sollten unbedingt mal hinfahren.«

»Gut«, sagte Hulda, wohl wissend, dass sie das niemals tun würde.

»Fantastisch, aber nicht ganz ohne«, fuhr Bjartur fort, »und für einen Touristen bestimmt eine Herausforderung. Alles ist so fremd: die Sprache, die Schilder in kyrillischer Schrift …«

»Aber Sie sprechen doch bestimmt fließend Russisch?«

»Ja, selbstverständlich«, sagte er lässig, »ich beherrsche die Sprache seit Jahren.«

»Dann konnten Sie sich ohne Probleme mit Elena unterhalten?«

»Ohne Probleme? Ja, natürlich.«

»Und worüber haben Sie gesprochen?«

»Eigentlich über nicht viel«, gestand er. »Ich habe hauptsächlich bei den Treffen mit ihrem Anwalt gedolmetscht.«

»Er hat erwähnt, dass sie Musik liebte«, sagte Hulda in dem Bemühen, das Gespräch im Gang zu halten.

»Oh ja, das stimmt. Darüber hat sie tatsächlich mal mit

mir gesprochen. Sie komponiert ... hat komponiert. In Russland war es für sie aussichtslos, einen Beruf daraus zu machen, aber genau das war ihr Traum: Sie wollte hier als Komponistin arbeiten. Sie hat uns in der Anwaltskanzlei einmal etwas vorgespielt. Das war ziemlich gut – also, nicht schlecht, wissen Sie. Trotzdem ist so was völlig unrealistisch. Niemand kann in Island seinen Lebensunterhalt als Komponist verdienen.«

»Genauso wenig wie als Übersetzer?«

Bjartur ließ sich nicht provozieren. Stattdessen lächelte er und sagte nach einer kurzen Pause: »Also, da war tatsächlich noch was ...«

»Ja?«, ermutigte Hulda ihn. An seiner Miene erkannte sie, dass er unsicher war, ob er mehr sagen sollte.

»Aber das behalten Sie besser für sich.«

»Was soll ich für mich behalten?«

»Hören Sie, ich möchte nicht in irgendwas reingezogen werden ... Ich kann nicht ...«

»Was ist passiert?«, fragte Hulda so freundlich, wie sie nur konnte.

»Es war bloß etwas, was sie mal gesagt ... Das ist übrigens streng vertraulich!«

Hulda lächelte höflich und widerstand dem Impuls, Bjartur auf den Unterschied zwischen einer Polizistin und einem Journalisten hinzuweisen. Sie hatte nicht die Absicht, irgendetwas zu versprechen, schwieg jedoch diplomatisch, um ihn nicht zu verschrecken.

Es funktionierte. Nach kurzem Zögern fuhr Bjartur

fort: »Ich glaube, sie hat vielleicht als Professionelle gearbeitet.«

»Als Professionelle? Als Prostituierte, meinen Sie?«, fragte Hulda. »Wie kommen Sie darauf?«

»Na ja ... Sie hat es mir erzählt.«

»Das wird in keinem Bericht erwähnt«, brauste Hulda auf, wobei ihr Zorn mehr dem abwesenden Alexander als Bjartur galt.

»Das wundert mich nicht. Sie hat es mir bei unserer ersten Begegnung anvertraut, mich aber angefleht, es niemandem zu erzählen. Ich hatte den Eindruck, sie hatte Angst.«

»Wovor?«

»Vor wem, meinen Sie.«

»Vor einem Isländer?«

»Ich weiß nicht genau ...« Er schwankte, schien zu überlegen. »Ich habe sie ehrlich gesagt so verstanden, dass sie nur zu diesem Zweck nach Island geholt worden war.«

»Im Ernst? Sie glauben, ihr Asylantrag war nur Tarnung?«

»Schon möglich. Sie war diesbezüglich ziemlich vage, aber sie wollte ganz offensichtlich nicht, dass die Tatsache bekannt wurde.«

»Das heißt, ihr Anwalt wusste es nicht?«

»Ich glaube nicht, nein. Ich habe es ihm bestimmt nicht erzählt, ich habe ihr Geheimnis für mich behalten.« Nach einer kurzen Pause fügte er leicht beschämt hinzu: »Bis jetzt natürlich.«

»Warum um alles in der Welt haben Sie nie jemandem davon erzählt?«, fragte Hulda gröber als beabsichtigt.

Nach einer weiteren kurzen Pause antwortete Bjartur ziemlich lahm: »Es hat nie jemand gefragt.«

IX

Wie üblich ging die junge Mutter zu Fuß nach Hause, doch heute Abend war sie außergewöhnlich müde. Es war ein langer Tag im Hótel Borg gewesen, das Wetter düster und trist, Wind und Regen hatten ihr auf die Stimmung gedrückt. Ihre Arbeitsplatzbeschreibung in dem renommierten Luxushotel war ziemlich vage gehalten; manchmal wurde sie aufgefordert, die Zimmer zu reinigen, dann wieder half sie im Restaurant oder an der Bar aus, mitunter bis spätabends. Sie nahm jede Schicht an, die man ihr anbot, solange es die Besuche bei ihrer Tochter nicht beeinträchtigte.

Es war Feiertag, der 1. Dezember, der Unabhängigkeitstag zum Gedenken an die Teilunabhängigkeit von Dänemark 1918 dreißig Jahre zuvor. Am Abend hatten in dem Hotel Studenten eine Party gefeiert, und der bekannte Dichter Tómas Guðmundsson hatte einige seiner Werke vorgetragen.

Weihnachten rückte mit Riesenschritten näher, und sie wollte ihrer Tochter ein Geschenk kaufen, obwohl sie unsicher war, was sie besorgen sollte. Sie wusste nur, dass es etwas Besonderes sein musste. Und dass sie dafür Geld brauchte. Im Gamla Bíó lief ein Film, den sie unbedingt sehen wollte, *Der Draufgänger* mit Clark Gable, aber den würde sie wohl verpassen, weil sie jede Krone für ihre Tochter sparte.

Wie sehr hatte sie diese jungen Studenten beneidet. Wie sehr hatte sie sich danach gesehnt, eine von ihnen zu sein. Sie ahnte, dass sie imstande wäre, etwas aus sich zu machen, aber das würde sich niemals erfüllen. Angeblich war Island eine klassenlose Gesellschaft, alle waren gleich, es gab keine Ober-, Mittel- oder Unterschicht. Alle hatten die gleiche Chance auf Erfolg. Doch ihr war klar, dass das ein Mythos war; sie würde nie über ihren derzeitigen Status hinauskommen, sondern ihr Leben lang ohne jede Sicherheit in schlecht bezahlten Jobs arbeiten. Eine alleinerziehende Mutter aus ärmlichen Verhältnissen. Sie hatte nicht die geringste Chance.

Trotzdem wollte sie, dass ihre Tochter es eines Tages besser hatte.

X

Bjarturs Enthüllung hatte Huldas Ermittlung – wenn man es denn so bezeichnen konnte – eine völlig neue Richtung gegeben. Die Information war reinstes Dynamit. Alexanders Untersuchung war nicht nur extrem oberflächlich gewesen, der Tod der jungen Russin erschien in ganz neuem Licht. Die Frage war nur, wann Hulda ihren Chef von dieser unerwarteten Wendung unterrichten sollte. Im Moment wusste Magnús nicht einmal, welchen alten Fall sie sich ausgesucht hatte. Er gratulierte sich garantiert dafür, sie so elegant hinauskomplimentiert zu haben, wenn er überhaupt einen Gedanken an sie verschwendete, und nahm wahrscheinlich an, dass sie an ihrem Schreibtisch saß und über alten Polizeiakten brütete, um sich die Zeit zu vertreiben, während die Uhr unerbittlich auf den Ruhestand zutickte.

Tatsächlich war sie seit der verhängnisvollen Besprechung am Morgen nicht mehr in der Nähe ihres Schreibtischs gewesen. Zu ihrer Überraschung war der Tag viel schneller vergangen als befürchtet: Bei all der Herumfahrerei hatte sie gar keine Zeit gehabt, sich in Selbstmitleid zu suhlen. Dafür blieb ihr jetzt noch der Rest des Tages.

Aber nein, sie hatte vor, früh zu Bett zu gehen und lange zu schlafen, um den Kopf freizubekommen. Sämtliche Pläne für ihre nächsten Schritte würde sie auf den Morgen verschieben. Dann konnte sie entscheiden, ob sie die Kraft – und den Mut – hatte, sich ganz dem Fall der jungen Russin zu widmen, oder ob sie einfach das Handtuch werfen und sich an ihr neues Leben als Pensionärin gewöhnen sollte. Sich eingestehen, dass ihre Laufbahn bei der Polizei beendet war. Aufhören, sich gegen das Unvermeidliche zur Wehr zu setzen. Die Jagd nach Phantomen einstellen, die womöglich nie existiert hatten.

Doch wie immer sie sich letztendlich entscheiden würde, ein loses Ende wäre noch zu verknoten. Sie ließ sich im alten, bequemen Sessel ihrer Mutter nieder und griff zum Telefonhörer. Dann zögerte sie kurz, die Nummer der unglückseligen Krankenschwester zu wählen, die sie am Tag zuvor vernommen hatte. Die Frau hatte dieses miese Drecksschwein von einem Pädophilen eindeutig angefahren. Während der gesamten Befragung hatte sie gezittert wie Espenlaub. Unter Garantie machte sie gerade die Hölle durch und war krank vor Sorge, von ihrem Sohn getrennt zu werden und auf Jahre hinter Gittern zu landen. Sie hatte die Tat gestanden. Trotzdem hatte Hulda bis jetzt nicht nur ihren offiziellen Bericht aufgeschoben, sie hatte auch ihren Chef angelogen und ihm erklärt, dass der Fall wohl kaum zu lösen sei. Bevor sie die arme Frau anrief, musste Hulda erst mit ihrem Gewissen ausmachen, ob sie bei ihrer Lüge bleiben und alles in ihrer Macht Stehende tun sollte, um Mutter und Sohn weiteres Leid zu ersparen, oder ob sie in ihrem Bericht bei der Wahrheit bleiben sollte, wohl wissend, dass man die Frau für ihre Tat höchstwahrscheinlich ins Gefängnis stecken würde.

Ihre Entscheidung stand eigentlich nicht in Frage. Hulda blieb im Grunde nur eine Wahl.

Auf den Namen der Frau waren ein Handy sowie ein Festnetzanschluss angemeldet. Ans Handy ging sie nicht, und das Festnetztelefon klingelte endlos, bevor endlich jemand ranging.

»Hier ist Hulda Hermannsdóttir von der Kriminalpolizei. Wir haben gestern miteinander gesprochen.«

»Oh ... ja ... natürlich«, sagte die Frau mit erstickter Stimme und atmete zittrig ein.

»Ich habe die Umstände des Unfalls noch einmal ausgiebig geprüft«, flunkerte Hulda in absichtlich förmlicher Polizeidiktion, »und bin zu dem Schluss gekommen, dass die Beweise für eine Verurteilung nicht ausreichen.«

»Was ... Was soll das heißen?«, stammelte die Frau. Sie klang, als würde sie weinen.

»Ich habe nicht vor, in der Sache weitere Schritte zu unternehmen, soweit es Sie betrifft.«

Am anderen Ende herrschte verblüfftes Schweigen. Dann krächzte die Frau: »Aber was ist mit ... mit dem, was ich Ihnen erzählt habe?«

»Es wäre nicht zweckdienlich, das weiter zu verfolgen und Sie vor Gericht zu zerren.«

Wieder Schweigen am anderen Ende. Dann: »Sie ... Sie

meinen, Sie wollen mich nicht … verhaften? Ich … Ich habe fast ununterbrochen gezittert … seit unserem Gespräch gestern. Ich dachte, ich würde …«

»Ganz richtig, ich werde Sie nicht verhaften. Und da ich kurz vor der Pensionierung stehe, sollte das mit ein wenig Glück auch das Letzte sein, was Sie in der Sache hören.«

Pensionierung. Zum ersten Mal hatte sie es laut ausgesprochen, und das Wort hallte seltsam in ihren Ohren nach. Wieder fiel ihr auf, wie lächerlich unvorbereitet sie für diesen Meilenstein war, so vorhersehbar er auch gewesen sein mochte.

»Was ist mit den anderen … Was ist mit Ihren Kollegen bei der Polizei?«

»Machen Sie sich keine Sorgen. Ich werde Ihr Geständnis in meinem Bericht nicht erwähnen. Ich kann natürlich nicht vorhersagen, wie mit dem Fall verfahren wird, sobald ich aufgehört habe, aber soweit es mich persönlich betrifft, haben Sie nichts Relevantes gesagt, als ich Sie befragt habe. Habe ich das richtig verstanden?«

»Was? Oh, ja, natürlich. Danke …«

Irgendetwas trieb Hulda dazu, hinzuzufügen: »Aber verstehen Sie mich nicht falsch: Ich erteile Ihnen hiermit keine Absolution. Vielleicht kann ich verstehen, warum Sie getan haben, was Sie getan haben. Aber Sie müssen damit leben. Trotzdem würde es meiner Meinung nach alles noch schlimmer machen, wenn man Sie einsperren und Ihrem Sohn die Mutter entziehen würde.«

»Danke«, wiederholte die Frau aufgewühlt, und ihr

Schluchzen war jetzt deutlich in der Leitung zu vernehmen. »Danke«, brachte sie noch einmal keuchend hervor, bevor Hulda auflegte.

Wenn sie viel zu tun hatte oder unter Druck stand, vergaß Hulda häufig zu essen, doch diesmal achtete sie darauf, etwas zu sich zu nehmen. Ihr Abendessen war das gleiche wie gestern: Toast mit Käse. Seit Jóns Tod hatte sie allmählich aufgehört zu kochen. Anfangs hatte sie sich noch bemüht, doch nachdem sie sich mit den Jahren daran gewöhnt hatte, alleine zu leben, begnügte sie sich mit einer warmen Mittagsmahlzeit in der Kantine und ernährte sich abends vor allem von Fast Food oder belegten Broten.

Einen solch schlichten Imbiss nahm sie gerade zu sich und hörte dabei die Nachrichten im Radio, als das Telefon klingelte. Als sie sah, wer der Anrufer war, wollte sie ihn zunächst ignorieren, nahm dann schließlich aus Gewohnheit und Pflichtgefühl doch ab. Ohne auch nur seinen Namen zu nennen, legte Alexander los – der Mann hatte noch nie Manieren gehabt.

»Was für ein Spielchen treiben Sie da, zum Teufel?«, polterte er. Sie sah ihn am anderen Ende der Leitung vor sich: wütend verzerrte Gesichtszüge, Doppelkinn, hängende Augenlider unter dichten Brauen.

Sie hatte nicht vor, sich von ihm einschüchtern zu lassen. »Wovon reden Sie?«, fragte sie so ungerührt wie möglich.

»Tun Sie nicht so, Hulda. Das wissen Sie genauso gut wie ich. Die Russin, die sich ertränkt hat.«

»Können Sie sich nicht mal an ihren Namen erinnern?«

Die Frage erwischte ihn offenbar eiskalt. Einen Moment lang war er sprachlos, was ihm gar nicht ähnlich sah, doch er hatte sich schnell wieder gefangen. »Was tut das zur Sache? Was ich will, ist …«

»Sie hieß Elena«, fiel Hulda ihm ins Wort.

»Das ist mir scheißegal!« Er wurde lauter, sein Gesicht war garantiert dunkelrot angelaufen. »Warum stecken Sie Ihre Nase da rein, Hulda? Ich dachte, Sie wären schon längst weg.«

Die Nachricht hatte also die Runde gemacht.

»Da müssen Sie falsch informiert sein«, sagte sie ruhig.

»Ach ja? Ich habe gehört …« Er besann sich eines Besseren. »Wie dem auch sei. Warum schnüffeln Sie in meinem Fall herum?«

»Weil Magnús mich darum gebeten hat«, sagte Hulda. Das entsprach zwar nicht ganz der Wahrheit, aber sei's drum.

»Sie versuchen, meine Position zu unterminieren, darum geht es. Ich habe mich bereits ausführlich mit dem Fall befasst.«

»Allerdings nicht auf eine Weise, die Ihnen zur Ehre gereichen würde«, erwiderte Hulda kühl.

»An der Sache war nichts verdächtig«, tobte Alexander. »Das arme Huhn sollte abgeschoben werden, deshalb hat sie sich ins Meer gestürzt! Ende der Geschichte!«

»Ganz im Gegenteil. Ihrem Asylantrag sollte stattgegeben werden, und das wusste sie.«

Am anderen Ende herrschte abrupt Stille. Dann stotterte Alexander: »Was? Wovon reden Sie?«

»Die Ermittlung ist keineswegs abgeschlossen, das ist alles. Außerdem stören Sie mich gerade beim Abendessen, also wenn sonst nichts ist …«

»Ich störe Sie beim Abendessen? Ja, klar – ein einsames Sandwich vor dem Fernseher«, sagte er gehässig, und mit dieser letzten spitzen Bemerkung legte er auf.

Das war unter die Gürtellinie gegangen. Hulda war tatsächlich immer allein, die einzige alleinstehende Frau inmitten einer Gruppe von Männern, von denen die meisten wenn nicht zum ersten, dann zum zweiten Mal verheiratet waren und Familien hatten. Sie war solche Bemerkungen gewohnt. Offenbar gehörte das dazu, genau wie geschmacklose Witze bis hin zu unverhohlenem Mobbing. Sie wusste, dass sie im Umgang mit Menschen ebenfalls kratzbürstig sein konnte, aber sie hatte sich ein dickes Fell zulegen müssen, um auf der Polizeistation zu überleben, was den Jungs im Gegenzug offenbar die Lizenz für Attacken gegen sie gab.

Natürlich hätte sie Alexanders gehässige Bemerkung einfach mit einem Schulterzucken abtun können. Doch um ihn Lügen zu strafen, beschloss sie stattdessen, Pétur aus dem Wanderverein anzurufen. Sie sah ihn nach wie vor als einen Freund und nicht als potenziellen Partner – dafür war ihre Beziehung bisher zu platonisch gewesen. Doch wenn sie zusammen waren, ertappte sie sich jedes Mal bei dem Wunsch, zwanzig oder dreißig Jahre jünger zu sein; dann wäre es bestimmt nicht so schwer, den nächsten Schritt zu wagen, von höflichen Wangenküssen zu etwas Intimerem überzugehen. Andererseits fühlte sie sich, wenn sie mit ihm telefonierte, manchmal wieder wie ein schüchternes Mädchen, was sie darin bestärkte, dass ihre Beziehung die richtige Richtung eingeschlagen hatte und sie vielleicht insgeheim doch mehr wollte.

Wie üblich nahm er beinahe sofort ab – immer forsch und auf Zack.

»Ich habe mich gefragt«, begann sie schüchtern, »also ... Ich hab mich gefragt, ob du heute Abend auf einen Kaffee vorbeikommen möchtest.« Sobald sie die Worte ausgesprochen hatte, wurde ihr klar, wie missverständlich sie geklungen hatten. Einen Mann aus heiterem Himmel zum Kaffee einzuladen ... Sie wollte am liebsten hinzufügen, dass dies keine Aufforderung war, die Nacht bei ihr zu verbringen, biss sich dann aber auf die Lippe und hoffte inständig, dass er nicht mehr in ihr Angebot hineindeutete.

»Sehr gerne«, antwortete er, ohne einen Moment zu zögern. Er wirkte wie immer entschlossen, verzettelte sich nicht in Details und machte aus einer Mücke keinen Elefanten – Eigenschaften, die Hulda schätzte. Trotzdem war es ein großer Schritt für sie beide, denn sie hatte ihn noch nie zu sich eingeladen. Lag es daran, dass sie sich für ihre Wohnung schämte? Verglichen mit ihrem alten Haus auf Álftanes mit den großen Fenstern und dem weitläufigen Garten – ja, vielleicht. Aber es lag vor allem an den unsichtbaren Mauern, die sie um sich herum hochgezogen hatte. Sie hatte lange gezögert, diese Mauern für ihn einzureißen, bis eben, als sie in ihrem verzweifelten Bedürfnis nach Gesellschaft beschlossen hatte, das Wagnis einzugehen.

»Soll ich gleich vorbeikommen?«, fragte er.

»Ja, sicher. Das wäre toll. Wenn du kannst.« Sie war lächerlich unsicher, wenn sie mit ihm sprach, was ganz untypisch für sie war. Normalerweise hatte sie ihr Leben unter Kontrolle.

»Klar. Wo wohnst du?«

Sie nannte ihm die Adresse und fügte hinzu: »Vierter Stock. Mein Name steht auf der Klingel.«

»Ich bin gleich da«, sagte er und legte auf, ohne sich zu verabschieden.

»Wurde auch Zeit, dass du mich mal einlädst«, lautete Péturs erste Bemerkung, als sie die Tür öffnete. Mit knapp siebzig war er ein paar Jahre älter als Hulda, schien jedoch damit im Reinen zu sein und wirkte weder jünger noch älter, als er war, obwohl sein graues Haar ihm eine leicht großväterliche Ausstrahlung verlieh. Hulda fragte sich unwillkürlich, wenn auch nur einen Moment lang, wie Jón mit siebzig ausgesehen hätte.

Ehe sie sichs versah, machte Pétur es sich im Wohnzimmer in ihrem Lieblingssessel bequem. Hulda verspürte einen Hauch von Verärgerung: Der Sessel ihrer Mutter war *ihr* Platz, aber das sagte sie natürlich nicht laut. Sie war froh, dass er hier war, glücklich, dass jemand den Abend mit ihr verbringen wollte. Sie hatte sich, so gut es ging, an die Einsamkeit gewöhnt, doch für die Gesellschaft eines anderen Menschen gab es keinen echten Ersatz. Ein paarmal hatte sie probiert, mittags oder abends allein in einem Restaurant zu essen, doch sie hatte sich unwohl gefühlt, sodass sie mittlerweile entweder in der Kantine oder allein zu Hause aß.

Sie fragte ihn, ob er einen Kaffee wolle.

»Danke, sehr gern. Ohne Milch.«

Pétur war Arzt gewesen. Als seine Frau erkrankt war, war er mit sechzig vorzeitig in den Ruhestand gegangen. Ohne je ins Detail gegangen zu sein, hatte er Hulda erzählt, dass sie vor dem Ende noch ein paar gute Jahre zusammen gehabt hatten. Diese Information reichte ihr bis auf Weiteres; sie fand es unnötig, ihn zu drängen, seine Trauer noch einmal zu durchleben. Sie hoffte, dass er ähnlich verständnisvoll sein würde und nicht von ihr verlangte, alte Wunden wieder aufzureißen. Sie hatte ihm nur erzählt, dass Jón im Alter von zweiundfünfzig Jahren plötzlich verstorben war. »Viel zu früh«, hatte sie hinzugefügt, auch wenn das nur zu offensichtlich gewesen war.

Hinter Péturs umgänglicher Art schimmerte hin und wieder eine gewisse Härte durch, eine Mischung, die ihn vermutlich zu einem guten Arzt gemacht hatte. Er war jedenfalls erfolgreich gewesen. Sie hatte ihn schon mal in Fossvogur besucht, einem der besseren Stadtviertel. Sein Haus war geräumig, mit hohen Decken, das Wohnzimmer geschmackvoll möbliert und mit Ölgemälden an den Wänden dekoriert, einer großen Auswahl von Büchern in den Regalen und sogar einem Flügel, der stolz die Mitte des Raumes einnahm. Seit sie das Haus zum ersten Mal betreten hatte, hing sie manchmal Fantasien nach, wie es wäre, dort zu wohnen und ihre Tage behaglich in kultivierter Häuslichkeit zu verbringen. Sie würde ihre triste Wohnung in diesem Wohnblock verkaufen, mit dem Geld ihre Schulden abbezahlen und den Ruhestand in einem weitläufigen Haus in einem hübschen Viertel genießen. Aber das war natürlich nicht der Hauptgrund. Sie fühlte sich in Péturs Gesellschaft wirklich wohl und hatte das Gefühl, allmählich bereit zu sein, endlich wieder nach vorn zu schauen und sich nach all den Jahren der Einsamkeit neu zu binden.

»Bei mir war heute ganz schön was los«, sagte sie, bevor sie in die Küche ging, um den Kaffee zu holen, den sie zuvor bereits aufgesetzt hatte.

Als sie in das beengte Wohnzimmer zurückkehrte und Pétur eine Tasse reichte, lächelte er dankbar und wartete geduldig darauf, dass sie weitersprach. Er war Chirurg gewesen, hätte in ihren Augen aber auch einen exzellenten Psychiater abgegeben. Er war ein Mann, der es verstand zuzuhören.

»Ich höre auf zu arbeiten«, sagte sie, als die Stille unbehaglich wurde.

»Das war doch absehbar, oder?«, erwiderte er. »Und es ist nicht halb so schlimm, wie es sich anhört. Du hast endlich mehr Zeit für deine Hobbys, mehr Zeit, das Leben zu genießen.«

Er wusste sein Leben jedenfalls zu genießen, dachte sie, und für einen Moment vergiftete Neid ihre Gedanken. Als erfolgreicher Arzt hatte er sich wahrscheinlich auch nie um seine finanzielle Lage im Alter Sorgen machen müssen.

»Ja, es war absehbar«, stimmte sie leise zu, »aber noch nicht gleich.« Am besten war sie offen zu ihm und versuchte gar nicht erst, die Tatsachen zu beschönigen. »Ehrlich gesagt hat man mich quasi rauskomplimentiert. Ich habe nur noch zwei Wochen. Sie haben irgendeinen Jüngeren für meinen Posten eingestellt.«

»Verdammt. Und das hast du einfach so hingenommen? Das sieht dir gar nicht ähnlich.«

»Na ja …« Insgeheim verfluchte sie sich, weil sie nicht mehr Widerstand geleistet hatte, nachdem Magnús ihr seine Absichten eröffnet hatte. »Ich habe es immerhin geschafft, meinem Chef einen letzten Fall abzuringen, mit dem ich aufhöre.«

»Das hört sich schon besser an. Irgendwas Interessantes?«

»Ein Mord … glaube ich.«

»Ist das dein Ernst? Zwei Wochen, um einen Mord aufzuklären? Hast du keine Angst, es nicht zu schaffen und dann mit einem Misserfolg in Pension zu gehen?«

Daran hatte sie noch gar nicht gedacht, aber Péturs Einwand war nicht von der Hand zu weisen.

»Jetzt ist es eh zu spät, um noch auszusteigen«, erwiderte sie ohne Überzeugung. »Außerdem bin ich mir auch gar nicht zu hundert Prozent sicher, dass es Mord war.«

»Worum geht es in dem Fall?« Er klang aufrichtig interessiert.

»Um eine junge Frau, die tot in einer Bucht am Vatnsleysuströnd gefunden wurde.«

»Vor Kurzem?«

»Vor mehr als einem Jahr.«

Pétur runzelte die Stirn. »Daran kann ich mich gar nicht erinnern.«

»Es war damals auch nicht groß in den Nachrichten. Sie war Asylbewerberin ...«

»Eine Asylbewerberin? Nein, davon habe ich wirklich nichts gehört.«

Wie so viele Leute, dachte Hulda.

»Wie ist sie gestorben?«, wollte er wissen.

»Sie ist ertrunken, aber ihre Leiche wies Spuren von Gewalteinwirkung auf. Der Kommissar, der den Fall übernommen hat – nicht einer unserer besten Leute, sollte ich vielleicht hinzufügen –, hat es als Selbstmord abgetan. Aber ich bin mir da nicht so sicher.«

Zufrieden mit den Fortschritten des Tages fasste sie ihre neuen Erkenntnisse kurz für ihn zusammen, doch zu ihrer Enttäuschung wirkte Pétur skeptisch.

»Bist du dir sicher«, fragte er zögernd, »bist du dir sicher, dass du die Geschichte nicht größer machst, als sie ist?«

Seine Direktheit überraschte sie, andererseits wusste sie sie zu schätzen.

»Nein, ich bin mir überhaupt nicht sicher«, gab sie zu. »Aber ich bin fest entschlossen, die Sache weiter zu verfolgen.«

»Na ja, warum nicht ...«

Es wurde spät. Schon vor Stunden hatten sie den Kaffee durch Rotwein ersetzt. Pétur war länger geblieben als erwartet, doch Hulda wollte sich nicht beklagen – sie genoss seine Gesellschaft. Die Regenwolken hatten sich endlich verzogen und Platz für die Abendsonne gemacht; der Himmel war trügerisch hell und täuschte über die späte Stunde hinweg.

Der Wein war nicht Huldas Idee gewesen. Nachdem er seinen Kaffee getrunken hatte, hatte Pétur gefragt, ob sie zufällig einen Tropfen Brandy im Haus habe. Nein, hatte sie erwidert, aber irgendwo müsste sie noch ein paar Flaschen Wein haben.

»Das hört sich vielversprechend an. Und gut für die alte Pumpe«, hatte er gesagt, und wer war sie, das Wort eines Arztes anzuzweifeln.

»Es kommt mir ein wenig ungewöhnlich vor«, bemerkte Pétur jetzt und schien sich vorsichtig vorzutasten, »dass du überhaupt keine Familienfotos aufgehängt hast.«

Die Feststellung überrumpelte Hulda ein wenig. Sie bemühte sich um eine beiläufige Antwort. »Für so was war ich nie der Typ. Ich weiß auch nicht, warum.«

»Ich glaube, ich kann das verstehen. Bei mir stehen wahrscheinlich zu viele Fotos meiner Frau. Vielleicht habe ich deswegen so lange gebraucht, um über ihren Tod hinwegzukommen. Ich stecke buchstäblich in der Vergangenheit fest.« Er seufzte schwer. Sie waren mittlerweile bei der zweiten Flasche. »Was ist mit deinen Eltern? Deinen Brüdern und Schwestern? Von ihnen auch keine Bilder?«

»Ich habe keine Geschwister«, sagte Hulda.

Pétur wartete geduldig auf eine Fortsetzung und nippte an seinem Wein.

»Meine Mutter und ich standen uns nie besonders nahe«, sagte sie schließlich, wie um die Abwesenheit jeglicher Fotos zu entschuldigen, obwohl sie nicht wusste, weshalb sie sich dazu verpflichtet fühlte.

»Wie lange ist sie schon tot?«

»Sie ist vor fünfzehn Jahren gestorben. Sie war noch gar nicht so alt, gerade mal siebzig«, sagte Hulda, während ihr gleichzeitig dämmerte, wie erschreckend bald sie selbst dieses Alter erreicht haben würde: in nur etwas mehr als fünf Jahren. Und die letzten fünf waren wie im Flug vergangen.

»Dann muss sie noch ziemlich jung gewesen sein, als sie dich bekommen hat«, stellte Pétur fest.

»Zwanzig ... Obwohl ich nicht glaube, dass das damals als besonders jung galt.«

»Und dein Vater?«

»Ich habe ihn nie kennengelernt.«

»Wirklich? Ist er vor deiner Geburt gestorben?«

»Nein. Ich kannte ihn bloß nicht ... Er war Ausländer.«
Für einen kurzen Moment war sie mit den Gedanken woanders. »Tatsächlich bin ich vor Jahren einmal ins Ausland gereist, um ihn aufzuspüren, aber das ist eine andere Geschichte ...«

Sie lächelte Pétur verlegen an. Sie duldete seine persönlichen Fragen, aber erpicht darauf war sie nicht. Bestimmt erwartete er, dass sie sein Interesse erwidern und nach seiner Familie und Vergangenheit fragen würde, damit sie sich näherkämen. Aber das würde nicht geschehen. Noch nicht. Sie hatte das Gefühl, dass sie bereits genug über ihn wusste, um auf dieser Grundlage weiterzumachen. Er hatte seine Frau verloren und lebte allein (in einem Haus, das zu groß für ihn war), und was noch viel wichtiger war: Er war anscheinend ein anständiger, gütiger Mann, ehrlich und verlässlich. Das reichte Hulda fürs Erste.

»Tja«, brach er das Schweigen und klang jetzt ein wenig beschwipst, »wir sind schon zwei einsame Seelen ... Manche Menschen treffen diesen Entschluss schon früh im Leben – allein zu sein, meine ich. Aber in unserem Fall war es Schicksal, glaube ich.« Er hielt inne. »Meine Frau und ich haben den Zeitpunkt, Kinder zu bekommen, immer wieder hinausgeschoben – bis es zu spät war, es uns noch anders zu überlegen. Zum Ende hin haben wir oft darüber gesprochen, ob das vielleicht ein Fehler gewesen war.« Nach einem Moment fügte er hinzu: »Ich halte nichts davon, etwas zu bereuen. Das Leben ist, wie es ist, es entwickelt sich so oder so in eine gewisse Richtung.

Trotzdem wünschte ich mir, ich wäre an diesem Punkt in meinem Leben nicht so allein.«

So viel Offenheit hatte Hulda nicht erwartet. Sie wusste nicht, was sie sagen sollte.

»Ich weiß ja nicht, warum ihr beide keine Kinder bekommen habt«, fuhr Pétur fort, »und ich möchte auch nicht nachbohren, aber so etwas, solche Entscheidungen … haben tiefgreifende Auswirkungen auf ein Leben. Solche Entscheidungen sind wichtig, wirklich wichtig. Findest du nicht auch?«

Hulda nickte, blickte diskret zur Uhr und dann zu der Flasche, und Pétur hatte den Wink verstanden: Es war an der Zeit, Gute Nacht zu sagen.

XI

Egal wie viel sie arbeitete: Zu den Besuchen bei ihrer Tochter kam sie immer pünktlich. Zuverlässig zweimal pro Woche, ohne einen Besuchstag zu verpassen. Egal wie heftig es schneite oder stürmte. Nicht einmal eine Erkrankung konnte sie abhalten, weil die Glasscheibe, die sie beide trennte, ohnehin dafür sorgte, dass sie das Baby nicht anstecken konnte. Schon zweimal hatte sie wegen der Besuche Ärger mit wenig verständnisvollen Arbeitgebern gehabt, beim zweiten Mal hatte sie gekündigt. Ihre Tochter ging vor.

Das kleine Mädchen schien prächtig zu gedeihen. Ihr zweiter Geburtstag nahte mit Riesenschritten, und sie war gesund und groß für ihr Alter. Nur in ihrem Blick lag ein abwesender Zug, der die Mutter ängstigte.

Vielleicht wusste sie tief in ihrem Innern, dass zu viel Zeit vergangen war, dass ihre Besuche nichts bewirkten, dass das unsichtbare Band, das Mutter und Tochter verbunden hatte, irgendwann während dieser zwei Jahre gerissen war. Vielleicht war es schon gleich am Anfang passiert, noch am selben Tag, als sie ihre Tochter gezwungenermaßen in fremde Hände gegeben hatte. Ihre Eltern, die sich geschämt hatten, dass ihre Tochter ein uneheliches Kind bekam, und die Angelegenheit vertuschen wollten, hatten es für das Beste gehalten und sie vor die Wahl gestellt: Entweder sie gab das Kind zur Adoption frei – etwas, woran sie im Traum nicht gedacht hätte –, oder sie überließ das Mädchen »für den Anfang« einem Säuglingsheim.

Sie hatte bei ihren Eltern gelebt, als ihr Baby zur Welt gekommen war, und sich keine eigene Wohnung leisten können, deshalb war ihr die Entscheidung im Grunde abgenommen worden: Da es nicht in Frage gekommen war, ihre Tochter für immer aufzugeben, war ihr die zweite Option als das kleinere Übel erschienen.

Nach der Schule hatte sie keine weitere Ausbildung gemacht und glaubte, es wäre zu spät, um das jetzt noch wettzumachen. Ihre Eltern hatten sie nie dazu ermutigt, sondern all ihre Hoffnungen in ihren jüngeren Bruder gesetzt, der mittlerweile an der Uni Reykjavík studierte.

Aber bald würden die Dinge sich ändern. Sie hatte zwei Jahre lang gearbeitet und Geld beiseitegelegt. Noch lebte sie bei ihren Eltern, doch es würde nicht mehr lange dauern, bis sie sich eine eigene Wohnung leisten konnte. Und dann würde sie ihren lang gehegten Traum verwirklichen und ihre Tochter zu sich zurückholen.

Die Beziehung zu ihren Eltern war zunehmend angespannt gewesen. Direkt nach der ungeplanten Schwangerschaft war sie zu benommen gewesen, um sich gegen sie zu wehren, und hatte sich von ihnen herumkommandieren lassen. Insgeheim fürchtete sie, sie würde es ihnen nie verzeihen, dass sie sie dazu gezwungen hatten, ihr Kind wegzugeben. Rückblickend war es ihr unbegreiflich, wie sie dazu je ihre Einwilligung hatte geben können.

Sie hoffte nur, dass ihr kleines Mädchen bereit sein würde, ihr zu vergeben.

XII

Nachdem sie sich mit einem keuschen Wangenkuss von Pétur verabschiedet hatte, ging Hulda ins Wohnzimmer zurück und nahm wieder in dem alten Sessel Platz. Sie war zu rastlos, um gleich schlafen zu gehen, und wollte nicht allein und bloß in Gesellschaft ihrer Gedanken im Dunkeln liegen. Zu viele davon gingen ihr durch den Kopf und warteten nur darauf zuzuschlagen – und ein Gedanke wäre beunruhigender als der andere.

An erster Stelle stand immer noch das russische Mädchen, obwohl Hulda die Sache beiseitegeschoben hatte, während sie mit Pétur Wein getrunken hatte. Apropos Wein: Es war noch ein Tropfen übrig. Hulda griff nach der Flasche und goss sich den Rest ein. Das russische Mädchen … Sobald sie an Elena dachte, kehrten Huldas Gedanken unweigerlich zu den Umständen zurück, unter denen der Todesfall überhaupt auf ihrem Schreibtisch gelandet war. De facto hatte man sie am Morgen rausgeworfen und ihr erklärt, sie möge ihr Büro räumen. Sie war vor die Tür gekehrt worden wie alter Müll.

Um sich abzulenken, wandte sie sich wieder Pétur zu,

aber auch das war problematisch, weil sie sich keine zu großen Hoffnungen auf eine Zukunft mit ihm machen wollte. Sein Besuch war gut gelaufen, doch nun würden sie den nächsten Schritt tun müssen. Sie wollte ihn nicht verlieren und hatte Angst, dass die Tür am Ende ganz zufallen würde, wenn sie es zu langsam angehen ließ. Und wie viele Chancen würde sie realistischerweise noch bekommen?

In diesem Dilemma gefangen starrte sie abwesend in ihr Glas und nippte hin und wieder daran, bis aus den dunklen Winkeln ihres Bewusstseins jene Gestalten ans Licht drängten, an die sie sich nicht erinnern wollte, auch wenn sie nie aufhören konnte, an sie zu denken. Jón und ihre Tochter.

Nach einer Weile wurden ihre Lider schwer. Sie war endlich müde genug, um ins Bett zu gehen und einzuschlafen, ohne länger von ihren Dämonen gequält zu werden.

Den Wecker auf dem Nachttisch, der sie so viele Jahre an jedem Wochentag pünktlich um sechs Uhr geweckt hatte, ließ sie ausnahmsweise aus. Er hatte sich eine Pause verdient, genau wie Hulda. Außerdem schaltete sie, ohne groß darüber nachzudenken, auch ihr Handy auf lautlos, was sie sonst praktisch nie tat, weil sie Tag und Nacht erreichbar sein wollte. Eine polizeiliche Ermittlung ließ sich nur selten, womöglich nie ausschließlich zu den üblichen Bürozeiten durchführen.

Dann schloss sie die Augen und glitt hinüber ins Reich der Träume.

TAG ZWEI

I

Verblüfft stellte Hulda fest, dass es fast elf Uhr war. Sie konnte sich nicht erinnern, wann sie zuletzt so lange geschlafen hatte. Wie üblich brannte in ihrem Zimmer Licht. Sie schlief nicht gern im Dunkeln.

Ungläubig warf sie noch einmal einen Blick auf den Wecker, doch es bestand kein Zweifel. Die Erschöpfung musste sie überwältigt haben. Eine Weile lag sie noch da und genoss es, ausnahmsweise nicht in Eile zu sein, während ihr nach und nach Fetzen ihres Traums einfielen. Elena war darin aufgetaucht. Hulda war noch einmal nach Njarðvík gefahren, zurück zu der Zelle in der Asylbewerberunterkunft. Sie konnte nicht mehr alle Details fassen, nur ein Gefühl der Beunruhigung, das allerdings nichts war im Vergleich zu dem Traum, den sie sonst fast jede Nacht träumte und der so schrecklich war, dass sie manchmal nach Luft ringend daraus aufwachte. Schrecklich, nicht weil ihre Fantasie Amok lief, sondern weil es im Gegenteil eine detailgetreue Erinnerung an reale Ereignisse war, die Hulda nicht vergessen konnte, so sehr sie es auch versuchte.

Sie richtete sich auf und atmete tief durch, um die Geister zu vertreiben. Was sie jetzt brauchte, war eine Tasse guten, starken Kaffee.

Kurz schoss ihr durch den Kopf, dass sie sich vielleicht doch daran gewöhnen könnte, nicht mehr zu arbeiten: keine Verpflichtungen, kein Wecker. Ein bequemes, wenn auch eintöniges Leben als Rentnerin in einer Wohnung im vierten Stock.

Nur hatte sie nicht die Absicht, sich daran zu gewöhnen.

Sie brauchte ein neues Ziel im Leben. Auf kurze Sicht würde sie den Fall Elena lösen oder zumindest ihr Bestes versuchen. Dann könnte sie ihren Job mit einem Triumph an den Nagel hängen. Vor allem aber wollte sie unbedingt eine Art von Gerechtigkeit für das arme Mädchen bewirken. Auf lange Sicht jedoch plante sie, sich mit einem anderen Menschen einzulassen, um der Einsamkeit zu entkommen, und vielleicht – nur vielleicht – war dieser Mensch Pétur.

Erst nachdem sie die erste Tasse Kaffee halb getrunken hatte, fiel ihr ein, auf ihr Handy zu schauen. Im Gegensatz zu der modernen, Smartphone-besessenen Generation war sie kein Sklave des Geräts. Die jüngeren Kollegen bei der Kriminalpolizei konnten sich kaum länger als eine Minute von ihren Displays losreißen, während Hulda ihres am liebsten ganz ignoriert hätte.

Deshalb war sie auch überrascht zu sehen, dass jemand zweimal versucht hatte, sie zu erreichen, von einer Nummer, die sie nicht kannte. Ein Anruf bei der Auskunft ergab, dass es sich um die Nummer der Asylbewerberunterkunft handelte, die gerade erst in ihrem Traum aufgetaucht war.

Als sie dort anrief, meldete sich ein junger Mann.

»Guten Morgen, hier ist Hulda Hermannsdóttir von der Polizei. Heute Morgen gegen acht Uhr hat jemand von Ihrer Nummer aus versucht, mich zu erreichen.«

»Von unserer Nummer? Könnte Dóra gewesen sein, aber eigentlich auch sonst jeder. Ich war es jedenfalls nicht«, sagte er, die Silben in einem kaum hörbaren Murmeln verschleifend.

»Wen meinen Sie mit ›sonst jeder‹?«, hakte Hulda nach.

»Also, zu diesem Telefon haben alle Bewohner Zugang. Allerdings nur für Inlandsgespräche«, ergänzte er eilig. »Ausländische Nummern sind blockiert, sonst hätten wir eine horrende Telefonrechnung.« Er lachte.

Hulda war nicht nach Scherzen zumute. »Gibt es irgendeine Möglichkeit herauszufinden, wer mich angerufen hat? Oder könnten Sie mich einfach mit Dóra verbinden?«

»Mit Dóra? Tut mir leid, das geht nicht.«

»Warum nicht?«, fragte Hulda, der langsam die Geduld ausging. Eine halbe Tasse Kaffee war offensichtlich nicht genug gewesen.

»Sie hatte Nachtschicht und schläft jetzt. Da brauche ich es gar nicht erst zu versuchen, weil sie garantiert ihr Handy ausgeschaltet hat.«

»Aber es ist dringend«, protestierte Hulda, obwohl sie

sich dessen nicht sicher war. »Geben Sie mir einfach ihre Festnetznummer, ja?«

Der junge Mann lachte wieder. »Festnetz? Niemand hat heute noch einen Festnetzanschluss.«

»Könnten Sie sie dann zumindest bitten zurückzurufen?«

»Okay, ich versuche, daran zu denken. Unter der Nummer, von der Sie jetzt anrufen?«

»Ja«, sagte Hulda, ehe ihr noch etwas einfiel. »Bei Ihnen wohnt eine junge Frau aus Syrien, mit der ich auch sprechen muss. Ist sie da?«

»Eine Syrerin? Keine Ahnung. Ich bin neu hier und kenne noch keinen. So was weiß Dóra bestimmt besser.«

Hulda gab auf. »Vergessen Sie's«, sagte sie knapp. »Ich rufe einfach später noch mal an.«

»Okay. Soll ich Dóra dann auch nicht ausrichten, dass sie zurückrufen soll?«

»Doch, Herrgott noch mal. Sagen Sie ihr, sie soll mich anrufen. Danke.«

Mit einem verzweifelten Seufzer legte Hulda auf und goss sich noch eine Tasse Kaffee ein.

II

Der erste Tag in ihrem neuen Zuhause, einer Kellerwohnung, die so winzig war, dass die Bezeichnung »Wohnung« fast übertrieben wirkte, war trotzdem ein großer Tag.

Endlich war sie bei ihren Eltern ausgezogen und hatte sich sogar herzlich von ihnen verabschiedet, während sie sich insgeheim geschworen hatte, nie zurückzukehren. Als Nächstes war sie ihre Tochter abholen gegangen. Sie war ein wenig unsicher gewesen, wie man sie in dem Heim empfangen und ob man ihr überhaupt erlauben würde, sie mitzunehmen.

Doch ihre Sorgen hatten sich als unbegründet erwiesen. Die Heimleiterin hatte zwar betont, dass zwei Jahre – so lange hatte das Mädchen bei ihnen gelebt – eine ungewöhnlich lange Zeit waren; normalerweise verbrachten Kinder nur einige Monate dort. Sie hatte sie auch gewarnt, dass es eine Weile dauern könnte, bis ihre Tochter sich an die Veränderung gewöhnt hätte. Doch dann hatte sie ihnen beiden alles Gute gewünscht. »Sie ist ein gutes Mädchen«, hatte sie noch gesagt.

Und Himmel, es war hart gewesen. Das Kind hatte geheult und geschrien, sich nicht von der Mutter hochheben lassen und sich gesträubt, mit ihr zu gehen. So hatte sich die Mutter ihr Wiedersehen nicht vorgestellt.

Als sie schließlich bereit zum Aufbruch waren, hatte die Hausmutter ihr mit auf den Weg gegeben: »Manchmal tut sie sich ein bisschen schwer mit dem Einschlafen.«

»Sie hat Probleme einzuschlafen?«, hatte die Mutter nachgefragt. »Haben Sie eine Ahnung, warum?«

Die Heimleiterin hatte unschlüssig gewirkt, wie viel sie aus der Zeit erzählen sollte, die das Mädchen in ihrer Obhut verbracht hatte, und schließlich widerstrebend eingeräumt: »Anfang des Jahres hatten wir ein Mädchen hier, das hin und wieder …« Sie zögerte. »Offenbar hat es sich einen Spaß daraus gemacht, anderen Kindern mit dem Finger in die Augen zu piksen, wenn sie geschlafen haben.«

Als die Mutter das hörte, lief ihr ein Schauer über den Rücken.

»Wir haben es zunächst für ein einmaliges Vorkommnis gehalten«, fuhr die Heimleiterin fort, »aber irgendwann mussten wir dann doch eingreifen. Ihre Tochter ist ein sensibles Kind, deshalb hat es sie stärker mitgenommen als die meisten anderen. Seitdem hat sie Probleme einzuschlafen. Sie fürchtet sich so sehr im Dunkeln, dass sie die Augen nicht schließen will. Das war offen gestanden sehr ärgerlich.«

An jenem Tag nahm das Mädchen weder ihr neues Zuhause noch die Anwesenheit der Mutter gut an. Es sprach kein Wort mit ihr und mied ihren Blick. Anfangs weigerte die Kleine sich sogar, etwas zu essen, gab jedoch schließlich nach. Und als der Abend kam, wollte sie wie befürchtet nicht einschlafen. Gutenachtlieder halfen nur kurz, und in ihrer Verzweiflung begann die junge Frau, sich zu fragen, ob sie einen furchtbaren Fehler gemacht hatte. Vielleicht hätte sie das Baby doch gleich nach der Geburt zur Adoption freigeben sollen, anstatt sich auf diesen Kompromiss einzulassen, bei dem sie am Ende nur dem Namen nach eine Mutter war, bloß die Frau, die regelmäßig auf der anderen Seite der Glasscheibe aufgetaucht war und in ihrem Bemühen, irgendetwas zu sagen, Plattitüden geäußert hatte, die echte Liebe und Geborgenheit niemals ersetzen konnten.

Aber die Kleine konnte nicht für immer gegen ihre Müdigkeit ankämpfen, obwohl sie sich nach Kräften anstrengte. Schließlich gelang es der Mutter, sie zum Einschlafen zu bewegen, indem sie das Licht im Schlafzimmer brennen ließ. Völlig erschöpft fielen auch ihr wenig später die Augen zu, neben ihrer Tochter. Nie hatte sie sich glücklicher gefühlt als in diesem Moment.

III

Hulda wunderte sich ein wenig, dass sie nichts von Magnús gehört hatte. Nach Alexanders Wutanfall am Telefon am Abend zuvor hatte Hulda mit einem entsprechenden Anruf ihres Chefs gerechnet. Es gab nur zwei mögliche Erklärungen, warum der ausgeblieben war. Entweder hatte Magnús entschieden, Alexanders Beschwerde zu ignorieren und Hulda in Ruhe ermitteln zu lassen, was höchst unwahrscheinlich war. Die beiden Männer waren wie Pech und Schwefel, sodass man sicher davon ausgehen konnte, dass Magnús Alexander unterstützt hätte, sofern der sich beschwert hätte. Deshalb war es sehr viel wahrscheinlicher, dass Alexander gar nicht erst mit der Geschichte zu Magnús gelaufen war, weil er tief im Innern wusste, dass er die Ermittlung vermasselt hatte. Er konnte eigentlich nur beten, dass Hulda keine neuen Spuren zutage förderte und die ganze Affäre schnell und spurlos in Vergessenheit geriet. Sie fragte sich, woher Alexander überhaupt wusste, dass sie Elenas Todesfall untersuchte, aber wahrscheinlich hatte Albert es ihm erzählt, Elenas Anwalt. Die beiden kannten sich noch aus Alberts Zeit bei der Polizei.

So gelegen ihr Magnús' Zurückhaltung kam, wusste Hulda auch, dass sie nicht lange darauf bauen konnte. Sie hatte eine zweiwöchige Gnadenfrist zur Untersuchung des Falls erhalten, doch es bestand jederzeit die Gefahr, dass man sie aufforderte, die Ermittlungen früher abzuschließen und ihren Schreibtisch bis zum folgenden Tag zu räumen. Deshalb musste sie die ihr verbleibende Zeit gut nutzen. Als Erstes wollte sie dem Hinweis nachgehen, den sie von Bjartur, dem Übersetzer, bekommen hatte. Und in sämtlichen Fragen zu Sex- und Menschenhandel war bei der Polizei ein Kollege namens Þrándur die erste Adresse. Sein Taufname lautete eigentlich Tróndur, weil er Halb-Färöer war, doch da er schon sein Leben lang in Island wohnte, stellte er sich meist mit der isländischen Version seines Namens vor. Hulda war mit dem Mann nie richtig warm geworden, obwohl er immer höflich zu ihr gewesen war. Sie fand seine Art ein bisschen zu schmierig, musste jedoch zugeben, dass ihre Meinung über Þrándur und diverse andere männliche Kollegen auch deshalb eingefärbt war, weil sie nicht zu deren Clique gehörte. Immerhin musste man Þrándur lassen, dass er ein kompetenter Ermittler war: Er war umsichtig und intelligent und lieferte im Gegensatz zu Alexander in der Regel gute Ergebnisse.

Þrándur ging nicht an sein Bürotelefon, deshalb versuchte sie es auf seinem Handy. Es klingelte eine gefühlte Ewigkeit, bevor er den Anruf entgegennahm.

»Hallo, hier ist Þrándur?«, meldete er sich, was darauf

schließen ließ, dass er ihre Nummer trotz all der Jahre, die sie zusammengearbeitet hatten, nie in seinen Kontakten gespeichert hatte.

»Hallo, Þrándur, hier ist Hulda. Könnte ich Sie heute für ein kurzes Gespräch treffen?«

»Meine Güte, Hulda! Das muss Urzeiten her sein!«, rief er mit einer Herzlichkeit, die sich aufgesetzt anhörte. »Ich habe heute eigentlich frei – ich musste noch Resturlaub aus dem letzten Sommer nehmen. Kann es bis morgen warten?«

Sie dachte kurz nach. Sie hatte nicht mehr viel Zeit und musste heute noch irgendwelche Fortschritte erzielen, und die Andeutungen des Übersetzers waren ihre vielversprechendste Spur.

»Tut mir leid, es ist wirklich dringend.«

»Okay, schießen Sie los.«

»Könnte ich nicht vorbeikommen?« Sie wusste, dass sie von Angesicht zu Angesicht weiterkommen würde. Und wenn er sie anlog, würde sie bessere Chancen haben, es an seiner Körpersprache zu erkennen.

»Na ja, ich bin auf dem Golfplatz.« Das überraschte sie nicht: Þrándur war der Star-Spieler des Polizeiteams. »Ich wollte gerade abschlagen. Aber wenn es schnell geht ...«

»Wo genau sind Sie?«

»Urriðavöllur.«

Das sagte ihr gar nichts.

»Der Platz oben bei Heiðmörk«, erklärte er, als sie nicht reagierte, und beschrieb ihr den Weg.

»Ich bin gleich bei Ihnen«, sagte sie, wohl wissend, dass ihr alter Skoda eine Weile bis dorthin brauchen würde.

Während sie in südöstlicher Richtung aus der Stadt fuhr, wanderten ihre Gedanken unwillkürlich wieder zu Pétur. Sie dachte daran, was für einen schönen Abend sie gehabt hatten und wie sehr sie diese Art von Gesellschaft vermisst hatte. Sie grübelte darüber, was sie ihm aus ihrer Vergangenheit erzählt hatte. Und was sie lieber ungesagt gelassen hatte. Fürs Erste. Dafür blieb später noch reichlich Zeit.

Fast unmittelbar hinter der Stadtgrenze erstreckte sich das Naturschutzgebiet Heiðmörk in frischem Maigrün: Koniferen, Birken und niedrigeres Buschwerk, irgendwo zwischen winterlicher Tristesse und sommerlicher Pracht. Jenseits des sich stetig ausbreitenden Asphaltdschungels von Reykjavík kam Heiðmörk einer natürlichen Oase gleich.

Þrándurs Wegbeschreibung war präzise gewesen, und ihre lange Laufbahn bei der Polizei hatte sie gelehrt, auf Details zu achten, sodass sie den Weg zum Golfplatz ohne Probleme fand. Auf der schmalen, gewundenen Schotterstraße hatte sie den Gegenverkehr nicht kommen sehen können, trotzdem hatten Hulda und ihr Skoda es heil an ihr Ziel geschafft.

Auf dem Parkplatz wartete Þrándur bereits in schicker Golfkleidung auf sie, Pullover mit Karomuster und Schirmmütze. Neben ihm stand ein Trolley mit einem Satz Schläger. Hulda wusste nicht genug über den Sport, um das Outfit einzuschätzen, ging angesichts von Þrándurs Begeisterung aber davon aus, dass er sich nur mit dem Besten zufriedengab.

»Ich bin leider ein wenig unter Zeitdruck«, sagte er mit unüberhörbarer Ungeduld. Wie um seiner Aussage Nachdruck zu verleihen, blickte er zu der großen Uhr am Clubheim. »Was wollten Sie besprechen?«

Hulda war es nicht gewohnt, gedrängt zu werden, doch Þrándur war offenbar entschlossen, sich durch nichts von seiner Partie abhalten zu lassen. Also kam sie direkt zur Sache.

»Es geht um eine junge Russin, die vor einem guten Jahr gestorben ist. Sie hieß Elena.«

»Ich fürchte, der Name sagt mir nichts«, sagte er. »Ich wünschte, ich könnte Ihnen helfen.« Selbst in Eile war er der Inbegriff der Höflichkeit.

»Sie ist als Asylbewerberin ins Land gekommen und wurde tot am Strand von Vatnsleysuströnd aufgefunden. Die damalige Ermittlung war ein wenig oberflächlich, aber vor Kurzem habe ich erfahren, dass sie hierhergebracht worden sein könnte, um als Prostituierte zu arbeiten. Vielleicht steckt ja ein Mädchenhändlerring dahinter.« Sie beobachtete Þrándurs Reaktion genau und erkannte, dass sein Interesse geweckt war. »Und genau darüber wollte ich mit Ihnen sprechen …«

»Ich … Also, darüber weiß ich nichts«, sagte er leicht zögerlich und ausweichend. »Von einer Elena habe ich nie gehört. Tut mir leid«

»Aber es ist nicht undenkbar, oder?«, beharrte Hulda. »Dass eine junge Frau unter dem Vorwand, Asyl zu suchen, nach Island geflogen wird, um in Wahrheit für einen Prostitutionsring zu arbeiten?« Vor der Fahrt hatte sie kurz im Netz recherchiert und genug Hinweise gefunden, die diese Behauptung stützten – zumindest genug, um bei Þrándur weitere Informationen abzufragen.

»Nun, also … Ja, so was kommt vor, nehme ich an … Aber wir ermitteln zurzeit nicht konkret in diese Richtung. Hört sich so an, als hätte Ihnen jemand irreführende Hinweise gegeben.«

»Wenn so etwas stattfinden *würde*«, beharrte Hulda, »könnten Sie mir Namen von Leuten nennen, die hier möglicherweise in solche Geschäfte verwickelt wären? Jemand, der von Island aus die Strippen zieht?«

»Da fällt mir spontan niemand ein«, antwortete er einen Hauch zu schnell und ohne vorher darüber nachzudenken, als wäre es ihm lieber, wenn sie gar nicht erst in diese Richtung ermitteln würde. »Vielleicht war es eine einmalige Sache: Jemand hat sie wirklich aus diesem Grund ins Land gebracht und sich dann rargemacht? Wäre das nicht viel wahrscheinlicher? Was meinen Sie?«

»Könnte schon sein«, sagte sie langsam. »Wer wären in einem solchen Fall die wahrscheinlichsten Kandidaten? Wenn das irgendjemand weiß, dann Sie.« Sie blieb höflich, aber beharrlich.

»Tut mir leid, Hulda«, sagte er noch einmal, »aber ich habe keinen Schimmer. Es ist nicht so einfach, wie Sie offenbar glauben. Zum Glück gibt es in Island kaum organisierte Kriminalität dieser Art. Sorry, hören Sie, ich muss jetzt wirklich los, sonst verpasse ich meine Abschlagzeit.«

Sie nickte. »Trotzdem vielen Dank, Þrándur. Es war gut, ein paar Informationen von Ihnen einzuholen.«

»Kein Problem, Hulda. Jederzeit.« Sie meinte, einen Hauch von Sarkasmus in seiner Stimme zu hören, als er hinzufügte: »Genießen Sie Ihren Ruhestand.«

Sie sah ihm nach, als er seine Golfausrüstung hinter sich her den Hang hinaufzog, wo drei andere Spieler auf ihn warteten. Es war ein herrlicher Tag zum Golfen. Der Himmel war von einem klaren, wolkenlosen Blau, nach dem trüben Winter ein erfreulicher Anblick für müde Augen, obwohl die Luft nach wie vor knackig frisch war.

Offenbar sollte Þrándur als Erster abschlagen. Er zog einen Schläger aus seiner Tasche, bemerkte, dass Hulda ihn immer noch vom Parkplatz aus beobachtete, lächelte verlegen und zögerte; er wollte wohl, dass sie endlich ging. Ohne einen Zentimeter von der Stelle zu weichen, winkte sie ihm zu und genoss sein Unbehagen. Er wandte den Blick ab, nahm mit dem Rücken zu Hulda seine Abschlagposition ein, holte mit dem Schläger aus wie mit einer Waffe und drosch mit solcher Wucht auf den Ball ein, dass dieser seitlich über das Fairway hinausflog und jenseits eines Stacheldrahtzauns landete. Aus Þrándurs Reaktion und der seiner Begleiter schloss sie, dass das nicht beabsichtigt gewesen war.

IV

Das Mädchen war immer noch sehr in sich gekehrt. Bis auf das ständige Weinen zeigte es kaum Gefühle, doch die Mutter weigerte sich aufzugeben. Die Kluft zwischen ihnen musste sich irgendwie überwinden lassen. Es war, als würde ihre Tochter sie für ihre lange Abwesenheit bestrafen, was schrecklich ungerecht war, weil die Mutter letztlich keine andere Wahl gehabt hatte. Aber hier war sie nun, allein mit ihrem Kind, und konnte nachts vor Sorge um die Zukunft kaum schlafen. Wie sollte sie ihre Arbeit mit der Verantwortung vereinbaren, dieses Kind alleine großzuziehen? Fast alle Frauen, die sie kannte, waren verheiratet und hatten reichlich Zeit für Haushalt und Kinder. Nicht nur die Gesellschaft war gegen sie, sogar ihre sogenannten Freundinnen verhehlten ihre Missbilligung für ihren Status als alleinerziehende Mutter nicht. Ihre Eltern, die immer noch der Ansicht waren, dass sie das kleine Mädchen zur Adoption hätte freigeben sollen, waren verärgert auf Abstand gegangen. An den meisten Tagen hatte sie das Gefühl, dass sie niemanden mehr hatte, den sie um Hilfe bitten konnte.

Statt an diesen Widrigkeiten zu wachsen, spürte sie, wie jeder Tag sie ein Stück weiter zermürbte.

Wenn sie arbeiten ging, blieb ihr nichts anderes übrig, als ihre Tochter einer Tagesmutter anzuvertrauen, die in der Nähe wohnte, eine unterkühlte, strenge Frau mit altmodischen Vorstellungen von Kindererziehung. Es schmerzte die Mutter, ihre Kleine an jedem Wochentag in der stickigen Kellerwohnung abzugeben, die nach Zigarettenqualm roch. Aber sie musste arbeiten gehen, um sich und ihre Tochter zu ernähren, und diese Tagesmutter war die einzige Betreuerin in der Nachbarschaft, die sie sich leisten konnte.

Sich von ihrer Tochter zu verabschieden, wurde nie leichter. Obwohl sie wusste, dass sie die Kleine am Ende des Tages wieder würde abholen können, war jeder Abschied wie eine Wiederholung ihrer ursprünglichen Trennung. Sie betete, dass das Mädchen es nicht genauso empfand. Die Kleine weinte jedes Mal, obwohl unklar blieb, ob der Abschied von ihrer Mutter die Ursache war.

Die Mutter redete sich ein, dass am Ende alles gut und die Beziehung zwischen Mutter und Tochter irgendwann wieder normal werden würde. Normal – das war alles, was sie sich wünschte. Aber tief im Innern spürte sie – *wusste* sie –, dass ihre Beziehung nie normal sein würde. Der Schaden war nicht wiedergutzumachen.

V

Þrándur hatte Informationen zurückgehalten, so viel war klar, aber davon würde Hulda sich nicht abhalten lassen. Unter den wenigen Verbündeten, die sie bei der Polizei hatte, gab es eine Person, die die nötigen Kontakte zu der Halbwelt besaß, mit der Þrándur seine Arbeitszeit verbrachte.

Hulda hatte nicht die geringste Lust, einen Fuß in die Räumlichkeiten der Kriminalpolizei zu setzen, deshalb verabredeten sie sich im Café des Kjarvalsstaðir, des Museums am Rande der Innenstadt. Diese Ermittlung hielt sie ganz schön auf Trab. Und auch wenn sie aus irgendeinem Grund eine Art Verpflichtung gegenüber Elena empfand, wusste Hulda, dass dieser Fall auch ein Mittel war, um sich von dem quälenden Gefühl der Zurückweisung abzulenken, das sie jedes Mal überkam, wenn sie an das Gespräch mit Magnús zurückdachte.

Das Café war fast leer bis auf ein junges Paar – Touristen, den Rucksäcken und Kameras nach zu urteilen. Die beiden machten sich über ein Stück Apfelkuchen her und waren offensichtlich sehr verliebt. So wie sie und Jón damals … Ihr Herz war nicht leicht zu erobern, aber in ihn war sie einmal total verliebt gewesen, eine Erinnerung, die immer noch schmerzhaft lebendig war. Derart starke Gefühle weckte Pétur nicht bei ihr, aber das war okay. Sie mochte ihn aufrichtig und konnte sich eine Zukunft mit ihm vorstellen. Das reichte ihr. Wahrscheinlich hatte sie die Fähigkeit zu lieben verloren – nein, nicht nur wahrscheinlich, bestimmt – und sie wusste auch genau, in welchem Moment das geschehen war.

Der Apfelkuchen sah so verlockend aus, dass Hulda sich selbst ein Stück bestellte, während sie wartete. Sie hatte gerade den letzten Bissen genommen, als ihre Freundin das Museumscafé betrat. Karen war zwanzig Jahre jünger als sie, doch sie hatten sich immer gut verstanden. Hulda hatte sie unter ihre Fittiche genommen – nicht auf mütterliche Art, weil sie in Karen nie eine Tochter gesehen hatte, sondern wie eine Lehrerin ihre Lieblingsschülerin. Sie hatte sich in der jüngeren Frau wiedererkannt und versucht, sie durch das Labyrinth des immer noch patriarchalisch geprägten Polizeiapparats zu lotsen. Und Karen hatte sich als begabte Schülerin erwiesen. Inzwischen zog sie auf der Überholspur an den Kollegen vorbei und bekam Chancen und Posten angeboten, von denen Hulda nur hatte träumen können. Hulda hatte den kometenhaften Aufstieg ihres Schützlings mit Stolz, aber auch mit ein wenig Neid verfolgt, und eine leise Stimme in ihrem Kopf hatte immerzu gefragt: Warum bist du nicht weiter nach oben gekommen?

Es war eine Frage, auf die sie keine zufriedenstellende

Antwort gefunden hatte. Wahrscheinlich hatte eine Reihe von Faktoren dazu beigetragen, unter anderem die damalige Einstellung gegenüber Frauen. Aber Hulda hatte sich, wenn sie ehrlich war, auch immer schwer damit getan, kollegiale Nähe zuzulassen, hatte alle eine Armlänge auf Abstand gehalten und dafür letztlich den Preis bezahlt.

»Hulda, Liebes, wie geht's? Stimmt es, dass du aufhörst? Oder bist du schon weg?« Karen nahm ihr gegenüber Platz. »Ich fürchte, ich kann nicht lange bleiben – ich kann vor lauter Arbeit kaum noch den Schreibtisch sehen, aber das kennst du ja.«

Karen hatte früher bei der Sitte für Þrándur gearbeitet, mittlerweile jedoch die nächste Sprosse der Leiter erklommen.

»Möchtest du keinen Kaffee?«, fragte Hulda. »Ein Stück Kuchen vielleicht?«

»Auf keinen Fall Kuchen. Ich ernähre mich jetzt glutenfrei, aber einen Kaffee nehme ich.« Karen stand wieder auf. »Ich hol mir einen.«

»Nein, bitte, lass mich …«

»Nein, kommt gar nicht in Frage«, unterbrach Karen sie in einem Tonfall, der in Huldas Ohren mitleidig klang. Als ob eine Tasse Kaffee sie ruinieren würde, jetzt da sie in Pension ging. Wenn Hulda eins nichts ausstehen konnte, dann bemitleidet zu werden. Trotzdem wollte sie ihre Zeit nicht mit Streit über derlei Banalitäten verschwenden und ließ es auf sich beruhen.

»Wir müssen unbedingt mal Mittag essen gehen«, sagte Karen, als sie mit einem Cappuccino zurückkehrte, »um in Kontakt zu bleiben. Ich wusste natürlich, dass du älter bist als ich, aber mir war nicht klar, dass du *so* alt bist.« Erstaunlicherweise schien sie das für ein Kompliment zu halten. Sie strahlte, nicht im Geringsten verlegen angesichts ihres Fauxpas. Vielleicht glaubte sie, Hulda würde sich von dem Hinweis auf ihre jugendliche Erscheinung geschmeichelt fühlen.

Hulda versuchte, sich ihren Ärger nicht anmerken zu lassen, während ihr gleichzeitig dämmerte, dass sie vielleicht nie echte Freundinnen gewesen waren. Karen hatte ihre Unterstützung gebraucht, als sie sich in der Hierarchie nach oben gehangelt hatte, doch nun hatte Hulda ihren Zweck offensichtlich erfüllt und konnte ebenso gut links liegen gelassen werden. Sie verfluchte sich innerlich, das nicht früher erkannt zu haben. Aber für den Moment brauchte sie Karen noch.

»Ja, ich gehe in Pension«, sagte sie.

»Ja, das habe ich gehört. Wir werden dich alle schrecklich vermissen, Liebes, aber das weißt du ja.«

»Ja, sicher. Umgekehrt auch«, erwiderte Hulda unaufrichtig. »Wie dem auch sei, es gibt da eine kleine Sache, die ich auf Magnús' Bitte vor meinem Ausscheiden noch aufklären soll. Etwas, worauf eine erfahrene Kollegin noch einmal einen Blick werfen sollte, meinte er.« Das kam der Wahrheit nur bedingt nahe, aber daran gewöhnte Hulda sich allmählich.

»Wirklich? *Das* hat Maggi gesagt?« Karen klang ehrlich überrascht.

Hulda wäre es nie in den Sinn gekommen, ihren Chef »Maggi« zu nennen.

»Ja, hat er. Es geht um eine junge russische Frau, die vor etwas mehr als einem Jahr gestorben ist. Vielleicht hat sie – als Asylbewerberin getarnt – hier als Prostituierte gearbeitet.«

Karens Gesicht wirkte vollkommen ausdruckslos. Dann sah sie auf die Uhr, lächelte schief und hatte es urplötzlich eilig.

Nach einem kurzen, ziemlich verlegenen Schweigen sagte sie: »Tut mir leid, ich glaube nicht, dass ich dir helfen kann. Ich habe noch nie von dem Fall gehört, und ich bin gar nicht mehr in der Abteilung …«

»Ja, das weiß ich«, sagte Hulda ruhig, »aber ich dachte, weil du doch ziemlich gut darüber Bescheid weißt, könntest du die wichtigen Namen und Gesichter kennen. Aber vielleicht habe ich auch missverstanden, mit welchen Ermittlungen du …« Sie ließ den Satz unvollendet. Sie hatte überlegt, ob sie sagen sollte, man habe Karen offenbar keine *wichtigen* Fälle anvertraut, schätzte jedoch, dass ihre Botschaft auch so deutlich angekommen war.

»Nein, das stimmt schon. Schieß los.« Sie hatte angebissen.

»Gibt es irgendwen, der verdächtig wäre … nun ja … in dieser Branche tätig zu sein, und den wir bisher nicht überführen konnten?«

»Ich weiß nicht, was aktuell in der Szene los ist, aber ein Name fällt mir spontan ein. Obwohl ...« Karen verstummte, doch Hulda würde sie nicht vom Haken lassen. Sie wartete ... und wartete noch ein wenig länger. Darin war sie gut. Und tatsächlich fühlte Karen sich genötigt fortzufahren: »Es ist schwierig, ihm irgendwas anzuhängen, deshalb haben wir es mehr oder weniger aufgegeben. Er heißt Áki Ákason – vielleicht hast du von ihm gehört. Er führt eine Großhandelsfirma.«

Der Name klang tatsächlich vertraut, obwohl Hulda kein Gesicht dazu vor Augen hatte. »Jung oder alt?«

»Um die vierzig. Wohnt im Westen der Stadt in einem schicken Haus, das eine Stange Geld gekostet haben muss.«

»Der Großhandel kann sehr einträglich sein.«

»Nicht so einträglich, glaub mir. Der steckt bis zum Hals in schmutzigen Geschäften. Aber manchmal kann man jemandem einfach nichts nachweisen. Dann muss man loslassen und weiterziehen. Aber erzähl das um Himmels willen nicht weiter – offiziell ist der Mann blitzsauber.«

»Keine Sorge, ich behalte es für mich«, versicherte Hulda ihr. »Der Typ klingt interessant, aber ich glaube nicht, dass mir das konkret weiterhilft. Was ich brauche, ist eine Verbindung zu der Toten ...«

»Das habe ich verstanden. Tja ...«

Sie verabschiedeten sich ohne große Herzlichkeit. Ungeachtet dessen, was sie zu Karen gesagt hatte, hatte Hulda sehr wohl die Absicht, diesem Großhändler einen Besuch abzustatten. Was hatte sie schließlich zu verlieren?

VI

Obwohl sich im Leben mit ihrer Tochter allmählich der Alltag einstellte, war es nicht ganz so, wie die Mutter es sich vorgestellt hatte. Für sie war es ein nie enden wollender, harter Kampf: Das Kind war unartig, aufsässig und verschlossen, obwohl die Mutter sich alle Mühe gab, es mit Liebe und Güte zu überschütten. Die Abende waren am schwierigsten: Das kleine Mädchen fürchtete sich so sehr vor der Dunkelheit, dass sie nur bei Licht einschlafen konnte. Außerdem war ihre finanzielle Lage prekär, und all die Sorgen um ihr Kind, um Geld und die Zukunft forderten ihren Tribut.

Mittlerweile bedauerte sie es, dem Vater des Mädchens nicht erzählt zu haben, dass sie von ihm schwanger gewesen war. Er war amerikanischer Soldat und nach dem Krieg kurz in Island stationiert gewesen. Ihre Beziehung war noch kürzer gewesen und hatte nur eine oder zwei Nächte gedauert. Als ihr klar geworden war, dass sie ein Kind erwartete, hatte sie Nacht für Nacht wach gelegen und sich mit der Frage gequält, ob sie ihn suchen sollte, doch die Hindernisse waren ihr unüberwindlich erschienen. Sie brachte es einfach nicht über sich, so beschämt war sie über ihre Beziehung und die Folgen. Natürlich waren sie beide zu gleichen Teilen dafür verantwortlich, doch er war frei, hatte unbelastet in sein Heimatland zurückkehren können, während sie hierbleiben und sich den Konsequenzen hatte stellen müssen: der Schwangerschaft, einem unehelichen Kind und der Reaktion ihrer Familie und Freundinnen.

Jetzt war es natürlich zu spät. Er war zurück in den USA. Zwar wusste sie, in welchem Bundesstaat er lebte, doch das nützte ihr nicht viel, weil sie, so unglaublich es klang, seinen Nachnamen nicht kannte. Bestimmt hatte er ihn irgendwann erwähnt, aber mit ihren begrenzten Englischkenntnissen hatte sie ihn wohl nicht mitbekommen. Wenn sie nicht so schrecklich beschämt gewesen wäre, hätte sie ihn vielleicht finden können, sobald sie ihre Schwangerschaft bemerkt hatte, denn damals war er noch in Island gewesen. Doch die Vorstellung, zum US-Stützpunkt nach Keflavík zu fahren und nach einem Soldaten zu fragen, den sie nur mit Vornamen kannte, und das mit dem schon erkennbar gewölbten Bauch … Gott, nein, das hatte sie nicht über sich gebracht. Jetzt könnte sie sich in den Hintern beißen, dass sie damals so feige gewesen war. Sie wünschte, sie hätte die Unverfrorenheit besessen, für ihr Kind, für das kleine Mädchen, das einen so schwierigen Start ins Leben gehabt hatte und seinen Vater wahrscheinlich nie kennenlernen würde. Und er würde nie erfahren, dass er in der kalten isländischen Ödnis eine wunderschöne Tochter hatte. Für den jungen Soldaten war es nur eine von vielen Stationierungen gewesen, doch auch wenn er das Land vielleicht nur ein einziges Mal besucht hatte, hatte er ein dauerhaftes Zeugnis seiner Anwesenheit hinterlassen.

Sie hatte Angst davor, ihrer Tochter all das eines Tages erklären zu müssen.

VII

Hulda saß immer noch im Kjarvalsstaðir, als Dóra aus der Asylbewerberunterkunft anrief.
»Ich habe Sie heute Morgen nicht erreicht«, sagte sie. »Störe ich?«
Nachdem Karen sich verabschiedet hatte, hatte Hulda sich müde und ausgelaugt gefühlt und war noch in dem Café sitzen geblieben, um wieder zu Kräften zu kommen, bevor sie sich dem isländischen Frühling stellen wollte, der für sie diesmal keinen Neubeginn, sondern ein Ende verhieß. Sie konnte sich einfach nicht damit abfinden, ihren Job aufzugeben. Es war nicht bloß die Nonchalance, mit der ihr Chef ihr die Nachricht überbracht hatte, die sie in diesen Zustand schockierter Verwirrung versetzt hatte. Und sie war auch nicht nur deshalb so mitgenommen, weil sie früher aufhören musste als geplant. Sie war erschüttert, dass sie überhaupt aufhören musste. Man mochte über ihre Kollegen sagen, was man wollte, aber sie waren eine Art Anker für Hulda. Lieber lebte sie mit den kleinen Gehässigkeiten und Neidereien als ohne Ablenkung eingepfercht in den vier Wänden ihres Wohn-

blockapartments, wo sie von Erinnerungen überwältigt wurde. Nein, nicht nur überwältigt, sondern erstickt. Sie war, solange sie denken konnte und lange bevor die wiederkehrenden Albträume eingesetzt hatten, eine unruhige Schläferin gewesen. Ihre Arbeit, die Ermittlungen und der Leistungsdruck waren das Einzige, was sie antrieb und von den Albträumen ablenkte. Die vergangene Nacht war dafür typisch gewesen: Statt an ihre eigene Vergangenheit erinnert zu werden, hatte sie von dem toten russischen Mädchen geträumt und sich auf diese Weise nicht mit ihrer Reue, ihrer Schuld und der Frage auseinandersetzen müssen, ob sie irgendwas hätte anders machen können.

Hulda saß da und grübelte über ihr Schicksal. Außer ihr war niemand mehr da. Sogar das Touristenpärchen hatte das Museumscafé verlassen. An einem trotz des kühlen Nordwinds prachtvollen Sonnentag interessierte sich offenbar niemand für isländische Kunst oder Apfelkuchen. Schließlich fand man auch draußen jederzeit ein windgeschütztes Eckchen.

Würden so ihre Tage als Rentnerin aussehen? Würde sie in Cafés herumsitzen und versuchen, die langen, untätigen Stunden zu füllen? Sie überlegte, Pétur anzurufen und ihn einzuladen, einen Kaffee mit ihr zu trinken, ließ es dann aber bleiben, weil sie nicht übereifrig wirken wollte.

Und da fragte Dóra, ob sie bei irgendwas störte …

»Nein«, antwortete Hulda. »Tut mir leid, dass ich das

Telefon heute Morgen nicht gehört habe. Ich hoffe, es war nichts Dringendes.«

»Oh nein, überhaupt nicht. Ich verstehe ehrlich gesagt sowieso nicht, warum Sie sich erneut um den Fall kümmern. Die Frau ist vor Ewigkeiten gestorben, und für alle anderen geht das Leben weiter – wenn Sie verstehen, was ich meine.«

Hulda verstand nur zu gut, was Dóra meinte. Ohne einen Fürsprecher war die Russin von der Polizei schäbig behandelt worden. Und obwohl das nicht ihre Schuld war, schämte Hulda sich dafür.

»Mir ist bloß noch was eingefallen – es ist wahrscheinlich nicht wichtig, aber wer weiß, vielleicht nützt es Ihnen ja.«

Sofort richtete sich Hulda auf und war ganz Ohr.

»Sie ist mal von einem Typen abgeholt worden – einem Fremden.«

»Von einem Fremden?«

»Ja, keiner von den Anwälten, die sich normalerweise um die Asylbewerber kümmern. Und auch nicht der russische Übersetzer. Jemand anderes.«

»Sie sagen, er hätte sie abgeholt?«

»Ja, ich habe gesehen, wie sie vor der Unterkunft in seinen Wagen gestiegen ist. Es ist mir heute Morgen wieder eingefallen.« Dóra klang ziemlich selbstzufrieden, weil sie doch etwas beizutragen hatte. »Ich weiß noch, dass ich mich gefragt habe, wohin sie mit diesem Typen wollte, weil sie doch eigentlich keine Isländer kannte.«

»War er Isländer?«, fragte Hulda, zückte ihr Notizbuch und fing an, sich Notizen zu machen. Sie fühlte sich neu belebt.

»Ja.«

»Woher wissen Sie das? Haben Sie mit ihm gesprochen?«

»Was, ich? Nein. Ich bin ihnen bloß draußen in die Arme gelaufen, aber er muss vorher in der Unterkunft nach ihr gefragt haben. Ich habe gerade meine Schicht angefangen oder so.«

»Woher wissen Sie, dass er Isländer war?«, wiederholte Hulda.

»Einen Isländer erkennt man – die sehen doch alle gleich aus, wenn Sie wissen, was ich meine. Typisch isländisches Gesicht, isländisches Äußeres.«

»Können Sie ihn beschreiben?«

»Nein, das ist zu lange her.«

»War er dick? Dünn?« Hulda seufzte still bei der Aussicht, dem Mädchen jede Information einzeln aus der Nase ziehen zu müssen.

»Ja, dick war er, stimmt. Ziemlich fett sogar. Sah ehrlich gesagt aus wie ein echter Kotzbrocken, soweit ich mich erinnere.«

»Also nicht Ihr Typ?«, hakte Hulda nach.

»Gott, nein! Ich weiß noch, dass ich gedacht habe, vielleicht hat sie ja einen Freund gefunden, aber die beiden passten überhaupt nicht zusammen – sie war attraktiv, wissen Sie, groß und anmutig, und er war klein und fett.«

»Und Sie hatten ihn noch nie vorher gesehen?«

»Nein, ich glaube nicht.«

»Erinnern Sie sich, wann das war?«

»Das ist nicht Ihr Ernst, oder? Ich kann mich nicht mal erinnern, was ich zum Frühstück gegessen habe. Gott, es war einfach, ich weiß nicht, irgendwann vor ihrem Tod.« Als wäre das nicht offensichtlich gewesen.

»Glauben Sie, er könnte trotzdem ihr Freund gewesen sein?« Nach allem, was sie von Bjartur erfahren hatte, hatte Hulda eine eigene Theorie darüber, was passiert war, doch sie wollte wissen, ob Dóra den gleichen Verdacht hatte. Trotzdem fragte sie nicht direkt. Sie wollte keine Gerüchte in die Welt setzen – jedenfalls noch nicht.

»Nein, eigentlich nicht, der Gedanke kam mir bloß. Aber wenn sie einen isländischen Freund gehabt hätte, wäre er bestimmt viel sportlicher gewesen als dieser Typ.«

»Haben Sie eine Ahnung, was er mit ihr zu tun gehabt haben könnte?«

»Nein. Aber so was geht mich auch nichts an. Ich habe genug damit zu tun, diese Unterkunft zu führen. Was die Bewohner anstellen, ist nicht mein Problem.«

»Wie alt war er?«

»Schwer zu sagen. Er war bloß irgendein Typ. Irgendwie mittelalt. Älter als Elena.«

»Haben Sie gesehen, was für einen Wagen er fuhr?«

»Hey, ja, einen großen Geländewagen. Typen wie der fahren doch immer SUVs. Meistens schwarz.«

»Was für ein Modell?«

»Fragen Sie mich nicht, ich kann die nicht auseinanderhalten. Für mich sehen die alle gleich aus.«

»Könnte das am Tag ihres Todes gewesen sein?«

»Ich weiß nicht genau«, antwortete Dóra. »Vielleicht war es am Tag davor, aber ich glaube nicht. Sonst hätte ich damals doch bestimmt einen Zusammenhang zwischen den beiden Ereignissen hergestellt?«

»Keine Ahnung«, sagte Hulda.

»Nein, schon klar.«

»Haben Sie den Mann seitdem noch mal gesehen?«

»Nein, ich glaube nicht.«

»Das ist alles sehr interessant, Dóra. Danke für Ihren Anruf. Melden Sie sich, wenn Ihnen noch was einfällt? Irgendwas.«

»Ja, klar. Das macht irgendwie Spaß, oder? Detektiv spielen. Ich meine, ich lese manchmal Krimis, aber ich hätte nie gedacht, dass ich einmal selbst in einen Fall verwickelt werde.«

»Das ist nicht ganz dasselbe«, bremste Hulda sie, witterte dann aber ihre Chance und fuhr aufmunternd fort: »Aber Sie könnten mir einen Gefallen tun und die Augen offen halten.«

»Wie meinen Sie das?«

»Fragen Sie rum, ob sich irgendjemand an ein Detail erinnert, das wichtig sein könnte. Ich glaube nämlich, dass Elena ermordet wurde, und wir müssen alles dafür tun, um den Täter zu finden.« Kurz kamen ihr Zweifel. Könnte sie das Mädchen in eine kompromittierende Lage, vielleicht sogar in Gefahr bringen? Dann verwarf sie den Gedanken wieder. So lief das in einem kleinen, friedlichen Land wie Island nicht. Hier töteten Menschen nur ein einziges Mal: im Affekt unter Alkohol- oder Drogeneinfluss, in einem Anfall von Wut oder Eifersucht. Vorsätzlichen, geplanten Mord gab es hier nicht, geschweige denn einen Täter, der mehr als einmal tötete. Sie war einem Mörder auf der Spur, schön und gut, trotzdem ging sie fest davon aus, dass Dóra sicher war.

»Klar, ich hör mich um, kein Problem.«

»Was ist mit der Syrerin?«, fragte Hulda. »Könnte ich die vielleicht jetzt sprechen?«

»Nein, tut mir leid, können Sie nicht. Die Polizei hat sie abgeholt.«

»Wie meinen Sie das?«

»Sie wird abgeschoben. Das kommt vor. Es ist ein bisschen wie ›Die Reise nach Jerusalem‹. Die Musik geht los, alle stehen auf, laufen im Kreis, und wenn die Musik aufhört, wird einer der Stühle weggezogen, und einer hat Pech. Heute war die Syrerin dran.«

VIII

Sie hatte ein- oder zweimal erwähnt, dass sie gern aus der Stadt fahren und mehr von Island sehen würde. Aufs Land, raus aus der City – nicht dass es hier eine nennenswerte City gegeben hätte. Selbst Reykjavík war kaum mehr als ein Dorf, zumindest verglichen mit dem, was sie gewohnt war.

Ihr Vorschlag war nur halb ernst gemeint gewesen, und sie hätte nie erwartet, dass etwas daraus werden würde, schon gar nicht bei diesem unwirtlichen Wetter. Vom Meer blies tagein, tagaus ein nicht nachlassender, eisiger Sturm, manchmal begleitet von Regen, häufiger noch von Schnee. Das makellose Weiß sah vom Fenster aus betrachtet wunderschön aus, aber wegen des ständig umschlagenden Wetters hielt diese Postkartenschönheit nur selten lange vor, bevor das Ganze auch schon wieder zu grauem Matsch wurde, der in dem unweigerlich folgenden Frost überfror und dann wieder von frischem Schnee bedeckt wurde.

Deshalb war sie überrascht, als er anrief und einen kurzen Wochenendausflug vorschlug, um richtigen Schnee zu sehen, wie er sagte. Sie blickte durchs Fenster hinaus in den prasselnden Regen, hörte selbst durch die Scheibe den heu-

lenden Wind und zitterte. Aber man lebt nur einmal, dachte sie. Sie sollte einwilligen und eine neue Erfahrung machen, ein Abenteuer am Rand der Arktis.

»Wird es nicht zu kalt?«, fragte sie. »Es sieht eisig aus draußen.«

»Noch kälter«, erwiderte er und fügte, als hätte er ihre Gedanken gelesen, hinzu: »Das wird ein Abenteuer.«

Sie dachten also ähnlich.

Sie hörte sich zusagen. Aber sie hatte weitere Fragen: Wohin ginge es? Wie würden sie dort hinkommen? Was sollte sie mitnehmen?

Sie solle einfach locker bleiben, erklärte er ihr. Sie würden in einem Geländewagen fahren und auch nicht besonders weit. Das Wetter sei zu unberechenbar, und sie wollten schließlich kein Risiko eingehen. Nur weit genug, um mal aus allem rauszukommen und einen Hauch von Wildnis zu schmecken.

Sie versuchte es noch einmal. »Und wohin fahren wir?«

Er wollte es ihr nicht verraten.

»Du wirst schon sehen«, sagte er und fragte sie, ob sie einen warmen Mantel oder eine Daunenjacke besaß. Als sie antwortete, dass sie nichts Passendes hätte, bot er an, ihr eine Jacke zu leihen. Außerdem müsse sie sich dicke Wollunterwäsche besorgen, um sich bei ihrem Ausflug warm zu halten, vor allem nachts. Dann würde die Kälte gnadenlos zuschlagen.

Einen Moment lang überlegte sie, sich noch umzuentscheiden, doch sie hörte den Lockruf, den Appell an ihre

Abenteuerlust. Sie erklärte ihm, dass sie keine Wollunterwäsche besitze, was er gewusst haben musste. Er bot an, ihr welche zu kaufen oder ihr Geld zu leihen. Sie könne es ihm später zurückzahlen.

IX

Kam sie der Wahrheit näher? War es möglich, dass man Elena tot aufgefunden hatte, einen Tag nachdem ein Unbekannter sie vor der Asylbewerberunterkunft abgeholt hatte? War der Unbekannte ein Freier gewesen? Hulda konnte sich die Szene vorstellen, als wäre sie selbst dabei gewesen. Konnte sich vorstellen, wie einsam Elena sich gefühlt haben musste, in einem fremden Land zur Prostitution gezwungen. Vielleicht war er ihr erster Kunde gewesen. Vielleicht hatte sie sich im entscheidenden Moment geweigert. Und das mit dem Tod bezahlt.

Die Vorstellung erfüllte Hulda mit ohnmächtiger Wut und Hass. Sie musste aufpassen – wie hatte Bischof Vídalín geschrieben? *Zorn entfacht ein Inferno in den Augen des Menschen.* Ein Gefühl, das sie nur allzu gut kannte.

Es war an der Zeit für einen weiteren Anruf bei Bjartur. Sie fragte ihn, ob Elena je über Freier gesprochen, vielleicht einen Namen oder einen Beruf erwähnt hatte. Bjartur hätte ihr gerne geholfen, erklärte jedoch, dass Elena leider nie Details mit ihm geteilt hatte.

Der nächste Schritt wäre also ein Besuch bei Áki, dem

Geschäftsmann, der verdächtigt wurde, einen Prostitutionsring zu betreiben. Hulda suchte seine Adresse heraus und fuhr in die vornehme Wohngegend im Westen der Stadt. Er wohnte in einer altehrwürdigen Villa mit einem gepflegten Garten. Die Äste der Bäume waren noch nackt, verbreiteten jedoch bereits ein Gefühl von Verheißung, als wollten sie jeden Moment erste Knospen austreiben. Die Villa strahlte Heimeligkeit aus. Kein Wagen in der Einfahrt störte das Idyll. Hulda klingelte, aber niemand öffnete. Sie beschloss, eine Weile in ihrem Skoda abzuwarten, ob der Besitzer zurückkehrte. Dies war der beste Hinweis, den sie bisher bekommen hatte, und sie wollte Áki persönlich auflauern und ihn mit Fragen bombardieren, bevor er Gelegenheit hätte, sich seine Antworten zurechtzulegen. Außerdem wusste sie nicht, was sie sonst hätte machen sollen. Sie fuhr ein Stück zurück und parkte den Skoda in diskretem Abstand, aber so, dass sie das Haus noch gut im Blick hatte.

Sie wusste nicht, wie viel Zeit sie im Laufe ihrer Karriere wartend im Auto verbracht hatte – es hatte die Behaglichkeit einer alten Gewohnheit –, doch nach zwei Stunden wäre sie am liebsten aufgestanden, um sich die Beine zu vertreten. Sie ermahnte sich, noch ein wenig länger durchzuhalten. Vielleicht sollte sie noch einmal klopfen? Womöglich war Áki doch den ganzen Tag zu Hause gewesen.

Während sie noch überlegte, bog ein Geländewagen in die Einfahrt, aus dem forsch ein schlanker, jugendlich aussehender Mann mit kurzem Haar stieg. Hulda beobachtete, wie er das Haus betrat, und ließ ihm ein paar Minuten, bevor sie klingelte.

Er schien überrascht von ihrem Besuch und wartete wortlos darauf, dass sie ihr Anliegen vorbrachte.

»Áki?« Hulda gab sich alle Mühe, ruhig und gefasst zu klingen.

Er nickte, lächelte charmant, sagte aber auch weiterhin nichts.

»Könnte ich Sie kurz sprechen?«

»Das kommt drauf an. Worum geht es denn?« Er hatte eine sanfte Stimme, in der jedoch ein Hauch von Härte durchschimmerte.

»Mein Name ist Hulda Hermannsdóttir. Ich bin von der Polizei.« Sie griff in die Tasche und hoffte, dass sie ihren Dienstausweis bei sich hatte.

»Polizei?«, sagte er nachdenklich. »Verstehe. Dann kommen Sie besser rein. Ist etwas passiert?«

Hulda musste unwillkürlich an die Fotos von Elenas Leiche am Strand denken und wollte die Frage erst bejahen, hielt sich dann aber zurück. »Nein, nichts. Ich hole nur ein paar Erkundigungen ein, wenn es recht ist.« Sie war so höflich, wie es ihr unter den Umständen möglich war, weil sie Áki keinen Grund liefern wollte, seinen Anwalt anzurufen. Für den Anfang hielt sie den Ball lieber flach. Angesichts der aktuellen Beweislage war ihr Besuch ohnehin nicht zu rechtfertigen. Sie wollte ihn bloß ein wenig aus der Reserve locken und sehen, was passierte, um ein Gefühl dafür zu bekommen, was für ein Mensch er war.

Er bot ihr einen Platz im Wohnzimmer an – vielleicht auch einem von mehreren Wohnzimmern, denn das Haus wirkte von innen größer, als es von außen den Anschein gehabt hatte. Es war minimalistisch-modern hauptsächlich in Schwarz, Weiß und Stahl eingerichtet. Hulda nahm auf einem schwarzen Sofa Platz, das sich eisig anfühlte, Áki setzte sich ihr gegenüber auf einen Fußhocker, der zu einem eleganten Sessel gehörte.

»Ich bin ein wenig unter Zeitdruck«, eröffnete er das Gespräch, wie um sein Revier zu markieren und deutlich zu machen, dass sie lediglich zu seinen Bedingungen hier sein durfte.

»Ich auch«, sagte sie in dem Bewusstsein, dass ihre Tage als Polizistin gezählt waren. »Ich wollte Sie nach einer jungen Frau aus Russland fragen …« Sie sprach nicht weiter, sondern beobachtete Ákis Reaktion und glaubte ihm anzusehen, dass er wusste, von wem sie sprach. Er wandte kurz den Blick ab, bevor er sie wieder ansah.

»Aus Russland?«

»Sie ist als Asylbewerberin nach Island gekommen«, führte Hulda weiter aus und entschied kurzerhand, ohne Vorwarnung aufs Ganze zu gehen. »Wahrscheinlich war sie in Wahrheit Opfer eines Mädchenhändlerrings.« Das war zumindest die Theorie, der sie nachging, aber die konnte sie ebenso gut offensiv als Tatsache verkaufen.

»Ich fürchte, ich habe keine Ahnung, wovon Sie sprechen, Hulda.« Er sah sie weiter fest an. »Ich kann Ihnen wirklich nicht folgen. Glauben Sie, dass ich diese Frau kenne?«

Kenne, Präsens. Er wusste also offenbar nichts von Elenas Schicksal. Oder wollte er sie auf eine falsche Fährte locken?

»Sie ist tot«, erwiderte Hulda grob. »Sie hieß Elena. Ihre Leiche wurde in der Bucht vor Vatnsleysuströnd angespült.«

Ákis Miene blieb ausdruckslos.

Aber er machte auch keine Anstalten, Hulda die Tür zu weisen. Er blieb einfach reglos sitzen: kontrolliert, respektabel in seiner dunkelblauen Jeans, dem weißen Hemd, der schwarzen Lederjacke und den glänzend schwarzen Schuhen. Seine gesamte Erscheinung zeugte genau wie sein Haus und sein Wagen von Reichtum.

»Nettes Haus übrigens«, bemerkte Hulda und sah sich um. »Was machen Sie beruflich?«

»Danke, aber das Lob für die Inneneinrichtung gebührt vor allem meiner Frau. Wir mögen es, uns mit schönen Dingen zu umgeben.«

Hulda lächelte. »Schön« wäre ihr beim Anblick der Möbel und des Dekors nicht als Erstes eingefallen; das Adjektiv, das sie gewählt hätte, wäre »seelenlos«.

»Ich bin im Großhandel tätig«, fuhr er nach einem Moment fort, offensichtlich stolz oder zumindest bemüht, diesen Eindruck zu erwecken.

»Was verkaufen Sie?«

»Was bräuchten Sie denn?« Sein Lächeln wurde breiter, bevor er ernst fortfuhr: »Vielleicht sollte ich gegenüber einer Polizistin keine Scherze machen. Ich importiere dieses und jenes: Alkohol, Möbel, Elektroartikel, Produkte, die sich mit einer anständigen Gewinnmarge verkaufen lassen. Ich hoffe, Kapitalist zu sein ist noch kein Verbrechen.«

»Natürlich nicht. Und das ist alles?«

»Alles?«

»Kannten Sie Elena? Vielleicht nur flüchtig? Ich kann Ihnen ein Foto von ihr zeigen.«

»Das ist nicht nötig. Ich versichere Ihnen, ich kannte sie nicht. Ich habe ihren Namen nie zuvor gehört, ich kenne keine russische Asylbewerberin, und ich mache auch keine Geschäfte mit Russland, Punkt. Außerdem bin ich glücklich verheiratet und muss deshalb auch nicht die Dienste von Prostituierten in Anspruch nehmen, falls Sie das andeuten möchten.« Er strahlte nach wie vor eine beinahe übernatürliche Ruhe aus.

»Nein, keineswegs«, versicherte Hulda ihm. Trotz des luxuriösen Ambiente verspürte sie ein wachsendes Unbehagen. Der Couchtisch zwischen ihnen glänzte wie ein Spiegel, der Raum war hell und luftig, die Strahlen der Spätnachmittagssonne fielen schräg durch die Fenster. Áki wirkte wie ein absolut respektabler Bürger, höflich, gepflegt, sogar gutaussehend, trotzdem sagte ihr ihr Bauchgefühl, dass sie die Klingen mit einem mächtigen Gegner kreuzte – noch dazu auf dessen Terrain.

Obwohl das nachfolgende Schweigen nur ein paar Sekunden andauerte, schien die Zeit unendlich langsam zu vergehen.

»Was ich Sie eigentlich fragen wollte ...« Hulda war untypisch zögerlich, zwang sich jedoch fortzufahren: »Ich wollte Sie fragen, ob Sie dafür verantwortlich waren, sie ins Land zu holen.«

Áki wirkte nicht im Geringsten beunruhigt.

»Nun, das ist eine Frage, die mir noch nie gestellt worden ist. Sie wollen wissen, ob ich eine Prostituierte ins Land gebracht habe?«

»Ja, oder mehrere.«

»Ich fürchte, jetzt kann ich Ihnen nicht mehr folgen.« Seine Stimme hatte einen scharfen Unterton angenommen, der Hulda trotz der Wärme in dem Zimmer frösteln ließ.

»Ich spreche von Menschenhandel«, fuhr sie verbissen fort. »Organisierte Prostitution. Laut meinen Informationen könnte Elena darin verwickelt gewesen sein.«

»Interessant. Und wieso genau glauben Sie, dass ich etwas damit zu tun habe?« Ákis Stimme klang wieder seidig glatt.

»Ich glaube gar nichts«, erwiderte Hulda hastig, weil sie ihn ohne handfeste Beweise nicht direkt beschuldigen wollte, in kriminelle Machenschaften verwickelt zu sein.

»Aber Sie deuten es an«, wandte er ein.

»Nein, ich frage Sie lediglich, ob Sie irgendetwas über die junge Frau oder derartige Aktivitäten wissen.«

»Und ich habe Ihnen bereits gesagt, dass dem nicht so ist. Ich finde es ehrlich gesagt ein starkes Stück, dass eine Polizistin an die Tür eines gesetzestreuen Bürgers klopft, bei jemandem, der immer mehr als seinen gerechten Anteil an Steuern bezahlt hat, und ihn beschuldigt, einen Prostituiertenring zu betreiben. Meinen Sie nicht auch?« Er war immer noch merkwürdig ruhig, seine Stimme gemessen. Hulda fragte sich, ob ein unschuldiger Mann nicht empörter gewesen wäre, zorniger.

»Ich habe Sie in keiner Weise beschuldigt, und wenn Sie nichts über Elena wissen ...«

»Warum sind Sie hierhergekommen?«, fragte er plötzlich und erwischte sie damit eiskalt. »Wie sind Sie auf die Idee gekommen, ausgerechnet mich aufzusuchen?«

»Ein anonymer Hinweis«, antwortete sie nach einer verlegenen Pause.

»Ein anonymer Hinweis? Tja, die sind wohl doch nicht immer verlässlich, was?« Er kostete seinen Vorteil voll aus. »Haben Sie irgendwelche Beweise, die ich entkräften könnte? Es ist schwer, sich gegen Anschuldigungen zu verteidigen, die völlig aus der Luft gegriffen sind. Sie sind sich doch sicher bewusst ...« Er beugte sich ein wenig näher. »... dass ich einen Ruf zu verlieren habe. Und in der Geschäftswelt ist ein guter Ruf alles.«

»Das verstehe ich. Und ich kann Ihnen versichern, dass unsere Unterhaltung in diesen vier Wänden bleibt. Da Sie mit der Sache offensichtlich nichts zu tun haben, gibt es auch nichts weiter zu sagen.« Hulda spürte das dringende

Verlangen, das Haus zu verlassen und in den sonnigen Frühlingsnachmittag hinauszutreten, obwohl Ákis Verhalten nicht im Geringsten bedrohlich war. Ganz im Gegenteil sogar. Trotzdem fühlte sie sich in die Enge getrieben. Ihre Handflächen waren feucht, und sie wurde immer nervöser, weil ihr klar war, dass sich das Blatt zu ihren Ungunsten gewendet hatte. Sie hatte schon häufig versucht, sich in Verdächtige hineinzuversetzen – nicht aus Mitgefühl für deren Zwangslage, sondern eher, um ihre Verhörtechnik zu verfeinern. Sie glaubte, dass sie im Laufe der Jahre ziemlich gut darin geworden war. Einmal hatte sie sich sogar in eine Zelle einsperren lassen, um herauszufinden, wie es sich anfühlte gefangen zu sein und wie lange sie so etwas aushalten konnte. Bevor ihr Kollege die Tür abgeschlossen hatte, hatte er sie gefragt, ob sie sich wirklich sicher sei, und sie hatte genickt, trotz des kalten Schweißes, der auf ihrer Haut kribbelte. Der Kollege hatte die Tür abgeschlossen und Hulda allein gelassen. Neben der verstärkten Tür gab es ein schmales Fenster, über dem Bett ein zweites, unwesentlich größeres mit einer Milchglasscheibe, die nur wenig Licht hereinließ. Hulda hatte sofort angefangen, schneller zu atmen. Sie hatte die Augen geschlossen, um zu vergessen, dass sie in einen kleinen Raum eingesperrt worden war. Aber das hatte nicht geholfen, sondern ein so heftiges Gefühl von Klaustrophobie in ihr ausgelöst, dass sie glaubte, in Ohnmacht fallen zu müssen. Dabei wusste sie, dass sie im Gegensatz zu echten Gefangenen nur an die Tür klopfen musste, um herausgelassen zu werden. Sie hatte, keuchend und kurz vor der Hysterie, so lange wie möglich durchgehalten, war schließlich aufgesprungen und hatte gegen die Tür geschlagen. Als ihr Kollege nicht sofort reagiert hatte, hätte sie sich beinahe kreischend gegen die Tür geworfen und mit den Fäusten darauf eingehämmert. Zum Glück ging genau in diesem Moment die Tür auf. Hulda hatte das Gefühl gehabt, für Stunden eingesperrt gewesen zu sein, doch ihr Kollege hatte auf die Uhr gesehen und zu ihr gesagt: »Du hast eine Minute durchgehalten.«

Jetzt war ihre Platzangst weniger intensiv, doch irgendetwas an dieser Begegnung in Ákis Wohnzimmer hatte jene Erinnerung geweckt.

Sie erhob sich. »Es war nett, Sie kennenzulernen. Danke, dass Sie mich unangekündigt empfangen haben.«

Áki stand ebenfalls auf. »Ganz meinerseits, Hulda. Sagen Sie Bescheid, wenn ich Ihnen bei Ihren weiteren Ermittlungen behilflich sein kann.« Er streckte die Hand aus, und sie schüttelte sie. »Wenn ich etwas hören sollte, melde ich mich natürlich bei Ihnen«, sagte er und fügte lachend hinzu: »Aber so aufregend geht es im Großhandel nur selten zu. Hulda – Hulda Hermannsdóttir, richtig?«, fragte er noch, und diesmal war die unterschwellige Warnung nicht zu überhören.

X

Der Tag des Ausflugs war gekommen. Sie sah zu, wie er zwei Rucksäcke packte, einen davon für sie.

»Brauche ich das wirklich alles?«, fragte sie, als ihr dämmerte, dass der Ausflug sehr viel härter werden würde, als sie angenommen hatte.

Mit einem Nicken erklärte er ihr, dass sie mit weniger Ausrüstung nicht auskommen würde. Der Rucksack enthielt einen Schlafsack, der sie in den eiskalten Nächten am Leben erhalten würde, Lebensmittelvorräte, einen dicken Schal, ein Paar Handschuhe, die zu groß für sie aussahen, eine Wollmütze und eine leere Flasche.

Als sie fragte, ob sie sie mit Wasser füllen solle, lachte er. »Vergiss nicht, wir sind in Island: Hier gibt es mehr als genug sauberes Wasser. Wir werden in einer Berghütte übernachten, und das Wasser in dem Bach dort ist reiner als alles, was du aus dem Hahn bekommst.«

Als sie dachte, dass nun wirklich kein Platz im Rucksack mehr wäre, packte er noch eine Taschenlampe und Batterien dazu. Sie konnte ihren Rucksack nur mit Mühe hochheben und keuchte, dass er viel zu schwer sei.

»Unsinn«, erwiderte er. »Auf dem Rücken wirst du das Gewicht gar nicht spüren. Die hier brauchst du auch ...«Er befestigte zwei Wanderstöcke außen am Rucksack.

Nachdem er ihr Gepäck in den Wagen verladen hatte, fragte er sie, ob sie Ski laufen könne. Sie erklärte ihm, dass sie noch nie in ihrem Leben Ski gelaufen sei und das Gefühl habe, es sei zu spät, um jetzt noch damit anzufangen. Vielleicht sollten sie den Ausflug doch lieber verschieben. Er entgegnete lachend, dass sie ihn doch jetzt nicht enttäuschen wolle. Dann verschwand er und kehrte mit einem Paar Skiern, Stöcken und einem dicken Seil zurück.

Sie fragte nervös, ob er ohne sie Ski laufen wolle.

Nur eine Vorsichtsmaßnahme, erklärte er. Falls irgendwas schiefging, könnte er auf Skiern Hilfe holen. Als er sah, wie sie auf das Seil starrte, fügte er hinzu, das bräuchten sie, falls der Wagen stecken bliebe.

»Damit rechnest du?«, fragte sie mit stockendem Atem.

»Nein, ausgeschlossen«, versicherte er ihr. Und sie glaubte ihm.

Sie setzte sich auf den Beifahrersitz, und er ließ den Motor an, als ihm offenbar noch etwas einfiel. Sie solle einen Moment warten, erklärte er ihr und hastete noch einmal ins Haus. Als sie sah, dass er mit zwei Äxten zurückkehrte, setzte ihr Herz für einen Schlag aus. Er verstaute die Äxte im Kofferraum und setzte sich wieder hinters Steuer.

»Waren das ... Äxte?« Ihre Stimme zitterte ein wenig, obwohl sie sich alle Mühe gab zu überspielen, dass ihr bei dem Anblick eiskalt geworden war.

»Klar, Eispickel – einen für jeden.«

»Wozu brauchen wir Eispickel?«, fragte sie. »Ich will kein Risiko eingehen. Extremsport bin ich nicht gewohnt.«

»Keine Angst, das ist nur eine Vorsichtsmaßnahme. Besser, man ist auf alle Eventualitäten vorbereitet. Es wird bestimmt nicht gefährlich, bloß ein Abenteuer.«

Bloß ein Abenteuer.

XI

Hulda erinnerte sich deutlich an den Tag, an dem Jón gestorben war.

Sie hatte wie so oft bis spät gearbeitet und an einem Fall von Körperverletzung im Stadtzentrum von Reykjavík gesessen. Offiziell war sie nicht mal zuständig gewesen, hatte aber die Hauptlast bei den Ermittlungen getragen. An Wochenenden, wenn die Bars lange geöffnet hatten, kam es häufiger zu Zwischenfällen. Zur Sperrstunde strömten alle auf einmal hinaus auf die Straßen, wo jeden Freitag- und Samstagabend Karnevalsstimmung herrschte. Bei so vielen Betrunkenen musste die Polizei immer wieder eingreifen, und manchmal kam es zu schwereren Straftaten, die eine formelle Anklage nach sich zogen.

Es war ein Donnerstag gewesen, und Hulda hatte die ganze Woche Zeugen befragt, die den Angriff auf einen jungen Mann beobachtet hatten, der nach wie vor im Krankenhaus lag. Es war fast Mitternacht gewesen, als sie nach Álftanes zurückkehrte.

Ein Haus, das kein Zuhause mehr war.

Das Paar sprach kaum noch miteinander.

Alles in ihrem Heim fühlte sich kalt und trostlos an, von den Bäumen vor der Haustür bis hin zur Atmosphäre dahinter, vom Mobiliar bis hin zum Bett, das sie und Jón schon lange nicht mehr teilten.

Als sie über die Schwelle trat, fand sie ihn auf dem Wohnzimmerboden, sehr reglos und sehr tot.

Nachdem der Krankenwagen irgendwann eingetroffen war, taten die Notärzte zunächst so, als könnte man noch etwas tun, und gaben in dem Versuch, sie zu trösten, sinnlose Phrasen von sich, aber es war natürlich zu spät. Er war im Laufe des Tages verstorben.

»Er hatte Herzprobleme«, war alles, was Hulda sagte. Zwei Kollegen von der Polizei kamen, zwei junge Männer. Sie kannte beide, war jedoch nicht mit ihnen befreundet. Sie hatte bei der Polizei keine Freunde. Dann fuhr sie im Krankenwagen an Jóns Seite mit ins Krankenhaus.

Seit jenem Abend war sie allein auf der Welt.

XII

Sie war sich nicht sicher, warum er sie zu diesem Ausflug eingeladen hatte.

Meistens war er nett, obwohl er etwas Intensives an sich hatte, das ihr manchmal ein bisschen unheimlich war. Er hatte ihr erklärt, dass sie Freunde seien und dass sie in diesem fremden Land wirklich einen guten Freund brauchen könne.

Trotzdem hatte sie das Gefühl, dass er mehr wollte als nur Freundschaft, dass er stärkere Gefühle für sie hegte. Gleichzeitig wusste sie, dass zwischen ihnen nie etwas passieren würde.

Sie hätte seine Einladung zu dem Ausflug beinahe abgelehnt, dann aber doch die Chance ergriffen, das Leben ein wenig zu genießen. Sie war zuversichtlich, dass er ihr keine Avancen machen würde. Sie versuchte sich einzureden, dass er ihr nur einen Gefallen tat.

Denn was konnte schlimmstenfalls passieren?

XIII

Die Mutter hatte ihren Job verloren, was sie eigentlich nicht hätte überraschen dürfen. Ihr Chef war von Anfang an skeptisch gewesen, eine alleinerziehende Mutter zu beschäftigen, und hatte ihr unverblümt erklärt, dass er lieber kinderlose Frauen anstellte: Die seien verlässlicher und könnten sich besser auf ihre Arbeit konzentrieren.

Dann hatte er eines Tages verkündet, dass sie am darauffolgenden Tag nicht mehr zu kommen brauche. Sie hatte protestiert und darauf gepocht, dass ihr eine längere Kündigungsfrist zustand. Das hatte er glattweg bestritten und geleugnet, ihr auch nur eine Krone mehr zu schulden, als er ihr bereits ausgezahlt hatte. Der folgende Tag war ein Albtraum gewesen, weil ihre Sorgen sich als ansteckend erwiesen hatten und ihre Tochter noch aufsässiger war als sonst. Sie rechnete nach, wie lange sie von ihren mageren Ersparnissen würde leben können, wie lange sie genug zu essen haben würden, wie lange es dauern würde, bis man sie aus ihrer Mietwohnung warf. Das Ergebnis sah nicht gut aus, egal wie häufig sie das Ganze durchspielte.

Am Ende schluckte sie ihren Stolz hinunter und zog wieder bei ihren Eltern ein, diesmal mit deren Enkelkind. Das alte Paar war bald vernarrt in die Kleine, während es die eigene Tochter zunächst auf Abstand hielt. Das Mädchen entwickelte besonders zum Großvater eine enge Beziehung, der ihr vorlas und mit ihr spielte. Trotzdem war es, als löste sich die brüchige Bindung zur Mutter dadurch vollends auf – bis zu jenem schrecklichen Tag, an dem die Tochter aufhörte, sie Mama zu nennen.

XIV

Als sie aufbrachen, war es immer noch hell. Sobald sie die Stadt verlassen hatten, nahm der Verkehr ab, bis sie eine unbefahren aussehende Nebenstraße erreichten, die von einer Kette versperrt war, an der ein Schild hing.

Sie sah ihn an und fragte, ob die Straße gesperrt sei.

Er nickte, kurbelte am Lenkrad und fuhr über die Böschung um die Absperrung herum.

»Ist das denn sicher?«, fragte sie nervös. »Dürfen wir einfach weiterfahren, obwohl der Weg gesperrt ist?«

Er erwiderte, hier sei nicht offiziell gesperrt; das Schild würde nur davor warnen, dass der Weg nicht geräumt war.

Wieder beschlich sie der Verdacht, dass es vielleicht doch eine dumme Idee gewesen war, auf diesen Ausflug mitzukommen.

»Nicht geräumt?« Sie sah ihn unverwandt an.

»Keine Sorge«, sagte er, tätschelte das Lenkrad und lächelte sie an. »So kriegt dieses Baby die Chance zu zeigen, was es draufhat.«

Im Gegensatz zu der trostlosen Winterwelt draußen war es im Wagen behaglich warm. Die Heizung blies einen ste-

ten Strom heißer Luft aus. Sie dachte an das Auto ihrer Eltern. Da hatte die Heizung nie funktioniert.

Sie ließ den Blick über die Landschaft schweifen, diese gewaltige baumlose Weite, und war verzaubert, aber auch eingeschüchtert. So weit das Auge reichte, war alles weiß bis auf vereinzelte schwarze Tupfer – Felsen vielleicht oder Grasflecken. Über den Bergen hing schwach bläuliches Licht; die Schönheit war überwältigend. Und es war so friedlich. Obwohl sie noch nicht lange gefahren waren, hätten sie an jedem beliebigen Ort auf der Welt sein können. Die Einsamkeit war erregend, machte ihr aber auch ein wenig Angst. Die Landschaft fühlte sich irgendwie grausam und erbarmungslos an, vor allem jetzt im Winter; der Natur war es gleichgültig, ob man lebte oder starb. Es wäre schrecklich leicht, hier verloren zu gehen.

Sie wurde abrupt aus ihren Gedanken gerissen, als der Wagen im tiefen Schnee ins Rutschen geriet und sie einen Moment lang glaubte, sie würden von der Straße abkommen und sich überschlagen. Mit klopfendem Herzen wappnete sie sich für den Aufprall, doch ihre Angst erwies sich als unbegründet.

Aus dem Radio sprudelte ein Schwall von Worten, die sie nicht verstand. Es hörte sich an wie ein monotoner Vortrag von Fakten.

Am Ende fühlte sie sich gedrängt zu fragen, was der Sprecher gesagt hatte.

»*Das war der Wetterbericht*«, *erklärte ihr Begleiter.*
»*Und wie ist die Vorhersage?*«

»Nicht besonders gut«, sagte er. *»Er hat starken Schneefall angekündigt.«*

»Sollten wir nicht ...« Sie zögerte und sprach ihren Gedanken schließlich doch aus: *»Sollten wir dann nicht besser umkehren?«*

»Kommt nicht in Frage«, erwiderte er. »Das Wetter macht unseren Ausflug nur noch aufregender.«

XV

Hulda stand mit einem kleinen Snack in der Hand vor dem Hotdog-Stand an der Tryggvagata in der Abendsonne, als ihr Handy klingelte. Dieser spezielle Stand war schon seit Jahrzehnten ein Wahrzeichen der isländischen Küche: Lange bevor Fast Food in diesem Land Einzug gehalten hatte, waren Hotdogs quasi zum Nationalgericht erhoben worden. Später hatte der Stand sogar internationale Berühmtheit erlangt, als ein ehemaliger US-Präsident bei einem Besuch dort Halt gemacht hatte.

Sie musste immer wieder an ihr Gespräch mit Áki denken, obwohl er der Beschreibung des Mannes in dem Geländewagen, der Elena laut Dóra abgeholt hatte, überhaupt nicht entsprach.

Schade. Es wäre zu praktisch gewesen, ihm eine Verbindung zu Elena nachweisen zu können und mit dem Fall voranzukommen.

Sie versuchte, den Anruf entgegenzunehmen, ohne den Hotdog fallen zu lassen und Senf, Ketchup oder Remoulade auf ihre Jacke zu kleckern – ein Jonglierkunststück, das sie durch langjährige Übung perfektioniert hatte.

Hulda war seit Jahren Kundin an diesem Stand. Er war schon immer beliebt gewesen, doch in letzter Zeit war die Schlange dank des massiven Touristenaufkommens spürbar länger geworden. Auch jetzt wimmelte ein ganzer Schwarm von ihnen um den Stand herum und wartete entweder darauf, bedient zu werden, oder versuchte, bereits erstandene Hotdogs zu verzehren, ohne sich mit den Zutaten zu bekleckern.

»Hulda, hier ist Albert Albertsson.«

Die Stimme des Anwalts war so einschmeichelnd wie eh und je und flößte ihr vom ersten Wort an Vertrauen ein. Einen Moment lang gab sich Hulda der Hoffnung hin, er könnte gute Neuigkeiten für sie haben, weil ein Mann mit einer solchen Stimme unmöglich Überbringer schlechter Nachrichten sein konnte.

»Hallo, Albert.«

»Wie kommen Sie mit Ihrer ... Ermittlung voran?«

»Ganz gut, danke.«

»Super. Ich dachte, ich rufe Sie kurz an. Ich bin nämlich im Zusammenhang mit Elena auf ein paar Schriftstücke gestoßen. Sie lagen in meinem Aktenschrank zu Hause.«

Hulda glaubte, einen Hauch Betretenheit herauszuhören, als Albert den Aktenschrank erwähnte. Sie erinnerte sich an das Chaos in seinem Büro und vermutete, dass er die Papiere einfach irgendwo ganz unten in einem Stapel gefunden hatte. Trotzdem waren das erfreuliche Neuigkeiten: Zusätzliche Dokumente enthielten vielleicht weitere Hinweise, und die konnte sie im Moment gut gebrauchen.

»Ausgezeichnet«, sagte sie.

»Ich muss morgen ins Litla-Hraun-Gefängnis, um einen Mandanten zu treffen, aber ich könnte die Unterlagen nachmittags mit ins Büro bringen. Möchten Sie dann vorbeikommen?«

Hulda überlegte kurz. »Nein, ich komme sie gleich abholen, wenn das okay ist. Sie sind zu Hause, sagten Sie?«

»Ja, aber ich wollte gerade gehen – ich bin leider schon spät dran. Aber wenn Sie es eilig haben, hinterlege ich die Papiere bei meinem Bruder. Er wohnt bei mir.«

»Sehr gut. Sagen Sie mir noch, wo Sie wohnen?«

Er nannte ihr seine Adresse und fragte noch einmal, wie sie mit der Ermittlung vorankam und ob sie wirklich glaubte, dass Elena ermordet worden war.

»Davon bin ich überzeugt«, erklärte Hulda und legte auf.

Es war noch früh am Abend. An die Unterlagen zu kommen war nicht ganz so dringend, wie sie es dargestellt hatte, aber sie wollte um jeden Preis beschäftigt bleiben. Alles war besser, als nach Hause zu fahren und nicht einschlafen zu können, weil sie ihrer Pensionierung einen weiteren Tag näher gekommen war – einen Tag näher an die schmerzhafte Leere aufgezwungener Untätigkeit, die ihre einzige Aussicht zu sein schien.

XVI

Trotz der Wärme im Wageninneren zitterte sie unvermittelt. Sie spürte instinktiv, dass sie nicht hier sein sollte, dass es ein Fehler gewesen war, mitzukommen. Dabei war nichts Konkretes vorgefallen, nichts, was dieses Gefühl ausgelöst hätte, trotzdem atmete sie viel zu schnell. Vielleicht lag es an der unmenschlichen Leere, der Endlosigkeit dieser Landschaft, dem alles einebnenden Weiß des Schnees.

»Lebst du gern hier?«, fragte sie, um die aufsteigende Panik zu unterdrücken.

»Natürlich«, antwortete er. »Glaube ich zumindest. Obwohl das Wetter tückisch sein kann und wir nicht allzu viele Sommertage haben. Aber irgendwie mag ich die Kälte, den Schnee. Als Russin kannst du das vielleicht verstehen.«

Sie nickte bloß.

»Du lernst es sicher noch zu schätzen«, sagte er freundlich.

Er war nett zu ihr; sie sollte keine Angst vor ihm haben.

Trotzdem hatte sie Angst – vor ihrer Zukunft, vor der Ungewissheit, ob sie eine Aufenthaltserlaubnis für Island bekommen würde und davor, was passierte, wenn nicht.

Sie versuchte, sich zu entspannen und normal zu atmen. Über die Zukunft konnte sie sich morgen Sorgen machen. Heute war sie entschlossen, den Ausflug zu genießen. Alles würde ganz wunderbar werden.

XVII

Es war im Spätsommer gewesen, ein Jahr nach Jóns Tod.

Hulda hatte auf dem Gipfel der Esja gestanden, des lang gezogenen, flachen Gebirgszugs, der sich auf der Nordseite der Faxaflói-Bucht über Reykjavík erhob. Die Esja war nicht schwer zu erwandern – Hulda war anspruchsvollere Aufstiege im Hochland gewohnt –, aber es war eine Wanderung, die sie jedes Mal wieder genoss. Die Esja lag in Stadtnähe, sodass man an langen, hellen Frühlings- und Sommerabenden nach der Arbeit hinausfahren konnte, und der stramme Marsch zum Gipfel dauerte bloß eine knappe Stunde.

Bei der Arbeit hatte sie sich den ganzen Tag nicht wohlgefühlt und entschieden, aus der Stadt zu fahren und den Berg allein zu besteigen. Natürlich gab es dort oben noch andere Wanderer, trotzdem fühlte sie sich wie in ihrer eigenen Welt, atmete die frische Bergluft ein und genoss die fantastische Aussicht auf gefühlt den gesamten Südwesten Islands – von der urbanen Wucherung Reykjavíks über die Bucht bis zur Halbinsel Reykjanes im Süden, dem unbewohnten Hochland und den Eiskappen im Osten.

Es wurde allmählich spät, und sie würde bald mit dem Abstieg beginnen müssen, doch sie zögerte den Moment so lange wie möglich hinaus. Hier war sie in ihrem Element; hier konnte sie alles vergessen. Beinahe.

Sie wusste, wenn sie nach Hause kam und schlafen ging, würden die Albträume wiederkommen, und sie würde von der immer selben Frage verfolgt werden: Hätte ich es wissen müssen?

XVIII

Im Rückspiegel sah sie, wie die tief stehende Abendsonne durch die Wolken brach – vielleicht war es auch noch die Nachmittagssonne. Um diese Jahreszeit dämmerte es früh in Island, obwohl ihnen noch eine kleine Atempause blieb, bevor es vollends dunkel wurde.

Der Schnee auf der Straße wurde tiefer, bis schließlich passierte, was sie befürchtet hatte: Der Wagen blieb in einer Schneewehe stecken. Die Räder drehten durch, der Motor heulte auf. Ihr Begleiter erklärte ihr, sie solle sich keine Sorgen machen, sondern die Gelegenheit nutzen, um sich die Beine zu vertreten. Es war eine Erleichterung, dem überhitzten und stickigen Wagen zu entkommen und die Lunge mit purer eisiger Bergluft zu füllen. Nur gut, dass er ihr warme Kleidung zur Verfügung gestellt hatte, sodass die schneidende Kälte nicht schmerzhaft, sondern belebend war.

Sie machte ein paar Schritte vor und zurück, blieb jedoch dicht beim Wagen und zögerte zunächst, die Straße zu verlassen, weil sie unsicher war, was sich unter der glatten, weichen Oberfläche jenseits des Weges verbarg. Als er es mitbe-

kam, grinste er sie an und bedeutete ihr, dass es vollkommen sicher sei. Der Schnee knirschte unter ihren Schritten, und ihre Fußstapfen waren das Einzige, was die Vollkommenheit störte; der Schnee gehörte ihr und nur ihr allein. So weit das Auge reichte keine Spur menschlichen Lebens, nur die verwaiste Landschaft, die sich bis zum Horizont erstreckte. Sie waren vollkommen allein hier draußen. Ihre anfänglichen Befürchtungen waren verflogen. Was konnte im schlimmsten Fall schon passieren?

Sie beobachtete, wie er ein wenig Luft aus den Reifen ließ, um die Auflagefläche zu vergrößern, sich wieder ans Steuer setzte und begann, den Geländewagen Zentimeter für Zentimeter aus der Schneewehe zu bewegen, bis die Räder schließlich frei lagen. Fast im selben Augenblick fielen die ersten federleichten Schneeflocken und landeten sanft auf den Ärmeln ihrer Jacke.

XIX

Als der Großvater des kleinen Mädchens das Thema zum ersten Mal aufbrachte, lag Reykjavík im Sonnenschein. Die Mutter stand an einer windgeschützten Stelle im Garten hinter dem Haus und sah ihrer Tochter beim Spielen zu. Es war entzückend anzusehen, wie vertieft und glücklich sie war. Vielleicht war es ungerecht, ein so kleines Kind als unglücklich zu bezeichnen, doch sie wirkte selten so zufrieden wie in diesem Moment.

Der Vorschlag warf die Mutter komplett aus der Bahn, weil er ausgerechnet von ihrem Vater kam, der eine so enge Beziehung zu seiner Enkeltochter aufgebaut hatte. An seiner Stimme meinte sie zu erkennen, dass auch er selbst vielleicht nicht mit vollem Herzen dahinterstand und nur die Ansicht der Großmutter wiedergab, die von Anfang an nichts als Missbilligung gezeigt hatte. Es sei für niemanden erstrebenswert, einen Bastard zu gebären, hatte sie unmissverständlich deutlich gemacht, egal wie bezaubernd das Kind sein mochte. Es sei eine Schande für die ganze Familie – nicht nur für die Mutter selbst, sondern auch für deren Eltern.

An jenem sonnigen Fleck im Garten hatte der Großvater nun zögernd vorgeschlagen, das kleine Mädchen in eine Pflegefamilie oder sogar zur Adoption freizugeben. Er kenne ein Paar im Osten des Landes, das in der Lage sei, der Kleinen zu geben, was sie brauchte, und ihr ein wesentlich besseres Leben ermöglichen könne, als sie es hier in Reykjavík hätte. Gute Menschen, hatte er gesagt, aber nicht überzeugt geklungen. Vielleicht waren sie doch nicht so gut, oder vielleicht war auch die Idee an sich nicht gut. Nichtsdestoweniger hörte seine Tochter ihm zu, weil sie ahnte, wie schwer es ihr fallen würde, Nein zu dem Mann zu sagen, der ihnen ein Dach über dem Kopf gegeben hatte. Sie würde sich und ihre Tochter nicht allein durchbringen können; im ersten Anlauf war sie gescheitert, und sie brauchte mehr Zeit, um Geld anzusparen, bevor sie es noch einmal versuchen konnte.

Mit Tränen in den Augen versprach sie ihm, über seinen Vorschlag nachzudenken.

XX

Das Haus des Anwalts im grünen Vorort Grafarvogur erinnerte Hulda ein wenig an ihr altes Zuhause auf Álftanes. Obwohl das Viertel ein anderes Flair hatte, löste irgendetwas an dem Haus selbst ein Gefühl von Nostalgie bei ihr aus – die behagliche Aura der alten Welt vielleicht. Seit man ihr die bevorstehende Verabschiedung mitgeteilt hatte, schweiften ihre Gedanken ungewöhnlich häufig in die Vergangenheit. Auch ihre knospende Beziehung zu Pétur hatte vieles aufgewirbelt und sie wieder daran erinnert, was sie ihm bisher alles verschwiegen hatte.

Sie klingelte.

Der Mann, der ihr die Tür aufmachte, war kleiner und untersetzter als Albert, trotzdem war die Verwandtschaft unverkennbar. Er schien ein gutes Stück älter zu sein als sein Bruder – etwa zehn Jahre, vermutete sie. Und er hatte eindeutig den größeren Bauchumfang.

»Sie müssen Hulda sein«, sagte er lächelnd. Auch die sanfte Radiomoderatorenstimme verriet seine Verwandtschaft mit Albert.

»Genau.«

»Kommen Sie rein!«

Er führte sie in ein Wohnzimmer, das mit einem Sammelsurium aus Möbeln vollgestellt war, die für Huldas unfachmännisches Auge zutiefst unelegant wirkten. Den stolzen Ehrenplatz nahm ein klobiger alter Fernseher ein, der einem äußerst bequem aussehenden Sessel gegenüberstand.

»Ich bin Baldur Albertsson, Alberts Bruder.«

Albert und Baldur: Ihre Eltern hatten offenbar nicht lange im Buch der Babynamen geblättert, bevor sie sich entschieden hatten, dachte Hulda. Dann fiel ihr etwas auf, was sie eigentlich sofort hätte bemerken müssen: Alberts Bruder entsprach exakt Dóras Beschreibung des Mannes in dem Geländewagen – klein und dick. Ihr stockte kurz der Atem, doch sie ermahnte sich zur Besonnenheit. Wie wahrscheinlich war es, dass ausgerechnet der Bruder von Elenas Anwalt der Mann war, den sie suchte? Er hatte zwar eine Verbindung zu dem Fall, aber eben nur indirekt. Und Dóras vage Beschreibung traf auf zig Menschen zu. Trotzdem würde es nicht schaden, dem Mann ein wenig auf den Zahn zu fühlen. Sie spielte mit dem Gedanken, ihn geradeheraus zu fragen, ob er Elena jemals von der Asylbewerberunterkunft abgeholt hatte, doch sie wollte nichts überstürzen. Es wäre besser, wenn Dóra ihn zuerst als den Mann mit dem Geländewagen identifizierte, ehe Hulda ihn unnötig in Verlegenheit brachte.

Sie erinnerte sich wieder daran, wie nervös sie in Ákis Haus gewesen war. Das hier war ganz anders: Baldur Albertsson wirkte wie ein umgänglicher, vollkommen unbedrohlicher Zeitgenosse.

»Ich nehme an, Albert ist nicht da«, bemühte sie sich um Smalltalk.

»Nein, er hat einen Termin. Immer unterwegs.«

»Sind Sie auch Anwalt?«

Baldur lachte höflich. Es war eine Frage, die man ihm ohne Zweifel schon häufig gestellt hatte. »Gütiger Gott, nein. Das ist Alberts Terrain – der erste und einzige Jurist in der Familie. Ich ... Ich bin zurzeit ohne Beschäftigung.«

»Verstehe«, sagte Hulda und wartete erst einmal ab, weil sie aus Erfahrung wusste, dass es oft gar nicht nötig war, direkte Fragen zu stellen.

»Albert lässt mich großzügigerweise bei sich wohnen«, führte Baldur weiter aus und korrigierte sich nach einer kurzen Pause selbst: »›Wohnen‹ ist wahrscheinlich nicht das richtige Wort. Ich lebe hier seit zwei Jahren – seit ich meinen Job verloren habe. Dies war früher das Haus unserer Eltern. Albert hat es gekauft, als sie sich verkleinern wollten.«

Hulda überlegte, wie sie darauf möglichst diplomatisch antworten sollte. »Das klingt nach einer guten Lösung ... Vorausgesetzt, Sie kommen gut miteinander aus.«

»Oh ja, das war nie ein Problem. Möchten Sie einen Kaffee?«

Hulda nickte. Sie wollte sich die Gelegenheit, den Mann ein wenig besser kennenzulernen, nicht entgehen lassen, auch wenn die Wahrscheinlichkeit, dass er in den Fall verwickelt war, äußerst gering war. Außerdem machte er den Eindruck, dass er Gesellschaft dringender brauchte als Koffein.

Es dauerte eine Weile, bis er mit dem Kaffee zurückkam, der sich als untrinkbar erwies. Aber das war egal, solange er einen Vorwand für eine längere Unterhaltung bot.

In der Zwischenzeit hatte Hulda sich in dem Zimmer nach einem Foto von Baldur umgesehen. Sie brauchte ein Bild, das sie Dóra zeigen konnte, und hatte schon überlegt, mit der Handykamera ein Foto abzufotografieren, auch wenn die Qualität bei dem Zustand ihres Smartphones nicht besonders gut ausfallen würde. Doch zu ihrer Enttäuschung gab es kein einziges Bild. Sie fragte sich, ob sie es schaffen könnte, heimlich ein Foto von Baldur zu machen, ohne Verdacht zu erregen, ahnte jedoch, dass dies ihre Geschicklichkeit auf eine harte Probe stellen würde. Was ihr Handy betraf, hatte sie zwei linke Hände, und um ein Foto zu machen, hätte sie auf zu viele Knöpfe drücken müssen.

Sie setzten sich an dem langen Esstisch einander gegenüber. Hulda schoss kurz durch den Kopf, wie viel lieber sie diese Zeit mit Pétur verbracht hätte. Aber dafür war es vielleicht noch nicht zu spät: Um diese Jahreszeit war zwischen Tag und Nacht kaum ein Unterschied zu erkennen – die Nacht war nicht mehr als ein Gemütszustand. Und als sie an Pétur dachte, dämmerte ihr auch, dass sie vielleicht doch genug von ihrer Arbeit hatte; vielleicht hätten endlose Abende ohne jede berufliche Ablenkung doch etwas für sich. Sie hatte seit jeher dazu geneigt, ihre Arbeit mit nach Hause zu nehmen, selbst wenn das gar nicht nötig gewesen war. Sie hatte immer unter Strom gestanden. Nie hatte sie sich von ihren Fällen losreißen und ganz abschalten können. Jón hatte sich immer darüber beklagt, aber so war sie nun mal.

»Köstlicher Kaffee«, log sie, »aber ich kann leider nur kurz bleiben. Ich habe noch eine Verabredung.« Trotzdem nahm sie noch einen Schluck.

»Ich habe es mal versucht«, sagte Baldur. »Mich bei der Polizei zu bewerben, meine ich. Aber die wollten mich nicht.« Er tätschelte seine Wampe. »Ich war nie besonders fit, und jetzt ist es zu spät, daran noch etwas zu ändern. Albert war immer der Schlanke von uns beiden.«

In Baldurs Worten klang keine Verbitterung mit, obwohl er seinen Bruder schon zum zweiten Mal zu seinen eigenen Ungunsten lobte. Zuvor hatte er erwähnt, dass Albert der erste Jurist in der Familie war, ohne dass Neid mitgeklungen hätte. Er wirkte aufrichtig stolz.

»Ist er älter als Sie?«, fragte Hulda taktvoll, obwohl die Antwort offensichtlich war.

»Er ist zehn Jahre jünger als ich, wie man bestimmt sieht. Er war ein Nachzügler – eine nette Überraschung für meine Eltern.«

»Nimmt er viele solcher Fälle an?«

»Was für Fälle?«

»Mandate von Asylbewerbern.«

»Ja, ich glaube schon. Für ihn ist der Menschenrechtsaspekt wichtiger als das Geld.«

»Aber er wird doch dafür bezahlt?«

»Ja, natürlich. Aber in der Hauptsache tut er es für die Leute. Er möchte ihnen helfen.«

»Was haben Sie gemacht?« Hulda riskierte einen dritten Schluck von dem Kaffee, der jedoch so bitter war, dass sie die Tasse diskret beiseiteschob.

»Was ich gemacht habe?«

»Beruflich. Bevor Sie hierhergezogen sind. Bevor Sie Ihren Job verloren haben.«

In diesem Moment klingelte ihr Handy, das neben ihrer Tasse auf dem Tisch lag. Hulda seufzte, als sie Magnús' Namen auf dem Display sah – der letzte Mensch, mit dem sie im Augenblick sprechen wollte. Einen Moment lang überlegte sie, ob sie rangehen sollte, und entschied dann, ihn warten zu lassen. Weil sie aber nicht wusste, wie man den Klingelton abstellte, drückte sie den Anruf kurzerhand weg und ergriff, noch während sie auf den Knöpfen herumdrückte, die Gelegenheit, die Kamera zu aktivieren. Sie hoffte, dass Baldur es nicht bemerkte. Als sie auf die Foto-Taste drückte, hallte das Klicken im ganzen Zimmer wider. Hulda warf ihrem Gegenüber einen entschuldigenden Blick zu und sagte: »Tut mir leid, ich bin hoffnungslos überfordert mit dem Ding! Ich wollte es eigentlich bloß stumm schalten …«

»Geht mir genauso. Ich bin mit meinem Handy auch

nicht sehr geschickt«, erwiderte Baldur, dem es offenbar gleichgültig war, dass sie ein Bild von ihm geschossen hatte – wenn er es überhaupt mitgekriegt hatte.

»Ich habe mehrere Jahre als Hausmeister gearbeitet«, beantwortete er ihre ursprüngliche Frage, »dann haben sie dort Leute freigestellt, und ich war einer der Ersten, die entlassen wurden. Abgesehen davon habe ich dies und das gemacht, bin nie lange bei irgendwas geblieben. Früher habe ich oft für Handwerker gejobbt, mit den Händen gearbeitet, solche Sachen.«

Hulda konnte sich Baldur beim besten Willen nicht als Mörder vorstellen; er wirkte, als könnte er keiner Fliege etwas zuleide tun. Und auch wenn der äußere Schein täuschen konnte, glaubte Hulda, nach so vielen Jahren bei der Polizei, in denen sie es mit allen möglichen Leuten diesseits wie jenseits des Gesetzes zu tun gehabt hatte, über eine passable Menschenkenntnis zu verfügen. Natürlich war ihr Urteil nicht unfehlbar, ihr Gespür hatte sie schon einmal im Stich gelassen … und das war der größte Fehler ihres Lebens gewesen, der alles für immer verändert hatte.

Aber selbst wenn ihre Annahme stimmte und Baldur nicht imstande war, eine Frau kaltblütig zu ermorden, bestand trotzdem die entfernte Möglichkeit, dass er etwas mit Elenas Tod zu tun hatte. Schließlich konnte er irgendwann ein zwielichtiges, aber gut bezahltes Jobangebot angenommen haben und an die falschen Leute geraten sein.

»Ihr Bruder hatte Unterlagen für mich«, erinnerte sie ihn höflich an den Grund ihres Besuchs.

Baldur sackte sichtlich in sich zusammen. Er hatte offenbar gehofft, dass sie noch ein wenig länger bleiben und bei einem Kaffee mit ihm plaudern würde.

»Natürlich.« Er stand auf, verließ das Zimmer und kehrte unverzüglich mit einem braunen Umschlag zurück. »Hier. Ich weiß nicht, was drin ist, aber ich hoffe, es hilft Ihnen weiter. Albert müsste das wissen, wo er doch früher selbst Polizist war.«

Hulda widerstand der Versuchung, ihn zu verbessern. Albert war nie Polizist gewesen, sondern hatte als Anwalt für die Behörde gearbeitet. »Hm«, sagte sie unverbindlich, schob ihren Stuhl zurück, stand auf und sah demonstrativ auf die Uhr, um zu signalisieren, dass sie losmusste.

»Haben Sie mit ihm zusammengearbeitet?«, fragte Baldur in dem durchsichtigen Versuch, ihre Unterhaltung noch ein wenig in die Länge zu ziehen.

»Nicht direkt, aber ich kann mich an ihn erinnern. Er war hoch angesehen«, sagte sie, obwohl sie keine Ahnung hatte, ob das stimmte.

Baldur lächelte. »Das ist schön zu hören.«

Er schien tatsächlich eine aufrichtige, freundliche Seele zu sein. Nach dieser kurzen Begegnung fiel es Hulda schwer zu glauben, dass er irgendetwas mit dem Fall zu tun haben könnte, doch nun lag es an Dóra, die Angelegenheit zu klären.

Hulda verabschiedete sich und zwang sich, den Umschlag erst draußen zu öffnen, obwohl sie vor Neugier brannte. Umso größer war die Enttäuschung, als sie in ihrem Wagen saß und feststellen musste, dass die Unterlagen – beim Durchblättern zählte sie zehn Seiten – alle auf Russisch waren. Sie ging sie mehrmals durch in der Hoffnung, irgendwas zu entdecken, was sie entziffern konnte, aber es war zwecklos. Einige Seiten waren handgeschrieben, andere waren Ausdrucke, der Rest offensichtlich behördliche Dokumente, doch Hulda hatte keinen Schimmer, welche Informationen sie enthielten.

Sie zog ihr Handy aus der Tasche und überlegte, einen ihrer beeidigten Übersetzer anzurufen, aber das konnte bis morgen warten. Stattdessen würde sie nach Njarðvík fahren und Dóra den Schnappschuss von Baldur zeigen. Mal sehen, was das bringen würde ...

Nein. Die Dokumente gingen vor. Hulda wollte gerade telefonisch einen Russisch-Übersetzer engagieren, als ihr Handy piepte und eine eingehende Textnachricht vermeldete. Sie war von Magnús. Verdammt, den musste sie wohl zurückrufen.

Die Nachricht lautete: »In mein Büro, sofort!«

Die Formulierung sprach Bände. Sie hatte nie viel Geduld mit Magnús gehabt, schon gar nicht unter den aktuellen Umständen, und sie war sich auch nicht zu fein gewesen, vor Kollegen über ihn zu lästern, wenn sie glaubte, dass sie ihre Meinung teilten. Sie wusste nicht mehr, wie oft sie ihn für seine Inkompetenz als Vorgesetzter schon leise verflucht hatte. Aber er war trotz allem noch immer ihr Chef, und seine Nachricht hatte die erwünschte Wirkung.

Für den Moment schob Hulda alle Gedanken an die Übersetzung der Unterlagen oder einen Besuch bei Dóra beiseite und beeilte sich, Magnús' Befehl Folge zu leisten. Sie wurde für einen Rüffel einbestellt, so viel war klar – eine vollkommen neue Erfahrung für sie.

XXI

Es hatte nur kurz geschneit, doch am Himmel hingen nach wie vor schwere Wolken, die weiteren Schneefall versprachen.

Plötzlich und ohne jede Vorwarnung bog er scharf ab, verließ die befestigte Straße und hielt querfeldein auf einen entfernten Höhenzug zu. Sie klammerte sich an den Türgriff.

»Ist das überhaupt eine Straße?«, fragte sie alarmiert.

Er schüttelte den Kopf. »Nee, wir fahren auf der Schneekruste. Jetzt geht der Spaß erst richtig los.« Er grinste, um ihr zu signalisieren, dass er einen Scherz gemacht hatte.

Nachdem sie eine Weile schweigend dagesessen hatte, wagte sie zu fragen, ob sie nicht die Natur zerstörten. Durften sie das überhaupt? Irgendwas an dieser unberührten Landschaft brachte eine Saite in ihr zum Schwingen; es fühlte sich an, als würden sie durch unbewohnte Wildnis fahren, in die kein Mensch je einen Fuß gesetzt hatte; als hätten sie kein Recht, hier zu sein.

»Sei nicht albern«, fauchte er. »Natürlich ist es erlaubt.«

Sein Ton überraschte sie, und sie wusste nicht, wie sie reagieren sollte. So gut kannte sie ihn schließlich nicht. Hatte er womöglich eine dunkle Seite, die hinter der freundlichen Fassade lauerte?

Sie versuchte, ihre Sorge abzuschütteln.

»Willst du mal?«, fragte er unvermittelt.

»Was?«

»Willst du auch mal?«, wiederholte er. »Fahren.«

»Das kann ich nicht. Ich bin noch nie einen Geländewagen gefahren und auch noch nie querfeldein durch so tiefen Schnee.«

»Versuch's einfach mal«, sagte er lächelnd, als wäre das Ganze nur freundliches Geplänkel.

Sie schüttelte skeptisch den Kopf.

Trotzdem hielt er mitten im Nirgendwo und schaltete den Motor aus. Sämtliche befahrbaren Straßen lagen inzwischen weit hinter ihnen, die Berge – ihr vermutetes Ziel – noch weiter entfernt vor ihnen.

»Ab hier übernimmst du«, sagte er kurzerhand, stieg ohne weiteres Trara aus, ging um den Wagen herum und öffnete die Beifahrertür. »Es ist ein Kinderspiel, es ist nichts dabei. Ich habe dir ein Abenteuer versprochen, schon vergessen?«

Sie stieg nervös aus, stapfte vorsichtig durch den tiefen Schnee zur Fahrerseite und setzte sich ans Steuer. Zum Glück hatte der Geländewagen ein Schaltgetriebe, wie sie es gewohnt war. Sie ließ den Motor an, legte vorsichtig den ersten Gang ein und rollte langsam durch den Schnee.

»Man kann auch schneller fahren«, neckte er sie.

Ängstlich schaltete sie in den zweiten Gang und trat ein wenig entschlossener aufs Gaspedal.

»Da drüben rechts kommt man besser voran«, dirigierte er mit einem Blick auf das wenig aussagekräftige Bild auf dem Navi-Display. *»Jetzt, schnell! Den Abschnitt mit den Grasbüscheln müssen wir umfahren.«*

Sie riss das Lenkrad scharf nach rechts. Ihr durfte jetzt kein Fehler unterlaufen, und kurz befürchtete sie, dass sie die Kurve nicht schaffen und sich überschlagen würden. Ihr Herz pochte wild, doch sie kamen sicher um die Biegung.

»In so einem Stück mit Grasbüscheln stecken zu bleiben ist ein verdammter Albtraum«, erklärte er und blickte wieder auf das Navi. »Gerade überquerst du übrigens einen Fluss«, verkündete er und lachte.

»Einen Fluss? Im Ernst? Unter uns ist ein Fluss?«

»Klar, unter dem Eis ist überall Wasser.«

»Und du bist dir absolut sicher, dass das nicht gefährlich ist?«

»Na ja ...« *Er machte eine dramatische Pause.* *»Wir müssen einfach hoffen, dass das Eis nicht ausgerechnet jetzt einbricht.«*

Sie packte das Lenkrad unwillkürlich fester. Sein spöttisches Lachen linderte ihre Ängste kein bisschen.

XXII

Das Bauernhaus lag an einem Berghang unweit der Küste in einer dünn besiedelten Gegend. Die gewaltige Sandebene in der Nähe erstreckte sich vom Gletscher Vatnajökull bis hinab zum Ozean. Vom Hof aus hatte man einen atemberaubenden Blick sowohl über die Berge und den Gletscher als auch über die komplette Sandebene bis zum Meer. Die Mutter war nie zuvor an der entlegenen Südostküste gewesen. Sie konnte nicht leugnen, wie schön es hier war – doch deswegen war sie nicht hier. Sie war hier, um sich von ihrer Tochter zu verabschieden, um sie zur Adoption freizugeben und an diesem einsamen Ort bei Fremden zurückzulassen.

Auch wenn sie sich tapfer bemühte, die Tränen zurückzuhalten, konnte ihr Vater spüren, was in ihr vorging. Er hatte ausdrücklich die Großzügigkeit des Paares gepriesen und betont, wie förderlich es für das kleine Mädchen sein würde, auf dem Land, in der Natur und an der frischen Seeluft aufzuwachsen. Das Kind werde sich im Nu anpassen, versicherte er ihr. Sie habe schon einmal eine große Veränderung im Leben erfahren, und so unfair es sei, ihr nun die nächste zuzumuten, sei es doch besser, es so schnell wie möglich hinter sich zu bringen. Denn welche Aussichten hätte sie letztendlich in der Stadt? Keiner von ihnen verfügte über nennenswerte Ersparnisse oder Einnahmen; vor ihnen lagen bestenfalls beschwerliche Plackerei und der unbarmherzige Kampf, jeden Tag genügend Essen auf den Tisch zu bringen. Ein derartiges Leben sei für ein Kind zu hart, seine Enkeltochter habe etwas Besseres verdient. Unausgesprochen zwischen Vater und Tochter blieb die Tatsache, dass das Paar aus dem Osten angeboten hatte, die Familie für ihre Auslagen zu entschädigen, und dass diese Entschädigung weit über das hinausging, was sie bislang für das Kind hatten aufbringen müssen. Obwohl keiner es aussprach, wussten alle Beteiligten, dass sie das kleine Mädchen im Grunde verkauften – für eine beträchtliche Summe, die ihr Leben dauerhaft besser machen würde. Blutgeld, das war es. Die Mutter des Mädchens hatte bereits beschlossen, keine Krone davon anzurühren. Ihr Vater sollte damit machen, was er wollte, seine Schulden abbezahlen oder was auch immer. Aber sosehr sie sich gegen den Gedanken sträubte, auch sie würde davon profitieren, solange sie bei ihren Eltern wohnte.

Sie ließ sich zurückfallen und nahm ihre Tochter bei der Hand, während ihr Vater langsam auf das Haus zuging.

Sie spürte, wie sehr ihre Tochter zitterte, vielleicht wegen des eisigen Windes, der trotz des schönen Wetters von den Bergen herüberfegte. Vielleicht spürte das Mädchen aber auch, dass etwas Schreckliches und Folgenschweres bevorstand.

Als die Mutter sah, wie ihr Vater auf die Haustür zuschritt, dachte sie immer wieder: Wie konnte ich mich dazu nur überreden lassen?

Sie nahm das kleine Mädchen in die Arme und drückte es fest an sich, damit es aufhörte zu zittern. Die Reise mit dem Flugzeug und anschließend mit dem Wagen war anstrengend gewesen. Ein junger Mann, vermutlich ein Knecht des Hofes, hatte sie vom Flughafen abgeholt. Er saß immer noch im Auto und hatte gewiss Anweisungen bekommen, während der bevorstehenden heiklen Begegnung nicht zu stören.

Die Tür ging auf und gab den Blick auf einen nicht übermäßig alten Mann frei, der sie freundlich begrüßte. Nun gab es kein Zurück mehr. Tränen strömten über die Wangen der Mutter. Bei ihrem Anblick fing das kleine Mädchen ebenfalls an zu wimmern. Die beiden Männer, alte Freunde, setzten ihr Gespräch ungerührt fort. Mutter und Kind waren lediglich Statisten, während die Männer die größere Bühne bespielten. Wie ironisch, dass ausgerechnet die Großmutter, die die treibende Kraft hinter der Entscheidung gewesen war, es nicht über sich gebracht hatte, sie zu begleiten.

Die Mutter spürte, wie ihre Umarmung das kleine Mädchen beruhigte, bis es ganz aufhörte zu zittern. Im selben Moment ging ihr auf, dass sie sich tatsächlich wie seine Mutter fühlte, nicht bloß wie die Frau hinter der Glasscheibe, und sie hoffte – womöglich wider alle Wahrscheinlichkeit –, dass das kleine Mädchen genauso empfand.

Eine Stimme rief nach ihr: Ihr Vater forderte sie auf einzutreten. Doch als all ihre Zweifel erneut an die Oberfläche drängten, hielt sie inne. Nach ein paar zögernden Schritten in Richtung Haus blieb sie schließlich stehen. Das Paar stand jetzt nebeneinander auf der Schwelle und bedachte sie mit einem Lächeln, das wohl gütig wirken sollte. Doch die Güte wirkte aufgesetzt – als lächelten sie nur, um die Frau für sich einzunehmen.

Und endlich fasste die Mutter einen Entschluss. Sie würde keinen Fuß in dieses Haus setzen und die kleine Hulda nicht auf diesem Hof zurücklassen.

»Ich fahre nach Hause«, erklärte sie mit klarer Stimme und war selbst überrascht, wie entschlossen sie klang. Ihr Vater starrte sie wortlos an. »Ich fahre nach Hause«, wiederholte sie, »und Hulda kommt mit mir.«

Er lief auf sie zu und legte die Arme um sie beide. »Wie du willst. Es ist deine Entscheidung.«

Er lächelte.

Sie nahm ihr kleines Mädchen fest in den Arm und gelobte, es nie wieder loszulassen.

XXIII

Hulda saß schon mehrere Minuten in ihrem Wagen vor der Polizeistation, brachte jedoch nicht den Mut auf hineinzugehen, weil sie die Begegnung mit Magnús scheute. Nicht, dass sie irgendetwas bereute. Es war richtig, Elenas Tod noch einmal genauer zu untersuchen, und sie hatte nicht vor, kampflos aufzugeben. Der Besuch bei Áki war ebenfalls notwendig gewesen; vielleicht hätte sie weniger übereilt vorgehen und erst ein paar Hintergrundinformationen einholen sollen. Aber wegen der Deadline, die sie sich für die Lösung des Falles gesetzt hatte, stand sie unter Druck.

Ohne darüber nachzudenken, hatte sie ihr Handy aus der Tasche gezogen und Péturs Nummer gewählt. Er ging sofort dran.

»Hulda«, sagte er fröhlich. »Ich habe auf deinen Anruf gewartet.«

Pétur schien stets gut gelaunt zu sein, immer positiv, ein sonniges Gemüt. Ja, sie mochte ihn wirklich. Wie konnte man jemanden wie ihn nicht mögen?

»Oh«, sagte sie und bedauerte ihre wortkarge Erwiderung sofort, die mehr ihrer Überraschung geschuldet war als absichtsvoller Unhöflichkeit.

»Ja, ich dachte, wir könnten uns heute Abend wieder treffen. Ich wollte anbieten, uns etwas zum Abendessen zu kochen.«

»Das wäre sehr schön«, erwiderte Hulda, weil das helle Abendlicht sie für einen Moment vergessen ließ, dass die Abendessenszeit lange vorbei war. »Ich meine ... Das wäre schön gewesen.«

»Lass es uns trotzdem machen. Ich kann immer noch für dich kochen. Ich hab alle Zutaten da, unter anderem eine schöne Lammkeule, die ich auf den Grill legen könnte, bis du kommst ... Es sei denn, du hast schon gegessen«, fügte er hinzu.

»Was? Nein, nein, habe ich nicht.« Der Hotdog zählte nicht. »Ich, ähm, freue mich.«

Wegen des bevorstehenden Gesprächs mit Magnús war sie kurzatmig und hoffte, dass Pétur es nicht bemerkte und anfing, Fragen zu stellen. Aber die Aussicht, ihn wiederzusehen, wärmte sie von innen, wie sie sich eingestehen musste. Sie brauchte jemanden zum Reden, über Elena und ihren Fall, über ihre bevorstehende Pensionierung. Und dann waren da noch all die anderen Dinge, die sie ihm würde erzählen müssen.

»Fantastisch. Bist du schon auf dem Weg? Wann kannst du hier sein?«

»Ich muss erst noch im Büro vorbeischauen. Aber es dauert nicht lange.« Hoffte sie zumindest.

Der Flur zu Magnús' Büro war ihr noch nie so endlos vorgekommen. Die Tür stand offen, und als sie gerade anklopfen wollte, um sich anzukündigen, hob er den Blick. Er hatte die Brauen krausgezogen, und sie konnte ihm sofort ansehen, dass dies eine unangenehme Unterhaltung werden würde. Sie hatte das mulmige Gefühl, dass er an diesem schönen Frühlingsabend nur ihretwegen im Büro geblieben war. Was um alles in der Welt hatte sie verkehrt gemacht? Hätte sie seine explizite Erlaubnis einholen müssen, die Ermittlung wieder aufzunehmen? Oder hatte Áki sich über sie beschwert? Sie konnte sich gut vorstellen, dass ein Mann wie er einflussreiche Freunde an entscheidenden Stellen hatte.

»Setzen Sie sich«, bellte Magnús.

Normalerweise hätte sie an seinem Ton Anstoß genommen, doch sie war so eingeschüchtert, dass sie widerspruchslos auf den Stuhl vor seinem Schreibtisch rutschte. Bis jetzt hatte sie noch nicht einmal den Mund aufgemacht.

»Haben Sie heute am frühen Abend Áki Ákason besucht?«

Sie nickte. Jeder Versuch, es zu leugnen, wäre zwecklos.

»Was in Gottes Namen haben Sie sich dabei gedacht?« Magnús' Verärgerung schien in blanke Wut umzuschlagen. Hulda zuckte zusammen. Sie war darauf gefasst gewesen, dass er ihr auf die Finger klopfen würde, aber nicht auf einen derartigen Ausraster.

»Wie meinen Sie das? Ich … Ich bin einem …«

»Ja, gut so, raus damit«, unterbrach er sie. »Erklären Sie es mir. Ich will Sie nämlich nicht feuern müssen, wo Sie ohnehin kurz vor der Pensionierung stehen.«

Hulda riss sich zusammen. »Ich habe einen Hinweis erhalten, dass er in Menschenhandel, organisierte Prostitution und dergleichen verwickelt ist.«

»Und von wem kam dieser Hinweis?«

Hulda würde nicht im Traum daran denken, Karen in die Sache hineinzuziehen. »Von einem Informanten. Ich darf keine Namen nennen, aber ich ... Normalerweise ist Verlass auf ... ihn.«

Hatte Karen ihr etwas Falsches erzählt? War sie – Hulda – losgerannt und hatte einen ehrbaren Geschäftsmann grundlos beschuldigt, Mitglied des organisierten Verbrechens zu sein? Das wäre allerdings ein verdammt übler Schnitzer.

»Und wie, wenn ich fragen darf, kommen Sie darauf, im Alleingang gegen einen Mädchenhändlerring zu ermitteln?«, fragte Magnús mit unüberhörbarer Verachtung.

»Sie haben gesagt, ich soll mir einen Fall aussuchen ...«

»Einen Fall aussuchen?«, wiederholte Magnús verwirrt.

»Ja, an dem ich arbeiten kann, bis ich gehen muss.«

»Oh, verstehe ... Ich habe allerdings keinen Moment lang geglaubt, dass Sie das ernst nehmen würden. Es war bloß ein dahingesagter Vorschlag. Ich dachte, Sie würden nach Hause fahren und sich entspannen, eine Runde Golf spielen oder was immer Sie zu Ihrem Vergnügen machen.«

»Ich gehe wandern.«

»Na, dann dachte ich eben, Sie würden wandern gehen oder irgendwas in der Art. Wie kommen Sie verdammt noch mal dazu, in einem Fall zu ermitteln, ohne es mir zu sagen?«

»Ich hatte den Eindruck, Sie hätten mir die Erlaubnis gegeben.« Ihre Stimme war jetzt fester und ihr Herzschlag langsamer geworden. Ihre Abwehr stand.

»Was für ein Fall soll das überhaupt sein?«

»Die Russin, die in der Nähe von Vatnsleysuströnd tot aufgefunden wurde.«

»Verstehe. Alexanders Fall, oder nicht? Der wurde doch schon vor Ewigkeiten aufgeklärt.«

»Da bin ich mir nicht so sicher. Seine Ermittlungsarbeit war gelinde gesagt eine Schande.«

»Was wollen Sie damit sagen?«, fragte Magnús scharf.

»Kommen Sie, Magnús. Sie wissen genauso gut wie ich, dass Alexander bestenfalls auf gut Glück ermittelt.« Hulda war selbst überrascht von ihrer Unverfrorenheit. Das war etwas, was sie schon immer hatte sagen wollen, sich jedoch nie getraut hatte. Aber jetzt hatte sie nichts mehr zu verlieren.

Magnús reagierte nicht sofort. »Er ist vielleicht nicht unser bester Ermittler«, räumte er schließlich ein, »aber ...«

»Ist auch egal. Sie müssen mir in dieser Sache einfach vertrauen. Ich glaube, da ist etwas – irgendwas, was wir übersehen haben. Wenn sie ermordet wurde, ist es unsere Pflicht, die Tat aufzuklären.«

»Nein ... Nein. Dieser Fall ist abgeschlossen«, sagte Magnús, wenn auch zögerlich.

»Sie können mich nicht einfach rauswerfen. Nach all den Jahren habe ich immer noch Rechte.«

Er schwieg einen Moment und fragte dann unversehens: »Und was hat Áki damit zu tun?«

»Es könnte sein, dass die Russin ins Land gebracht wurde, um im Sexgewerbe zu arbeiten. Tut mir leid, wenn man mich falsch informiert hat. Ich hatte nicht die Absicht, einen unschuldigen Mann zu behelligen.«

»Einen unschuldigen Mann?« Magnús' Lachen klang nicht im Geringsten amüsiert. »Er ist so schuldig, wie man nur sein kann. Das ist ja das ganze verdammte Problem!«

»Was soll das heißen?«

»Er ist der Drahtzieher hinter einem großen Prostitutionsring.«

»Das heißt, er hat sich nicht über mich beschwert?«

»Sind Sie verrückt geworden? Gott, nein, von ihm haben wir keinen Mucks gehört. Nein, Sie haben es bloß geschafft, das Ergebnis monatelanger harter Arbeit zu gefährden. Wir überwachen ihn schon seit einer Weile, und soweit wir wissen, hatte er nicht den leisesten Schimmer – bis heute Abend. Dank Ihnen.«

Hulda war entsetzt. »Sie meinen, ich ...?«

»Ja, Sie. Unsere Leute haben das Grundstück überwacht und Sie reingehen sehen, aber da war es schon zu spät, der Schaden war angerichtet. Wir wissen nicht, was er jetzt tut – seine Komplizen warnen, Beweismaterial vernichten … Das Team sitzt gerade in einer Krisenbesprechung und versucht zu entscheiden, ob wir ihn abschreiben müssen oder ihn sofort verhaften sollten. Das Problem ist bloß, dass sie noch Zeit gebraucht hätten, um mehr Beweise gegen ihn zu sammeln. Es ist ein einziges beschissenes Chaos – und dafür wird man Ihnen die Schuld geben. Was bedeutet: *Ich* kriege es ab.«

»Ich weiß nicht, was ich sagen soll. Ich hatte keine Ahnung …«

»Natürlich hatten Sie keine verdammte Ahnung! Weil Sie sich nicht die Mühe gemacht haben, vorher mit irgendwem Rücksprache zu halten. Es ist immer das Gleiche mit Ihnen – kein bisschen teamfähig.« Magnús schlug mit der Faust auf den Schreibtisch. »Immer dieselbe verdammte Geschichte!«

Hulda war empört. »Ich hatte doch keine Wahl. Sie und Ihre Kumpels waren im Laufe der Jahre auch nicht besonders erpicht auf ›Teamarbeit‹. Wie oft musste ich mich allein durch Fälle ackern, weil niemand mit mir daran arbeiten wollte? Ihr Jungs haltet zusammen und schließt mich von allem aus! Ich will mich nicht beklagen – dafür ist es zu spät, und es ist auch nicht meine Art –, aber ich möchte, dass Sie das wissen, damit die nächste Frau in diesem ›Team‹ nicht den gleichen Mist durchmachen muss.«

Magnús schien überrascht von ihrer Reaktion. »Ich habe Sie nie anders behandelt als sonst irgendjemanden in dieser Abteilung. Ich muss hier nicht sitzen und mir das anhören.«

Hulda zuckte die Achseln. »Sie wissen es besser, Magnús. Aber ich höre bald auf, deshalb ist es nicht mehr mein Problem.«

»Ich denke, dieses Gespräch hat lange genug gedauert. Und Ihr Fall ist hiermit geschlossen.«

Diesmal war es Hulda, die zu ihrer eigenen Überraschung mit der Faust auf den Tisch schlug. Alle aufgestaute Wut brach aus ihr heraus. »Nein! Ich brauche noch Zeit, um ihn abzuschließen. So viel sind Sie mir schuldig.«

Magnús war wie erstarrt.

»Ich brauche noch ein paar Tage, vielleicht eine Woche. Ich halte Sie auf dem Laufenden, damit keine Gefahr besteht, dass ich den Kollegen noch mal auf die Füße trete. Das war komplett unbeabsichtigt, wie Sie sehr wohl wissen.«

Er überlegte kurz und sagte dann widerwillig: »Na gut. Ich gebe Ihnen noch einen Tag.«

»Einen Tag? Das reicht nie im Leben.«

»Es wird verdammt noch mal reichen müssen. Mir steht es mit Ihnen bis hier! Dann müssen Sie halt morgen früher anfangen. Okay, wir machen einen Deal: Morgen lass ich Sie in Ruhe, okay? Aber übermorgen kommen Sie rein und räumen Ihren Schreibtisch. Und dann fangen Sie an, sich an Ihren Ruhestand zu gewöhnen.«

XXIV

Das Licht wurde schwächer.

Nachdem sie eine Weile gefahren war, hatte sie den Bogen auf dem verschneiten Boden einigermaßen raus. Die Lenkung des Geländewagens reagierte gut, und die harte Eiskruste hielt. Der angekündigte Schneesturm war bisher ausgeblieben, es fielen nur vereinzelt Flocken, gerade genug, um die Scheibenwischer einschalten zu müssen.

Er hatte doch recht gehabt: Es gehörte dazu, zu diesem Abenteuer, auf das sie sich eingelassen hatte. Jetzt bereute sie es, zunächst davor zurückgeschreckt zu sein.

Irgendwann übernahm er wieder das Steuer und fuhr so schnell, dass das Eis knirschte, bis vor ihnen schließlich ein Berg aufragte. Er bremste.

»Das reicht. Wir stellen den Wagen hier ab.«

Sie stieg aus und ließ den Blick schweifen. »Gehen wir da hoch?«, fragte sie entmutigt, als sie die glatten schwarzen Felsen zwischen all dem Weiß sah.

Er schüttelte den Kopf. »Nein, nicht bis ganz nach oben, nur in das Tal hinter dem nächsten Kamm. Das ist schon Herausforderung genug.«

Es wurde erschreckend schnell dunkel. Sie hoffte nur, dass sie es noch in der Dämmerung zu ihrem Ziel schaffen würden. Die Dunkelheit würde in dieser Gegend undurchdringlich sein: kein fernes Leuchten einer Stadt, nur Berge und Schnee.

»Sind ... Sind hier noch irgendwelche anderen Leute?«

»Hier raus kommt sonst niemand«, antwortete er ausdruckslos.

Er hatte angefangen, die Sachen aus dem Wagen zu laden; dann landeten auch die Rucksäcke neben der restlichen Ausrüstung im Schnee. Aus einem Rucksack zog er einen dicken Pullover, einen traditionellen lopapeysa, *handgestrickt aus isländischer Wolle mit dem typischen weiß-braun-grauen Zickzackmuster an den Schultern.*

»Hier, zieh den über, sonst erfrierst du«, sagte er grinsend. In der Dämmerung konnte man nur schwer erkennen, was für eine Art Grinsen es war.

Ohne Widerworte zog sie ihre dicke Daunenjacke aus und erschauderte. Wahrscheinlich war es nur die Kälte, redete sie sich ein, andererseits ... Vielleicht war es auch Angst.

Er reichte ihr den Rucksack. Sie taumelte, als sie ihn aufsetzte. Er half ihr mit den Riemen und befestigte den Eispickel daran.

Sie waren die ersten Schritte gegangen, als sie bemerkte, dass sie vergessen hatte, ihre Handschuhe anzuziehen. Binnen Sekunden bekam sie taube Finger und musste ihn bitten, die Handschuhe aus ihrem Rucksack zu fischen. Da-

nach setzten sie ihren Marsch fort und stapften durch den dichter werdenden Schneefall, bis er plötzlich stehen blieb.

»*Wir versuchen, dort hochzuklettern. Glaubst du, du schaffst das?*«

Vor sich sah sie einen steilen weißen Hang; wo er endete, war nicht zu erkennen. Die Kuppe war im schwindenden Licht nicht mehr auszumachen, Schneeflocken brannten in ihren Augen.

»*Glaubst du, du schaffst das?*«, *fragte er noch einmal.*

Sie nickte zögerlich und wartete, dass er vorging.

»*Du zuerst*«, *wies er sie an.*

Sie traute ihren Ohren nicht. Niemals würde sie diesen Hang ohne seine Hilfe bewältigen. »*Ich? Wieso ...*«

»*Ich weiß nicht genau, wie fest der Schnee weiter oben ist. Wenn eine Lawine runterkommt, kann ich dich ausgraben.*«

Starr vor Angst stand sie da und fragte sich, ob das ein Scherz gewesen war. Aber sie fürchtete, dass er es todernst gemeint hatte.

Er reichte ihr die Wanderstöcke, die an ihrem Rucksack befestigt gewesen waren, und wies sie an loszugehen.

Da ihr nichts anderes übrig blieb, stapfte sie bedachtsam los. Anfangs war der Anstieg noch einigermaßen sanft, wurde jedoch, je höher sie kamen, umso steiler. Sie hielt den Blick gesenkt und konzentrierte sich darauf, einen Fuß vor den anderen zu setzen und das Gleichgewicht zu halten. Nur hin und wieder blickte sie nach oben, doch der Boden und der fallende Schnee verschmolzen zu konturlosem Weiß. Wo der Hang endete, war noch immer nicht zu erken-

nen. Es wurde immer schwerer, die Füße zu heben, und bald noch schwerer, Halt zu finden. Irgendwann rutschte sie bei jedem Schritt ein Stück ab und brauchte mehrere Anläufe, um nur wenige Zentimeter an Höhe zu gewinnen. Sie versuchte – ohne großen Erfolg –, mit den Stiefelkappen Stufen in den Schnee zu treten, auf denen sie Halt fand, und dann spürte sie in einem Moment taumelnder Angst, wie sie das Gleichgewicht verlor und die Hälfte des erklommenen Hangs wieder hinunterrutschte.

XXV

Ein paar Wölkchen zierten den Himmel über den haushohen Tannen in Péturs Garten, als wären sie mit breiten Strichen an die blaue Kuppel gemalt worden, während dahinter die Sonne allmählich unterging. Diese Jahreszeit erfüllte Hulda sonst immer mit Lebensfreude – heute nicht. Nach ihrem Treffen mit Magnús war sie völlig ausgelaugt und zu ermattet, um sich auch nur für einen Moment weiter ihren Ermittlungen zu widmen. Elena würde bis zum nächsten Morgen warten müssen.

Pétur öffnete die Tür, noch bevor sie anklopfen konnte. Wahrscheinlich hatte er sie vom Küchenfenster aus gesehen. Sie versuchte, sich ihre Erschöpfung nicht anmerken zu lassen.

»Hulda, komm rein!« Er war warmherzig wie immer – wie ein Arzt, der mit seiner Lieblingspatientin sprach. Er führte sie ins Wohn-Esszimmer, wo auf dem gedeckten Tisch bereits die wunderbar duftende Lammkeule wartete, die er offenbar eben erst vom Grill genommen hatte. Es roch köstlich, und erst jetzt spürte Hulda, wie ausgehungert sie war. Wie sie im Stillen gehofft hatte, hatte

Pétur auch eine Flasche Rotwein geöffnet. Nur gut, dass sie sich ein Taxi bestellt und ihren Wagen sicherheitshalber zu Hause hatte stehen lassen.

»Das sieht gut aus«, sagte sie.

Er bot ihr einen Stuhl an. Dankbar nahm sie Platz und spürte, wie die Müdigkeit sie zu überwältigen drohte. Pétur verschwand in der Küche. Es war ein seltsames Gefühl hier zu sitzen, als gehörte sie nicht hierher, als wäre sie ein ungebetener Gast. Gleichzeitig war ihr, als wäre sie nach Hause gekommen. Vielleicht lag es am Garten, den sie vom Wohnzimmer aus sehen konnte und der sie ein wenig an ihren alten Garten auf Álftanes erinnerte.

Es war warm bei Pétur, aber es war mehr als das: Das Haus strahlte Behaglichkeit aus. Ja, sie konnte sich gut vorstellen, hier zu leben, in Péturs Gesellschaft, mit ihm zu kochen und bis spät in die Nacht Wein zu trinken …

»Langer Tag?«, fragte Pétur, als er mit einer Schüssel Gemüse zurückkam. »Meiner war ziemlich ruhig. Das wirst du genießen, wenn du erst im Ruhestand bist – eine sportliche Frau wie du mit Interessen, die nichts mit dem Beruf zu tun haben.« Er lächelte.

»Vermutlich«, erwiderte Hulda wehmütig. »Ja, man könnte sagen, dass ich einen ziemlich … anstrengenden Tag hatte.«

Pétur setzte sich. »Bedien dich, solange es noch heiß ist. Normalerweise schmeckt das Lamm richtig gut, wenn man es auf diese Weise zubereitet. Und es ist nett, zur Abwechslung mal jemanden bekochen zu dürfen!«

»Danke.« Sie nahm einen Bissen. Es schmeckte fantastisch. Pétur war ein hervorragender Koch. Das war auf jeden Fall ein Pluspunkt.

»Was ist passiert?«, fragte er.

»Was?«

»Heute. Irgendwas ist passiert, das sehe ich dir doch an.«

Hulda überlegte, wie viel sie ihm erzählen sollte. Über den Fall zu sprechen wäre kein Problem, weil sie absolutes Vertrauen in Péturs Diskretion hatte, trotzdem zögerte sie, ihm von ihrem Aufeinandertreffen mit Magnús zu berichten, auch weil sie sich für ihren Patzer schämte, so gut gemeint ihr Vorstoß gewesen sein mochte.

Ein, zwei Minuten lang herrschte Schweigen; es fühlte sich kein bisschen unbehaglich an. Dann war sie selbst überrascht, als es aus ihr herausplatzte: »Ich habe heute mit meinem Chef gesprochen. Er will, dass ich die Ermittlungen einstelle.«

»Sofort?«

»Ja.«

»Wieso? Und wirst du es machen?«

»Ich habe einen Mann befragt, den ich nicht hätte befragen dürfen. Lange Geschichte, aber im Prinzip hat sich meine Ermittlung mit einer anderen überlappt. Ich hatte keine Ahnung, und das war ehrlich gesagt auch meine Schuld, weil ich meinen Chef nicht auf dem Laufenden gehalten habe. Er hatte keinen Schimmer, was ich vorhatte.« Sie seufzte. »Und der Kommissar, der ursprünglich in dem Fall ermittelt hat, ist ebenfalls wütend auf mich. Ich bin ehrlich gesagt ein ziemliches Wrack ...«

»Das klärt sich bestimmt.« Pétur wirkte wie immer gelassen. »Und wenn ich dich auch nur halbwegs richtig einschätze, gibst du nicht widerstandslos auf.«

Hulda lachte. »Nein, ich habe ihm einen weiteren Tag abgerungen.«

»Dann solltest du ihn lieber gut nutzen.«

»Das kannst du laut sagen.« Sie hob ihr Glas und nahm einen Schluck. »Mit anderen Worten, ich sollte lieber vorsichtig sein mit diesem ausgezeichneten Wein.«

»Aber ab übermorgen bist du frei. Glückwunsch!«

»Du verstehst es jedenfalls, das Ganze positiv zu sehen.«

»Sollten wir deine Pensionierung nicht feiern?«

»Wenn du willst«, erwiderte Hulda sanft. »Das hier ist ja auch schon ein Fest. Das Lamm ist absolut köstlich.«

»Wir könnten auf die Esja steigen«, schlug Pétur vor. »Was meinst du? Ich weiß gar nicht mehr, wie oft ich schon dort oben war, aber es wird einfach nie langweilig. Nicht jeder hat das Glück, einen solchen Berg in Reichweite zu haben. Und der Blick auf die Stadt an einem klaren Tag ...«

»Du musst mich nicht überreden – ich bin dabei«, erwiderte Hulda und spürte, wie sie sich zum ersten Mal seit einer Ewigkeit wieder auf etwas freute. Nur für einen Moment spielte sie mit dem Gedanken, Elena im Stich zu lassen, nur noch an sich zu denken und Magnús' Wunsch nachzugeben, sich sofort pensionieren zu lassen. Sie wollte gerade schon vorschlagen, dass sie auch gleich morgen auf die Esja steigen könnten … Die Worte lagen ihr bereits auf der Zunge. Als sie dann aber den Mund aufmachte, sagte sie: »Abgemacht, übermorgen. Ich brauche noch einen Tag für die Ermittlung.«

Sobald sie die Worte ausgesprochen hatte, hatte sie eine deutliche und beunruhigende Vorahnung, dass dies die falsche Entscheidung gewesen war.

Den zweiten Abend in Folge übertrieben sie es mit dem Rotwein. Hulda hatte schon jetzt Bedenken wegen des kommenden Morgens. Sie befürchtete, dass sie wieder verschlafen oder zu verkatert sein würde, um etwas Sinnvolles zustande zu bringen. Aber Pétur hatte sie offenbar gern um sich, und sie musste zugeben, dass auch sie sich in seiner Gesellschaft wohlfühlte. Es war inzwischen weit nach Mitternacht, die Zeit war wie im Flug vergangen, und sich miteinander zu unterhalten fiel ihnen leicht. Widerwillig, den schönen Abend zu beenden, richtete Hulda sich auf dem Ledersofa auf.

Sie saßen nebeneinander, aber immer noch in schicklichem Abstand. Pétur achtete offensichtlich darauf, ihr nicht zu nahe zu rücken. Er wusste, was sich gehörte.

»Gestern hast du mir erzählt, dass du deinen Vater nie kennengelernt hast«, sagte er, und Hulda nickte. »Hat deine Mutter je geheiratet? Oder hat sie dich allein großgezogen?«

»Nein, sie hat nie geheiratet. Wir haben lange bei meinen Großeltern gelebt«, antwortete Hulda. »Mein Großvater und ich ... Er war der Mensch, der mir am nächsten stand. Er war die Brücke zu dieser Seite der Familie. Meine Mutter und ich standen uns nie besonders nahe, aber dank meines Opas hatte ich trotzdem ein gewisses Zugehörigkeitsgefühl, wenn du verstehst, was ich meine. Meine Verwandten väterlicherseits habe ich nie kennengelernt. Ich glaube, ohne meinen Opa wäre meine Kindheit nicht sehr glücklich gewesen.«

Pétur nickte, und sie spürte, dass er sie verstand.

»Ich hätte meinen Vater gerne kennengelernt«, fuhr sie leise und leicht niedergeschlagen fort. Mit einem Mal war ihr zum Heulen zumute. Das lag am Wein: Sie wusste, dass sie beschwipst war, aber er schmeckte einfach zu gut, um damit aufzuhören.

»Wie war das damals«, wechselte Pétur rücksichtsvoll das Thema, ohne allzu weit abzuschweifen, »mit einer alleinerziehenden Mutter aufzuwachsen? Ich meine, heutzutage ist so etwas fast selbstverständlich, aber ich weiß noch, wie die Leute über einen meiner Schulfreunde geredet haben, der keinen Vater hatte – ich meine, von dem niemand wusste, wer der Vater war.«

»Es war hart«, gab Hulda zu, griff nach der Flasche und goss ihre Gläser noch einmal voll. »Sehr hart. Soweit ich mich erinnere, hat meine Mutter ständig die Jobs gewechselt. Damals war es noch ungewöhnlich, dass eine Frau die Brotverdienerin war, nur konnte sie meinetwegen nicht immer so viel arbeiten, wie sie es gern gewollt hätte. Es war ein echter Kampf. Ich glaube, es ist nicht übertrieben, wenn ich sage, dass wir arm waren. Wir hatten nur deswegen ein Dach über dem Kopf, weil wir das Glück hatten, bei meinen Großeltern wohnen zu dürfen. Wir hatten immer etwas zu essen auf dem Tisch, aber für mehr war nie Geld übrig. Keiner von uns konnte sich irgendeinen Luxus leisten. Als ich älter wurde, war das für mich schwer zu akzeptieren, wie du dir vielleicht vorstellen kannst.«

»Um ehrlich zu sein, kann ich es mir eigentlich nicht richtig vorstellen«, sagte Pétur langsam. »Mein Vater war Arzt, genau wie ich, sodass wir immer recht gut situiert waren. Zum Glück! Das Schlimmste an Armut sind die Auswirkungen, die sie auf Kinder hat.«

»Es hätte auch …« Hulda brach ab. Sie war leicht benebelt und fragte sich, ob es klug wäre auszusprechen, was ihr auf der Zunge lag. Wie viel sollte sie diesem Mann erzählen? Konnte sie ihm vertrauen? Vielleicht wäre es gut und sogar gesund, sich ihm gegenüber zu öffnen und über die Vergangenheit zu sprechen. Sie hatte zu vieles zu lange in sich hineingefressen. Vielleicht war dies die Gelegenheit, auf die sie so lange gewartet hatte. Bei der Arbeit hatte sie nie über private Dinge reden können. Keiner ihrer jüngeren Kollegen war auch nur ansatzweise an den Höhen und Tiefen im Leben einer vierundsechzigjährigen Frau interessiert. Und ihre Freunde, ihre *echten* Freunde, konnte sie an einer Hand abzählen. Sie beschloss, das

Wagnis einzugehen. »Es hätte auch alles ganz anders kommen können.«

»Ach?« Péturs Reaktion kam so prompt, dass Hulda sich benommen fragte, ob sie mehr Wein getrunken hatte als er.

»Meine Mutter hatte mich als Baby in eine Einrichtung gegeben – ein Säuglingsheim, fast so etwas wie ein Waisenhaus. Ich habe die Geschichte mal von meinem Opa gehört; meine Mutter hat mir gegenüber nie ein Wort darüber verloren. Für unverheiratete Mütter galt das damals als das einzig Richtige und Anständige, aber nach allem, was mein Opa angedeutet hat, glaube ich, er und meine Großmutter haben meine Mutter dazu gedrängt, was er später bereut hat. Er sagte, ich wurde meiner Mutter kurz nach der Geburt weggenommen. Erinnerst du dich an diese Heime?«

»Nicht persönlich, aber ich habe natürlich davon gehört.«

»Offenbar hat meine Mutter mich dort regelmäßig besucht, was nur natürlich ist, nehme ich an. Mein Opa hat gesagt, dass er stolz auf sie war. Sobald sie genug Geld zusammengespart hatte, ist sie hingegangen und hat mich wieder zu sich geholt. Dazu hatte sie jedes Recht. Aber ich glaube, normalerweise wurden Babys aus solchen Einrichtungen in Pflegefamilien gegeben oder adoptiert.«

»Warst du lange dort?«, fragte Pétur.

»Fast zwei Jahre. Und als wäre das noch nicht schlimm genug gewesen, durfte meine Mutter mich in der ganzen

Zeit nie berühren oder im Arm halten. Die Eltern durften ihre Babys nur durch eine Glasscheibe betrachten. Das Personal glaubte, wenn die Eltern mit ihren Kindern schmusten, würde den Kindern der Abschied zu schwer fallen.«

»Ich nehme an, du kannst dich nicht mehr daran erinnern …« Pétur ließ die Frage im Raum stehen.

»Nein, ich habe überhaupt keine Erinnerung an diese Zeit«, antwortete Hulda. »Dazu war ich viel zu klein. Aber vor Urzeiten habe ich das Gebäude, in dem das Heim früher untergebracht war, einmal besucht. Es war ein sonderbares Gefühl, durch die Tür zu treten, ein überwältigendes Déjà-vu. Die Trennscheibe aus Glas war verschwunden, aber ich hatte Fotos davon gesehen. Als wir den Flur hinuntergingen, blieb ich instinktiv vor einer geschlossenen Tür stehen und fragte die Frau, die mich herumführte, ob dort die Kinder geschlafen hätten. Sie nickte, und als sie die Tür aufmachte, traf es mich mit voller Wucht. Ich wusste es, ich wusste einfach, dass ich in diesem Zimmer geschlafen hatte. Du musst mir nicht glauben, aber es war ein eigenartiges Erlebnis.«

»Ich glaube dir jedes Wort«, sagte Pétur – wie immer ohne zu zögern. Und wie immer sagte er genau das Richtige.

»Eine konkrete Erinnerung an meine frühe Kindheit habe ich allerdings«, fuhr Hulda fort. »Es gab Pläne, mich in eine Pflegefamilie zu geben – das war, nachdem meine Mutter mich zurückgeholt hatte und wir wieder bei meinen Großeltern eingezogen waren. Ein Paar hatte Interesse, mich zu adoptieren. Auch das habe ich von meinem Großvater und nicht von meiner Mutter erfahren, doch es gibt keinen Grund, an seiner Geschichte zu zweifeln, weil ich daran tatsächlich noch eine Erinnerung habe. Ich weiß noch, dass wir geflogen sind – in den Osten, weil das Paar irgendwo zwischen den Gletschersandebenen um Skaftafell wohnte, was damals nur sehr mühsam zu erreichen war. Ich habe diese Reise nie vergessen, obwohl ich damals noch ein Kleinkind war. Wir haben Reykjavík sonst nie verlassen, vermutlich ist mir die Reise deshalb in Erinnerung geblieben, weil es so ein ungewöhnliches Ereignis war.«

»Würdest du …« Pétur zögerte. »Das ist vielleicht eine unangemessene Frage …«

»Schieß los«, forderte Hulda ihn auf und bereute es sofort.

»Na ja … Wenn du rückblickend die Wahl hättest, würdest du noch mal bei deiner Mutter aufwachsen wollen?«

Die Frage brachte sie aus der Fassung, vielleicht, weil sie sich unbewusst schon oft genau das Gleiche gefragt hatte, ohne je zu einem Schluss zu kommen. Hatte sie eine glückliche Kindheit gehabt? Eigentlich nicht; vielleicht überhaupt nicht. Aber sie konnte unmöglich wissen, ob ihr Leben rosiger gewesen wäre, wenn sie von Fremden großgezogen worden wäre. Spielte Geld eine Rolle? Hatte ihre Kindheit in Armut, der endlose Kampf, über die Runden zu kommen, bleibende Spuren hinterlassen?

Sie dachte an jene frühen Jahre zurück und versuchte, glückliche Erinnerungen heraufzubeschwören. Es gab eine, in der sie in ihrem Kinderzimmer saß und einer Geschichte lauschte; sie wusste nicht mehr, wovon die Geschichte gehandelt hatte, aber die Erinnerung daran war lebhaft und fühlte sich wohlig an. Die Person, die an ihrem Bett gesessen hatte, war ihr Großvater und nicht ihre Mutter gewesen. Sie erinnerte sich auch an einen Ausflug zu dem Laden an der Ecke, als sie vielleicht acht oder neun gewesen war. Dort war sie hingegangen, um ihr Taschengeld auszugeben, ein kleines Vermögen, das sie gespart hatte, indem sie ihrem Großvater im Sommer bei Heimwerkerarbeiten geholfen hatte. In ihrer Erinnerung war alles mit ihrem Großvater verknüpft – dabei war ihre Mutter immer gütig zu ihr gewesen.

Hulda ließ sich Zeit mit ihrer Antwort. »Unter uns, und ich gebe dem Wein die Schuld, falls ich diese Unterhaltung später bedauern sollte, muss ich gestehen, dass meine Kindheit glücklicher hätte sein können, obwohl sich natürlich unmöglich sagen lässt, ob es die Probleme gelöst hätte, wenn ich als Pflegekind aufgewachsen wäre. Ich glaube allerdings, nein, ich bin mir sicher, dass mein Leben besser gewesen wäre, wenn ich von Anfang an bei meiner Mutter hätte bleiben dürfen. Ich weiß, dass Kinder sich angeblich nicht an ihre ersten Lebensjahre erinnern, aber Erinnern ist eine Sache – Fühlen eine ganz andere. Ich glaube, ich habe die Ungewissheit sehr wohl wahrgenommen, und die hat mein Leben geprägt. Ich glaube auch, dass meine arme Mutter sich von dem Tag an, als sie mich abgegeben hat, bis zu ihrem Tod schuldig gefühlt hat. Und Schuld kann eine schwere Last sein.«

»Das tut mir sehr leid, Hulda. Ich wollte nicht ... aufdringlich sein.«

»Schon gut. Mittlerweile reagiere ich nicht mehr so überempfindlich auf meine Vergangenheit. Was geschehen ist, ist geschehen. Schnee von gestern und so weiter. Natürlich bedauert man zwangsläufig das eine oder andere, und es liegt immer auf der Lauer, um einen in Träumen zu überfallen.«

Hulda ließ den Blick durch das Wohnzimmer schweifen. Nicht zum ersten Mal dachte sie, dass Pétur das Gefühl, nicht in gediegenem Luxus zu leben, gar nicht kannte.

Er öffnete den Mund, um etwas zu sagen, doch sie kam ihm zuvor.

»Du fragst mich ständig nach mir.« Sie lächelte, um anzudeuten, dass dies nicht als Kritik gemeint war. »Reden wir zur Abwechslung über dich. Hast du dieses Haus zusammen mit deiner Frau gebaut?«

»Ja, haben wir. Es ist uns ein wundervolles Zuhause gewesen. In guter Lage natürlich, nette Gegend. Einmal hätten wir es beinahe verkauft, und ich bin froh, dass wir es nicht getan haben. Ich hänge sehr daran. Es stecken so viele Erinnerungen darin – gute wie schlechte natürlich –, und ich habe die feste Absicht, hier wohnen zu bleiben, obwohl es viel zu groß ist ... zu groß für eine Person«, fügte er nach einer kurzen Pause hinzu.

»Warum?«

»Verzeihung?«

»Warum hättet ihr es beinahe verkauft?« Mit ihrem Ermittlerinstinkt hatte Hulda zielsicher eine leise Andeutung von Ausflüchten ausgemacht.

Pétur antwortete nicht sofort. Er stand auf, holte eine weitere Flasche Wein und nahm wieder neben ihr auf dem Sofa Platz.

»Vor fünfzehn Jahren hätten wir uns beinahe scheiden lassen.« Es bereitete ihm offensichtlich Mühe, darüber zu sprechen.

Sie wartete.

Nach einer längeren Pause und einem weiteren Schluck Wein fuhr Pétur fort: »Sie hatte eine Affäre. Jahrelang, ohne dass ich einen Schimmer hatte. Als ich es zufällig herausbekommen habe, ist sie ausgezogen, und ich habe die Scheidung eingereicht. Die war schon fast durch, als meine Frau mich um eine zweite Chance gebeten hat.«

»Ist es dir leichtgefallen, ihr zu vergeben?«

»Ja, tatsächlich. Vielleicht weil ich in all den Jahren immer in sie verliebt war. Das hat sich nie geändert. Aber ich glaube, so bin ich einfach. Ich habe immer schon leicht verziehen. Ich weiß nicht, warum.«

Vielleicht passten sie doch nicht so gut zueinander wie gedacht. Denn verzeihen konnte sie definitiv nicht gut.

»Du hast erwähnt, dass du auf Álftanes gelebt hast«, wechselte er erneut das Thema. »Hattet ihr dort ein Haus?«

»Ja, es war …« Sie hielt inne und wählte ihre Worte mit Bedacht. »Ein wunderschönes Haus, direkt am Meer. Ich vermisse das Rauschen der Wellen bis heute. Was ist mit dir? Hast du mal am Meer gelebt?«

»Eine Zeit lang, ja. Mein Vater hat eine Weile als Arzt im Osten gearbeitet, aber eigentlich bin ich ein Stadtjunge. Aufgewachsen mit Verkehrslärm statt mit Wellenrauschen. Hast du das Haus verkauft, nachdem dein Mann gestorben ist?«

»Ja, ich konnte es mir nicht leisten, es zu halten.«

»Du hast gesagt, er ist ziemlich jung gestorben, oder?«

»Er war zweiundfünfzig.«

»Schrecklich, einfach schrecklich.«

Hulda nickte.

Trotz der düsteren Themen, über die sie sprachen, kam ihr dieses Wohnzimmer wie eine Oase des Friedens vor. Draußen war die Nacht so dunkel geworden, wie sie im Mai nur werden konnte. Dann störte mit einem Mal das laute, zudringliche Klingeln ihres Handys die Ruhe. Sie warf Pétur einen entschuldigenden Blick zu, wühlte in ihrer Tasche und war überrascht, als sie sah, wer sie nach Mitternacht anrief. Es war die Krankenschwester, die den Pädophilen angefahren hatte, die Frau, der Hulda eine zweite Chance gegeben hatte, indem sie so getan hatte, als hätte es ihr Geständnis nie gegeben. Eigentlich hatte Hulda gehofft, nie mehr von ihr zu hören.

Sie drückte den Anruf weg. »Tut mir leid, man hat aber auch nie seine Ruhe.«

»Wem sagst du das.« Pétur lächelte.

Hulda legte das Handy neben die neue Flasche auf den Tisch. Sie waren offensichtlich noch nicht fertig; es war noch reichlich Rotwein übrig.

Ihr Telefon klingelte erneut.

»Verdammt«, murmelte Hulda lauter als beabsichtigt.

»Geh ruhig ran«, sagte Pétur freundlich. »Das stört mich nicht.«

Aber Hulda hatte absolut keine Lust, mit der unglücklichen Frau zu sprechen, die sich wegen ihrer Tat wahrscheinlich immer noch im Schockzustand befand und ihr Gewissen gegenüber der einzigen Person erleichtern wollte, die außer ihr die Wahrheit kannte. Aber Hulda wollte ihr nicht die Beichte abnehmen, schon gar nicht jetzt. Dafür war der Abend mit Pétur viel zu schön, und sie wollte die Stimmung nicht ruinieren.

»Nein, das ist nicht dringend. Ehrlich gesagt weiß ich nicht, warum sie um diese Uhrzeit anruft. Wie rücksichtslos.« Hulda lehnte den Anruf erneut ab und schaltete diesmal auch ihr Handy aus. »So, vielleicht lässt man uns jetzt in Ruhe.«

»Mehr Wein?«, fragte Pétur mit einem Blick auf ihr halb leeres Glas.

»Gerne, danke. Aber das sollte dann besser mein letztes sein. Ich muss morgen arbeiten, schon vergessen?«

Pétur schenkte ihr nach. Danach schwiegen sie ziemlich lange. Hulda wusste nichts weiter zu sagen; sie war zu müde, und der Alkohol tat sein Übriges.

»Habt ihr euch eigentlich bewusst entschieden, keine Kinder zu bekommen?«, fragte Pétur plötzlich.

Vielleicht war es eine natürliche Fortsetzung des Gesprächs über Huldas Ehemann, doch die Frage erwischte sie unvorbereitet. Dabei hätte sie damit rechnen müssen, es Pétur früher oder später zu erzählen – zumindest, wenn ihre Beziehung sich auf diese Weise weiterentwickelte.

Sie überlegte eine Zeitlang, wie sie antworten sollte, und Pétur wartete mit der für ihn typischen Geduld. Es gab offenbar nicht viel, was ihn aus der Ruhe brachte.

Schließlich entschied sie sich für die einfachste Antwort. »Wir hatten eine Tochter.«

»Ich dachte … Tut mir leid!« Pétur wirkte sichtlich überrascht und ein wenig verwirrt. »Ich dachte, du hättest gesagt … Ich hatte den Eindruck, dass du und dein Mann keine Kinder hattet.«

»Das liegt daran, dass ich das Thema bewusst gemieden habe. Du musst mir verzeihen – es fällt mir immer noch schwer, darüber zu sprechen.« Sie hörte selbst, wie ihre Stimme brach, hielt inne und kämpfte gegen die Tränen an. »Sie ist gestorben.«

»Ich weiß nicht, was ich sagen soll«, erwiderte Pétur. »Das tut mir schrecklich leid.«

»Sie hat sich umgebracht.«

Hulda spürte, wie ihr die Tränen über die Wangen rollten. Es stimmte, sie war es nicht gewohnt, darüber zu sprechen. Obwohl sie täglich an ihre Tochter dachte, erwähnte sie sie fast nie.

Pétur sagte kein Wort.

»Sie war noch so jung, gerade erst dreizehn geworden … Danach haben wir nicht noch mal versucht, Kinder zu bekommen. Jón war schon fünfzig, ich zehn Jahre jünger.«

»Mein Gott … Das Leben hat dir übel mitgespielt, Hulda.«

»Ich kann nicht darüber sprechen, tut mir leid … So war es jedenfalls. Dann ist Jón gestorben, und seitdem bin ich allein.«

»Das könnte sich ja bald ändern«, sagte Pétur.

Hulda versuchte zu lächeln, fühlte sich jedoch mit einem Mal unendlich müde. Sie hatte genug; es war an der Zeit, nach Hause zu fahren.

Pétur schien das instinktiv zu spüren. »Sollen wir für heute Gute Nacht sagen?«

Hulda zuckte mit den Schultern. »Ja, vielleicht. Es war ein sehr schöner Abend, Pétur.«

»Wollen wir das morgen Abend wiederholen?«

»Ja«, sagte sie, ohne auch nur einen Moment zu zögern. »Das wäre toll.«

»Vielleicht können wir irgendwo essen gehen? Deine Pensionierung feiern? Ich lade dich zum Abendessen ins Hótel Holt ein. Wie hört sich das an?«

Das war sehr großzügig. »Mein Gott, ja, das wäre wundervoll. Dort war ich seit Urzeiten nicht mehr … Das muss gute zwanzig Jahre her sein!«

Das Hotelrestaurant war eines der schicksten in Reykjavík, und Hulda konnte sich gut an ihren letzten Besuch dort erinnern. Es war ein Hochzeitstagsessen gewesen, mit ihrem Mann und ihrer Tochter, ein fröhlicher Anlass, teuer, aber denkwürdig.

»Ich kann dir ja nicht jeden Abend meine Kochkünste zumuten. Das wäre also abgemacht.«

Hulda stand auf. Pétur folgte ihr und gab ihr einen flüchtigen Wangenkuss.

»Das Lamm war ausgezeichnet«, sagte sie. »Ich wünschte, ich könnte so gut grillen.«

Als sie in den Flur traten, fragte Pétur plötzlich: »Wie hieß sie?«

Hulda war perplex. Obwohl sie genau wusste, wen er meinte, tat sie ahnungslos, um Zeit zu schinden. »Verzeihung?«

»Deine Tochter, wie hieß sie?« Sein Tonfall war freundlich, sein Interesse aufrichtig.

Hulda wurde mit einem Mal bewusst, dass sie den Namen ihrer Tochter seit Jahren nicht mehr laut ausgesprochen hatte, und sie schämte sich dafür.

»Dimma. Sie hieß Dimma. Ungewöhnlich, ich weiß …«

Der Name bedeutete »Dunkel«.

DER LETZTE TAG

I

Hulda wälzte sich auf die andere Seite. Sie wollte nicht aufstehen. Sie vergrub den Kopf unter dem Kissen und versuchte wieder einzudösen, doch es war zu spät, um noch mal einzuschlafen. Früher hatte sie es genießen können, lange liegen zu bleiben, aber mit dem Alter war ihr diese Gabe zunehmend abhandengekommen.

Als sie einen Blick auf den Wecker warf, stellte sie zu ihrem Entsetzen fest, dass sie genauso lange geschlafen hatte wie am Tag zuvor. Mit anderen Worten: Sie hatte verschlafen. Dabei hatte sie jede Minute des Tages nutzen wollen, um die noch losen Enden ihrer Ermittlung zusammenzuführen. Doch sobald sie sich aufrichtete, bekam sie lähmende Kopfschmerzen. So wundervoll der Abend mit Pétur gewesen war, sie hätte nicht so viel trinken sollen; sie war einfach aus der Übung. Sonst trank sie nur hin und wieder ein Glas Wein zum Essen. Aber sie würde den Kater ignorieren und sich auf ihren Fall konzentrieren müssen, auch wenn ihr Interesse daran stark erlahmt war. Abgesehen von ihrem Pflichtgefühl gegenüber der toten Russin war es nur noch die schiere Sturheit, die sie antrieb. Sie wollte Magnús nicht gewinnen lassen. Nachdem sie ihm weitere vierundzwanzig Stunden für die Ermittlungen abgerungen hatte, musste sie jetzt ihr Bestes geben, bevor sie am Abend ihren Bericht abgab und sich dann für immer von der Polizei verabschiedete.

Insgeheim zählte sie bereits die Stunden bis zu ihrem Abendessen im Hótel Holt. Sie spürte, wie sehr sie sich auf ihre nächste Verabredung mit Pétur freute.

II

Sie versuchte, ihre Füße aus dem rutschigen Schnee zu befreien, aber mit dem schweren Rucksack auf den Schultern, der sie immer wieder aus dem Gleichgewicht brachte, war das leichter gesagt als getan.

»Komm wieder runter«, rief er.

Sie gehorchte, kraxelte den Rest des Hanges hinab und dankte dem Universum, als sie sicher unten angekommen war.

»Gib mir die Stöcke«, sagte er. »Wie ziehen die Steigeisen an, und du kannst den Eispickel benutzen.«

Besser ausgestattet nahm sie den Hang erneut in Angriff, trotzdem schlug ihr das Herz bis zum Hals.

Der Anstieg blieb steil, doch mit den Steigeisen an den Füßen fand sie im Schnee ein wenig besser Halt. Zentimeter für Zentimeter arbeitete sie sich nach oben vor und betete, dass sie nicht erneut den Halt verlor. Sie hielt den Blick fest auf den Boden vor sich gerichtet, immer in der Angst, an der nächsten steilen Stelle einfach nach hinten zu kippen. Mühsam setzte sie einen Fuß vor den anderen, bis sie merkte, dass der Weg etwas weniger beschwerlich wurde. Das

Schlimmste hatte sie hinter sich. Sie bekam vor Erleichterung weiche Knie und sank völlig erschöpft in den Schnee.

Der Hang war trotzdem noch so steil, dass sie nicht einmal sehen konnte, ob ihr Begleiter schon wieder losgegangen, geschweige denn, wie weit er geklettert war. Sie hatte Angst, nach ihm zu rufen, weil sie seine – offenbar nur halb scherzhaft gemeinte – Bemerkung über die drohende Lawinengefahr im Kopf hatte. Warum um alles in der Welt hatte sie sich zu diesem Wahnsinn überreden lassen?

III

Die Frühstückszeit war lange vorbei, außerdem fand Hulda allein die Vorstellung, jetzt etwas zu essen, unerträglich. Stattdessen beschloss sie, ein wenig frische Luft zu schnappen und zum Supermarkt um die Ecke zu laufen. Das Wetter war düsterer als am Tag zuvor, der Himmel von dichten grauen Wolken bedeckt, der Wind für die Jahreszeit ungewöhnlich böig. Konnte der Frühling wirklich bloß kurz gekommen und gleich wieder gegangen sein?

Das Wetter schlug Hulda aufs Gemüt. In der Regel ließ sie sich von der unberechenbaren isländischen Witterung nicht weiter beirren, doch sie ertappte sich bei dem Gedanken, dass ausgerechnet der heutige Tag, der letzte Tag ihres alten Lebens, vielversprechender hätte beginnen dürfen.

Die ganze Nacht hatten Träume von Dimma sie heimgesucht, aber zwischendurch hatte sie gut geschlafen. Auch wenn diese Traumbilder von Traurigkeit durchtränkt gewesen waren, so war ihr zumindest der wiederkehrende Albtraum erspart geblieben, der sie seit Jahren quälte. Vielleicht war es Zufall, aber sie hatte den Eindruck, dass es ihr gutgetan hatte, über Dimma zu reden, zumal mit einem so geduldigen Zuhörer wie Pétur. Vielleicht würde sie sich ihm eines Tages sogar ganz anvertrauen können, ihm Geschichten von ihrer Tochter erzählen und ihm vermitteln, was für ein liebes, süßes Mädchen Dimma gewesen war.

Hulda streifte ziellos durch die Gänge des Supermarkts, ohne etwas Verlockendes zu entdecken, sodass sie schließlich mit den einzigen beiden Sachen wieder hinauslief, die ihr ins Auge gesprungen waren: eine Flasche Coca-Cola und eine Packung Prins-Póló-Schokoladenwaffeln. Prins Póló – das erinnerte sie an die Zeit, als Island noch im großen Stil Handel mit Osteuropa betrieben und im Gegenzug für isländischen Fisch polnische Schokolade bekommen hatte. Wie die Welt sich verändert hatte.

Sobald sie sich wieder halbwegs bei Kräften fühlte, machte sie sich auf den Weg zur Halbinsel Reykjanes, wo sie versuchen wollte, zwei – wenn möglich auch mehr – Fliegen mit einer Klappe zu schlagen. Sie musste noch immer mit der Syrerin sprechen, sofern es dafür noch nicht zu spät war. Nachdem sie gestern festgenommen worden war, nahm Hulda an, dass sie in einer Arrestzelle am Flughafen festgehalten wurde, doch sie konnte ebenso gut bereits mit einem der Flüge am Vormittag abgeschoben worden sein. Dann hätte Hulda die Chance vertan, die Frau zu befragen. Herrgott noch mal, warum hatte sie keinen Termin ausgemacht oder sich für heute Morgen wenigstens den Wecker gestellt? Angesichts ihrer bevorstehenden Pensionierung wurde sie wirklich nachlässig.

Außerdem musste sie bei der Asylbewerberunterkunft in Njarðvík vorbeifahren, um Dóra das Foto zu zeigen, das sie heimlich von Baldur Albertsson gemacht hatte. Wenn Dóra nicht da wäre, könnte sie ihr das Bild auch per E-Mail schicken, aber lieber würde sie deren Reaktion sehen. Vielleicht war es nur ein Schuss ins Blaue, doch zum jetzigen Zeitpunkt hatte Hulda das Gefühl, dass sie sich alle Optionen offenhalten musste.

Womöglich könnte es sich auch lohnen, bei der Gelegenheit an der Bucht vorbeizufahren, in der Elena gestorben war oder in der man zumindest die Leiche gefunden hatte. Denn es bestand natürlich immer die Möglichkeit, dass sie ihren letzten Atemzug andernorts getan hatte.

Hulda saß schon am Steuer ihres Wagens und war auf dem Weg hinaus aus der Stadt, als ihr dämmerte, dass sie mit dem Alkohol, den sie nach wie vor im Blut haben musste, wahrscheinlich noch nicht wieder fahrtüchtig war. Es war Jahre her, seit sie sich zum letzten Mal in dieser Lage befunden hatte. An der nächsten Kreuzung wendete sie, fuhr nach Hause und bestellte sich ein Taxi.

Es war eine große Erleichterung, sich entspannt auf die Rückbank sinken zu lassen, während jemand anderes das Fahren übernahm, zumal das Taxi eine neuere Limousine war, die zügig und mit einer Laufruhe über die Schnellstraße schnurrte, die Welten von ihrer alten Rostlaube entfernt war.

Vor ihnen erstreckten sich schwarze Lavafelder, die an den Wagenfenstern vorbeizufliegen schienen, majestätisch in ihrer kargen Schlichtheit, aber auch so monoton wie ein endlos wiederholter Refrain. Hulda hatte mal einen Artikel über die Entstehung der Landschaft gelesen: Ein Teil der Lava stammte noch aus der Zeit vor der Besiedlung Islands im neunten Jahrhundert, während der Rest sich erst bei späteren Vulkanausbrüchen gebildet hatte.

Die Wolken über der flachen Landschaft wurden schwärzer und schwerer, je weiter sie Reykjavík hinter sich ließen, bis schließlich vereinzelte Tropfen auf die Windschutzscheibe klatschten.

Die Mischung aus Regen und Lava hatte eine beruhigende Wirkung auf Hulda, und sie schloss die Augen – nicht um einzudösen, sondern um sich für die Herausforderungen des Tages zu wappnen. Vor ihrem inneren Auge lief eine Reihe von Bildern ab. Während zuvor Elena im Vordergrund gestanden hatte, trat sie jetzt hinter den konturierter werdenden Gestalten von Dimma und Pétur zurück.

Sie dachte inzwischen öfter an ihn als erwartet, als hätte sie das Unvermeidliche akzeptiert. Ja, das Alter hatte sich angeschlichen und sie brutal überrascht, aber die Veränderungen, die es mit sich brachte, konnten auch positiv sein. Vielleicht hatte sie es nach allem doch verdient, zufrieden zu sein, an Wochentagen ohne schlechtes Gewissen lange aufzubleiben und mit einem attraktiven Arzt

Wein zu trinken. Vielleicht hatte sie es verdient, keine Befehle eines inkompetenten Chefs mehr entgegenzunehmen, der niemals ihr Vorgesetzter hätte werden dürfen.

Tief in Gedanken versunken nickte sie trotz aller guten Vorsätze ein und schlief, bis der Fahrer sie weckte. Sie brauchte einen Moment, bis sie wieder wusste, wo sie war – vor der Polizeistation von Keflavík.

Am helllichten Tag einzuschlafen war ganz untypisch für sie, noch dazu in einem Taxi. Irgendetwas lag in der Luft; heute schien alles verkehrt zu laufen. Hulda hatte eine vage Vorahnung, dass etwas passieren würde, sie wusste nur noch nicht, was.

IV

Mittlerweile war es vollends dunkel geworden. Nachdem er auf der Kuppe des Hangs zu ihr aufgeschlossen hatte, waren sie eine Zeitlang über eine Ebene gewandert und hatten nur kurz angehalten, um die Stirnlampen aufzuziehen. Nun konnte sie deutlich erkennen, wohin sie ihre Schritte setzte. Alles jenseits des schmalen Lichtkegels war jedoch in Dunkelheit gehüllt. Als sie fragte, ob sie schon in der Nähe der Hütte seien, wo sie die Nacht verbringen wollten, schüttelte er den Kopf. »Es ist immer noch ein Stück zu laufen.«

Der Schnee, der im Schein ihrer Stirnlampe glitzerte, war so vollkommen, dass es ihr wie ein Frevel erschien, ihn zu betreten und die unberührte Oberfläche zu durchbrechen. Nie zuvor hatte sie eine so intensive Verbindung zur Natur gespürt. Die eisigen Fesseln schienen die Umgebung auf geheimnisvolle Weise verzaubert zu haben. Sie konzentrierte sich auf diese Schönheit und strengte sich an, ihre Zweifel an diesem Ausflug endlich zu verdrängen.

Nach einer Weile ging die harte, eisige Oberfläche in tieferen, weicheren Schnee über. Sie blieb kurz stehen, schaltete ihre Stirnlampe wieder aus und wartete, bis sich ihre Augen an die Dunkelheit gewöhnt hatten. Überall um sich herum konnte sie Umrisse von verschneiten Hügeln ausmachen, und ihr wurde schonungsloser denn je bewusst, dass sie ohne ihren Begleiter völlig verloren wäre; sie hatte weder einen Schimmer, wie sie die Hütte erreichen sollte, die ihr Ziel war, noch wie sie zum Wagen zurückfand. Ohne ihn würde sie hier draußen beinahe sicher erfrieren.

Bei dem Gedanken schauderte ihr.

Sie schaltete ihre Stirnlampe wieder an und stapfte verbissen weiter hinter ihm her. Er hatte inzwischen einen kleinen Vorsprung, und sie beschleunigte, um zu ihm aufzuschließen. In der Eile wurde sie unvorsichtig, und ehe sie sichs versah, gab der Boden unter ihren Füßen nach. Sie spürte, wie sie in den weichen Schnee sank, und bekam Panik, in einen Felsspalt gerutscht zu sein, aus dem sie nie wieder herauskommen würde. Dann war es doch nicht so tief wie befürchtet, trotzdem erwies es sich als unmöglich, sich ohne Hilfe aus dem Schnee zu befreien, vor allem mit dem schweren Rucksack auf den Schultern. Sie rief, erst mit zittriger Stimme, dann lauter, bis er sie hörte, umkehrte und ihr half, sich wieder aufzurichten. Anschließend stapfte sie weiter hinter ihm her und hörte immer wieder ein Plätschern unter dem Schnee, ein leises Gurgeln, das inmitten der unmenschlichen Stille der Berge fast tröstlich klang.

Irgendwann blieb er abrupt stehen und wandte den Kopf in diese und jene Richtung, als sondierte er das Terrain. Sie konnte in der Ferne nur die dunklen Konturen des Berges ausmachen, die von Schluchten vernarbten Hänge, die unter einer Schicht aus Weiß begraben lagen.

Sie lauschte auf den Fluss, doch sein Plätschern war verstummt. Nun herrschte absolute Stille.

V

»Sieht so aus, als hätten Sie Glück«, sagte der diensthabende Polizist, der sich als Óliver vorgestellt hatte. Er war groß, schlaksig und hatte kein Gramm überschüssigen Fetts am Leib. »Großes Glück. Dass das syrische Mädchen noch hier ist, meine ich. Wir wollten sie heute Morgen in ein Flugzeug setzen, aber ihr Anwalt hat Widerspruch eingelegt. Sie wissen ja, wie das ist.«

»Ihr Anwalt heißt nicht zufällig Albert Albertsson?«, fragte Hulda.

»Albert? Nein, das sagt mir nichts. Der Fall der Syrerin wird von einer Frau betreut.«

»Wie heißt sie?«

»Ich kann mir nie merken, wie diese Anwälte heißen ...«

»Nein, die Asylbewerberin, meine ich.«

»Hm.« Óliver runzelte die Stirn. »Warten Sie ... Amena, glaube ich. Ja, Amena.«

»Warum wird sie abgeschoben?«

»Das haben die Behörden so entschieden, damit habe ich nichts zu tun. Ich bin nur dafür verantwortlich, sie zum Flugzeug zu bringen.«

»Könnte ich mit ihr sprechen?«

Óliver zuckte mit den Schultern. »Ich wüsste nicht, was dagegenspricht. Obwohl ich nicht garantieren kann, dass sie einverstanden ist. Im Moment ist sie aus naheliegenden Gründen nicht besonders gut auf isländische Behördenvertreter zu sprechen. Warum wollen Sie denn mit ihr reden?«

Er war schätzungsweise dreißig Jahre jünger als Hulda, ließ aber weder in Ton noch Haltung den geringsten Respekt gegenüber ihrem höheren Dienstrang oder Alter erkennen. Das erlebte sie dieser Tage häufiger, und es ärgerte sie jedes Mal, wie die jüngere Generation das Ruder übernahm und sie, die Ältere, für überflüssig hielt, als zählte ihre Erfahrung nichts.

Sie seufzte ungeduldig. »Sie könnte vielleicht im Zusammenhang mit einem Fall, den ich untersuche, etwas beizutragen haben – eine Asylbewerberin, die hier in der Nähe an der Küste tot aufgefunden wurde.«

Óliver nickte. »Ja, bei Flekkuvík, daran erinnere ich mich noch. Ich wurde mit meinem Partner an den Fundort gerufen. Auch eine ausländische Frau, oder? Hat das Warten wohl nicht mehr ertragen.«

»Sie war Russin.«

»Ja, richtig.«

»Woran können Sie sich vom Fundort noch erinnern?«, hakte Hulda nach.

Óliver runzelte die Stirn. »An nichts Besonderes … Bloß ein weiterer Selbstmord. Sie lag im flachen Wasser und war offensichtlich tot. Wir konnten nichts mehr machen. Warum untersuchen Sie den Fall?«

Sie verkniff es sich, ihm zu erklären, dass ihn das nichts anging. »Neue Informationen. Es steht mir nicht frei, über Details zu sprechen.« Sie beugte sich ein wenig näher an ihn heran und flüsterte: »Die ganze Sache ist ein wenig delikat.«

Er zuckte bloß mit den Schultern. Sein Interesse an dem Fall reichte offenbar nicht besonders weit, und Hulda hatte darüber hinaus den Eindruck, dass er wenig Vertrauen in die Fähigkeiten einer alten Schachtel wie ihr hatte.

»Na gut, wenn Sie darauf bestehen, lasse ich Sie mit ihr sprechen«, sagte er wie zu einem unartigen Kind.

Hulda biss sich auf die Zunge und schluckte eine wütende Erwiderung hinunter.

»Im Moment sind allerdings beide Vernehmungsräume besetzt«, fuhr er fort. »Hätten Sie etwas dagegen, in ihrer Zelle mit ihr zu sprechen?«

Hulda zögerte und war drauf und dran, sich höflich zu bedanken, hinauszugehen und diese Spur ad acta zu legen, aber sie besann sich eines Besseren. »Ja, gut, ich nehme an, das muss reichen.« Sie konnte in ihren letzten Stunden bei der Polizei immerhin versuchen, etwas Nützliches zu erreichen.

»Ich bin gleich wieder da.«

Er verschwand und kam tatsächlich nur Augenblicke später zurück.

»Folgen Sie mir.«

Er führte sie zu einer Zelle, öffnete die Tür und schloss hinter ihr wieder ab. Hulda lief ein Schauer über den Rücken. Wenn sie als Kind Unfug gemacht hatte, hatte ihre Großmutter sie immer in die Vorratskammer geschickt, wo Hulda über ihr Fehlverhalten nachdenken sollte. Die Vorratskammer war winzig und dunkel gewesen, und um es noch schlimmer zu machen, hatte ihre Großmutter die Tür hörbar verriegelt. Weder Huldas Mutter noch ihr Großvater hatte es gewagt, sich der Großmutter in diesem Punkt zu widersetzen. Vielleicht waren sie auch der Ansicht gewesen, es wäre nicht so schlimm, doch für Hulda war es eine Tortur gewesen und hatte den Grundstein für eine lebenslange Phobie vor dem Eingesperrtsein in beengten Räumen gelegt. Um sich abzulenken, versuchte sie jetzt, an etwas Positives zu denken: an den Abend mit Pétur. Das würde reichen. Sie ermahnte sich, für sich und für Elena stark zu bleiben.

Die Syrerin war dünn, bleich und kam Hulda vor, als trüge sie alles Elend der Welt auf ihren Schultern.

»Hallo, mein Name ist Hulda.«

Obwohl Hulda Englisch gesprochen hatte, reagierte die Syrerin nicht. Sie saß auf der an der Wand verschraubten Pritsche; einen Stuhl gab es in der Zelle nicht. Hulda hielt es für unklug, sich neben die Frau zu setzen, deshalb blieb sie in respektvollem Abstand an der Tür stehen.

»Hulda«, wiederholte sie langsam und deutlich. »Sie heißen Amena, oder?«

Die Frau sah auf. Ihre Blicke trafen sich kurz, bevor Amena wieder zu Boden schaute und die Arme vor der Brust verschränkte.

Sie war jung, keine dreißig, wahrscheinlich eher fünfundzwanzig, und wirkte nervös, ja sogar ängstlich.

»Ich bin von der Polizei«, fuhr Hulda fort.

Sie begann gerade, sich zu fragen, ob Ólíver sie über die Englischkenntnisse der Frau falsch unterrichtet hatte, als Amena mürrisch erwiderte: »Ich weiß.«

»Ich muss mit Ihnen sprechen, ich möchte Ihnen bloß ein paar Fragen stellen.«

»Nein.«

»Warum nicht?«

»Sie wollen mich aus dem Land werfen.«

»Damit habe ich nichts zu tun«, versicherte Hulda ihr mit ruhiger, sanfter Stimme. »Ich ermittle in einem anderen Fall und hoffe, dass Sie mir helfen können.«

»Das ist ein Trick. Sie wollen mich nach Hause schicken.« Amena sah Hulda grimmig an. Sie schien vor ohnmächtiger Wut zu kochen.

»Nein, es hat nichts mit Ihnen zu tun«, versicherte Hulda ihr. »Es geht um eine Russin, die ... gestorben ist. Sie hieß Elena.«

»Elena?« Mit einem Mal schien Amena ganz bei der Sache zu sein. »Ich wusste es! Endlich!«

»Was meinen Sie?«

»Als sie stirbt, ist etwas komisch gewesen. Ich habe der Polizei gesagt.«

»Der Polizei? Einem Mann? Hieß er Alexander?«

»Ein Mann, ja. Aber ihm war egal«, sagte Amena. Obwohl ihr Englisch brüchig war, brachte sie ihre Botschaft unmissverständlich rüber.

Ein weiteres Mal verfluchte Hulda Alexander wegen seiner Inkompetenz und seiner Voreingenommenheit. Was hatte er in seinem Bericht noch »vergessen« zu erwähnen? Angeblich war der Fall gelöst, trotzdem hatte sie das Gefühl, dass im Dunkeln noch einiges lauerte.

»Wie kommen Sie darauf, dass an ihrem Tod etwas komisch war?«

»Sie hat Erlaubnis bekommen zu bleiben. In Island. Sie hat ein Ja bekommen.«

Amena war voller Empathie.

Hulda nickte, um ihr zu bedeuten, dass sie sie verstand.

»Niemand, der Ja kriegt, tut so etwas«, fuhr die Frau fort. »Ins Meer springen. Sie war glücklich, sitzt unten bei der Rezeption und redet den ganzen Abend am Telefon. Sehr glücklich. Wir waren alle sehr glücklich. Sie war gutes Mädchen. Mit großem Herz. Ehrlich. Hatte schwieriges Leben in Russland. Aber dann … am nächsten Tag sie ist tot. Einfach tot.«

Hulda nickte erneut, auch wenn sie Amenas Schilderung mit einer gewissen Skepsis hörte, denn deren rosige Sicht war vermutlich von ihrer Freundschaft zu Elena und ihren eigenen Vorstellungen eingefärbt, wie es sich anfühlen musste, Asyl gewährt zu bekommen.

Die Beengtheit der Zelle setzte Hulda allmählich zu

und beeinträchtigte ihre Konzentration. Sie hatte angefangen zu schwitzen, ihre Hände waren feucht, und ihr Herz schlug zu schnell. Sie musste diese Unterhaltung zügig zu Ende bringen und hier rauskommen.

»Wäre es möglich, dass sie nach Island gebracht wurde, um hier als Prostituierte zu arbeiten?«, fragte sie.

Amena wirkte völlig perplex. »Was? Prostituierte? Elena? Nein. Nein, nein, nein, unmöglich.« Sie schien nach Worten zu suchen, um auch den letzten Hauch eines Zweifels auszuräumen, den Huldas Worte in ihrem Kopf gesät hatten. »Nein, nein, ich bin sicher: Elena war nicht Prostituierte.«

»Jemand hat beobachtet, wie sie von einem Mann abgeholt wurde. Er war klein und dick und fuhr einen Geländewagen – ein großes Auto. Ich dachte, er wäre vielleicht ein Kunde ...«

»Nein, nein. Vielleicht ihr Anwalt. Er fährt großes Auto.« Amena dachte kurz nach und fügte dann hinzu: »Aber er ist nicht dick. Namen weiß ich nicht mehr, weil er nicht mein Anwalt ist. Ich werde von einer Frau vertreten.«

»Haben Sie eine Ahnung, wer der Mann in dem Auto gewesen sein könnte? War es vielleicht jemand, den Elena kannte?«

Amena schüttelte den Kopf. »Nein, ich glaube nicht.«

Hulda beschloss, das Gespräch zu beenden. Sie war in Schweiß gebadet und zutiefst erschöpft. Doch Amena kam ihr zuvor, noch ehe sie sich verabschieden konnte:

»Hören Sie, Sie müssen mir helfen. Ich helfe Ihnen auch. Ich kann nicht nach Hause, ich kann nicht!« Die rohe Verzweiflung in ihrer Stimme löste bei Hulda Mitleid aus.

»Na ja, ich glaube nicht … Aber ich erwähne es gegenüber dem diensthabenden Polizisten. In Ordnung?«

»Sagen Sie ihm, dass er mir helfen muss. Sagen Sie, ich habe Ihnen geholfen. Bitte.«

Hulda nickte erneut und kam dann doch noch mal auf den Grund ihres Besuchs zu sprechen. »Haben Sie eine Ahnung, was wirklich mit Elena passiert sein könnte? Hatte jemand einen Grund, sie zu ermorden, und wenn ja, welchen?«

»Nein«, antwortete Amena sofort. »Keine Ahnung … Elena kannte nur diesen Anwalt. Sie hatte keine Feinde. Sehr gutes Mädchen.«

»Verstehe. Nun, vielen Dank, dass Sie mit mir gesprochen haben. Ich hoffe, es geht alles gut für Sie aus. Es war gut, jemanden zu treffen, der Elena kannte. Was geschehen ist, ist wirklich sehr traurig. Waren Sie enge Freundinnen? Beste Freundinnen?«

»Beste Freundinnen?« Amena schüttelte den Kopf. »Nein, aber wir waren gute Freundinnen. Ihre beste Freundin war Katja.«

»Katja?«

»Ja, auch eine Russin.«

»Eine Russin?« Hulda war so verblüfft, dass sie ihre Platzangst für einen Moment vergaß. »Es gab zwei Russinnen?«

»Ja. Sie kommen zusammen nach Island. Katja und Elena.«

Verdammt, dachte Hulda. Katja hatte das Land wahrscheinlich vor Monaten verlassen, was frustrierend war, weil Hulda wirklich gern mit ihr gesprochen hätte. Sie musste dem Opfer näherkommen, ein Gefühl dafür entwickeln, was in Elenas Kopf vorgegangen war, mit wem sie ihre Zeit verbracht, ob sie vor jemandem Angst gehabt hatte und ob sie wirklich ins Land gebracht worden war, um im Sexgewerbe zu arbeiten.

»Wissen Sie, wo Katja jetzt ist?«, fragte sie und nahm bereits an, dass Amena verneinen würde. »Hat sie auch eine Aufenthaltsgenehmigung bekommen?«

»Ich weiß nicht. Niemand weiß das.«

»Wie meinen Sie das?« Huldas Herz schlug wieder schneller, diesmal jedoch mehr vor Aufregung als aus Panik.

»Sie ist verschwunden.«

»Sie ist verschwunden? Was wollen Sie damit sagen?«

»Ja, verschwunden. Oder weggelaufen. Vielleicht sie versteckt sich. Oder hat Land verlassen. Ich weiß es nicht.«

»Wann ist das passiert?«

Die Frau runzelte die Stirn. »Bevor Elena gestorben ist. Ein paar Wochen davor … Vielleicht einen Monat? Ich bin nicht sicher.«

»Was war mit Elena, wie hat sie es aufgenommen? Sie haben gesagt, die beiden waren beste Freundinnen.«

»Also … Zuerst sie war wütend. Sie glaubt, Katja hat

Dummheit gemacht. Glaubt, dass beide Aufenthaltserlaubnis bekommen. Aber dann ...« Amenas Miene wurde ernst. »Dann hat sie sich Sorgen gemacht, große Sorgen.«

»Gab es eine Erklärung für Katjas Verschwinden?«, fragte Hulda, ohne eine Antwort zu erwarten.

Amena schüttelte den Kopf. »Sie ist einfach gegangen. Bestimmt sie wollte nicht hören, dass sie Land verlassen muss. Die Menschen hier sind ...« Sie suchte nach dem richtigen Wort. »Verzweifelt. Ja, wir sind alle verzweifelt.«

»Wie war Katja?«

»Nett. Freundlich. Sehr schön.«

»Ist es möglich, dass es sie und nicht Elena war, die als Prostituierte gearbeitet hat?«

»Nein. Nein. Ich glaube nicht.«

»Verstehe.« Hulda war vollkommen in die Befragung vertieft gewesen, doch nun packte die Klaustrophobie sie mit erneuter Wucht.

Sie bedankte sich noch einmal bei Amena für deren Hilfe, klopfte an die Tür und wartete mit bebenden Nerven, dass Óliver ihr aufmachte und sie wieder hinausließ.

»Sie nicht vergessen«, sagte Amena noch, »Sie müssen mir helfen.«

Im selben Moment wurde die Tür geöffnet.

»Haben Sie bekommen, was Sie wollten?«, fragte Óliver ohne echtes Interesse.

»Wir beide müssen uns unterhalten. Jetzt sofort«, fauchte Hulda im selben Ton, in dem eine Vorgesetzte einen Untergebenen anblafft.

Bevor Ólíver die Zelle wieder abschloss, warf sie noch einen verstohlenen Blick zurück und sah für einen Moment die Verzweiflung, die sich im Gesicht der Syrerin abzeichnete.

VI

Der Fluss war an die Oberfläche gekommen, und sie marschierten an seinem Ufer entlang durch ein enges, von Bergen umgebenes Tal.

»Da«, sagte er plötzlich und zeigte in die Dunkelheit. »Da ist die Hütte.«

Sie spähte angestrengt durch das leichte Schneegestöber, aber erst als sie näher kamen, konnte sie einen winzigen schwarzen Punkt ausmachen, der vor dem weißen Hintergrund allmählich Konturen annahm und sich als ein Schrägdach auf dunklen Holzwänden entpuppte. Eine winzige Hütte fernab der Zivilisation.

Als sie sie erreicht hatten, waren die Fenster und die Tür mit Schnee bedeckt. Er fegte die Schneewehen beiseite, doch die Tür war zugefroren und ließ sich erst nach einem zähen Kampf öffnen. Drinnen nahm sie ihren Rucksack ab, froh, das Gewicht endlich abstreifen zu können. Es war stockfinster, außer dort, wo der Lichtkegel ihrer Stirnlampen über die Einrichtung zuckte: zwei Etagenbetten mit Schlafplätzen für vier Personen. Sie ließ sich auf eine der dünnen Matratzen fallen, um wieder zu Atem zu kommen.

Die Hütte war primitiv. Außer den Betten entdeckte sie lediglich einen kleinen Tisch und ein paar Stühle. Vermutlich sollte sie Wanderern ein Mindestmaß an Schutz bieten, eine Zuflucht, um in der isländischen Wildnis zu überleben. Keinen Luxus jedenfalls.

»*Könntest du uns Wasser holen?*« *Er drückte ihr eine leere Flasche in die Hand.*

»*Wasser?*«

»*Ja. Lauf zum Fluss runter.*«

Obwohl die Vorstellung, wieder – und diesmal allein – in die Dunkelheit hinausgehen zu müssen, sie schreckte, gehorchte sie und marschierte nur mit der Stirnlampe ausgerüstet los. Die Hütte stand an einem Steilhang. Sie bewegte sich mit winzigen Schritten abwärts. Ohne Steigeisen war es tückisch glatt. Die hatten sie beide abgenommen, nachdem sie den beschwerlichsten Teil der Strecke bewältigt hatten. Sie durfte auf keinen Fall stolpern, den Hang hinunterrutschen und in dem kalten, nassen Schnee am Ufer landen.

Als sie den Fluss sicher erreicht hatte, tauchte sie die Flasche in das eisige Wasser, wartete, bis sie vollgelaufen war, hielt noch einen Moment inne und gönnte sich einen verstohlenen ersten Schluck. Das Wasser kam direkt vom Gletscher: rein, klar, bitterkalt und nach dem langen Marsch wunderbar erfrischend.

Zurück in der Hütte zog sie ihre Jacke aus. Ihr Begleiter war damit beschäftigt, Kerzen anzuzünden, weil es in der Hütte kein elektrisches Licht gab. Sie half ihm, und bald brannten zehn kleine Flammen und vertrieben die Düsternis, verbreiteten jedoch nicht allzu viel Wärme.

»Du solltest deine Jacke wieder anziehen«, riet er ihr, »sonst wird dir kalt. Hier drinnen haben wir dieselben Temperaturen wie draußen.«

Sie nickte, gehorchte aber nicht sofort. Sie wollte die unförmige Jacke nicht wieder anziehen, jedenfalls nicht gleich.

Er packte einen Kocher aus, den er spritprímus *nannte, weil er die russische Bezeichnung nicht kannte, zündete ihn an und wärmte eine Dose Baked Beans auf. Gierig verschlang sie ihre Portion. Mit frischem Flusswasser schmeckten die Bohnen köstlich und wärmten sie von innen, was jedoch nicht lange anhielt. Nach und nach kroch ihr die Kälte in die Knochen. Sie hätten ebenso gut draußen im Schnee sitzen können.*

Als sie ihre Jacke wieder anzog, war es zu spät; die Kälte hatte sich in ihr festgekrallt. Mit klappernden Zähnen lief sie in dem beengten Raum auf und ab, um die Durchblutung ihrer Finger und Zehen wieder in Gang zu bringen.

»Ich koche Wasser«, sagte er. »Möchtest du einen Tee?«
Sie nickte.

Jeder Schluck Tee sandte ein kleines bisschen Wärme durch ihren durchgefrorenen Körper, doch dann setzte das Zittern wieder ein.

Plötzlich stand er auf und griff nach seinem Rucksack.
»Ich habe …«, begann er zögernd, beinahe als wäre es ihm peinlich. »Ich habe etwas für dich.«

Sie wusste nicht, wie sie reagieren sollte. Er klang wirklich freundlich. Sie hatte nicht das Gefühl, etwas befürchten zu müssen. Und er hatte ein Geschenk für sie gekauft ... Warum? Sie hatte nichts für ihn.

Er zog den Rucksack auf und begann beinahe hektisch, darin herumzuwühlen.

»Tut mir leid ... Es muss hier irgendwo sein ... Tut mir leid.«

Sie wartete beklommen.

Schließlich fand er ein kleines Päckchen, das in Geschenkpapier eingewickelt war und im Kerzenlicht golden schimmerte.

»Hier, das ist für dich.« Er stotterte beinahe. »Nur eine Kleinigkeit, die ich besorgt habe, nichts Großes.«

Warum?, wollte sie fragen, hielt sich aber zurück.

»Danke«, flüsterte sie stattdessen, nahm das Geschenk entgegen und packte es mit vor Kälte steifen Fingern unbeholfen aus. Es enthielt eine kleine Schatulle – offensichtlich von einem Juwelier.

»Soll ich sie jetzt gleich aufmachen?«, fragte sie und hoffte, er würde Nein sagen.

»Ja, ja, nur zu.«

In der Schatulle lagen ein Paar Ohrringe und ein kleiner Ring.

Was um alles in der Welt hatte das zu bedeuten?

Stumm starrte sie die Geschenke an. Sie hoffte, dass es kein Verlobungsring oder so etwas war. Aber nein, natürlich konnte es nicht ...

Sie blickte auf. Er hatte sie nicht aus den Augen gelassen.

»Tut mir leid ... Das habe ich im Einkaufszentrum entdeckt, als ich Sachen für unseren Ausflug gekauft habe. Ich dachte, du würdest dich vielleicht über etwas Schönes freuen, weißt du? Du kannst es zurückbringen, wenn du möchtest, gegen etwas anderes eintauschen. Ein Armband, Schuhe, was auch immer ...«

»Danke«, sagte sie wieder, und dann folgte ein verlegenes Schweigen.

»Morgen früh geht es weiter«, wechselte er hastig das Thema. »Da sollten wir besser gut ausgeschlafen sein.«

VII

»Ich hoffe, Sie haben etwas Nützliches in Erfahrung gebracht«, sagte Ólíver mit einem gönnerhaften Lächeln zu Hulda. »Wenn sonst nichts mehr ist, ich habe noch andere Sachen zu erledigen.«

Hulda ignorierte den Wink. »Wissen Sie irgendetwas über eine Russin, die im letzten Jahr aus der Asylbewerberunterkunft verschwunden ist?«

»Verschwunden? Also ... Moment, ja, jetzt wo Sie es erwähnen, erinnere ich mich ... Da gab es einen Aufruf – jemand suchte nach Hinweisen zu einer vermissten Asylbewerberin. Ich weiß aber nicht mehr, woher sie stammte.«

»Könnten Sie es nachsehen?«

Ólíver verdrehte die Augen. »Ja, vermutlich schon. Geben Sie mir Ihre Telefonnummer, und wenn ich eine Minute Zeit habe, gebe ich Ihnen Bescheid.«

Wieder bedachte er sie mit einem fast schon aufreizend herablassenden Lächeln.

»Könnten Sie bitte sofort nachgucken?«, fragte Hulda in einem derart autoritären Ton, dass er zusammenzuckte.

»Sofort? Ähm, na gut, ich schätze ...« Mit Leidensmiene setzte er sich an den Computer. Nachdem er eine Weile herumgetippt und -geklickt hatte, verkündete er: »Ja, sie war Russin.«

»Hieß sie Katja?«, fragte Hulda.

Er blickte erneut auf den Bildschirm. »Ja, das ist richtig.«

»Was ist mit ihr passiert?«

»Geben Sie mir eine Minute, um es zu lesen«, erwiderte er gereizt.

Hulda seufzte.

»Ja, sieht so aus, als hätten wir sie verloren«, bestätigte er schließlich.

»Sie haben sie verloren?«, wiederholte Hulda. Sie war empört über seine Wortwahl.

»Ja, sie ist nicht in die Unterkunft zurückgekehrt. Das kommt vor, aber nicht oft. Manchmal ist es ein Missverständnis, manchmal versuchen sie abzuhauen und vergessen, dass wir auf einer Insel leben. Irgendwann tauchen sie wieder auf. Immer. Fast immer«, verbesserte er sich nach einer kurzen Pause.

»Aber Katja ist nicht wieder aufgetaucht?«

»Nein. Jedenfalls noch nicht. Aber wir werden sie finden.«

»Das ist über ein Jahr her. Sind Sie nach wie vor optimistisch?«

»Nun, ich war nicht direkt mit dem Fall betraut, deshalb weiß ich nicht ...«

»Wer hat in dem Fall ermittelt?«, hakte Hulda ungeduldig nach.

Ólíver schüttelte den Kopf. »Sieht so aus, als wäre niemand direkt dafür zuständig. Die Fallakte ist jedenfalls nach wie vor offen. Sie taucht garantiert irgendwann wieder auf.«

Hulda nickte. »Verstehe.«

»Vielleicht hat sie das Land auch verlassen«, mutmaßte er. »Auf dem Seeweg? Wer weiß? Damit hätte sich das Problem gelöst, sozusagen.« Er grinste.

»Hat man überhaupt nach ihr gesucht?«

»Nicht systematisch, soweit ich erkennen kann. Wir haben natürlich herumgefragt, aber es gab keine Hinweise.«

»Sagen Sie's nicht, aber es hat sich wohl auch niemand allzu große Mühe gemacht, weil es dringendere Angelegenheiten gab?«

»So könnte man es ausdrücken«, erwiderte Ólíver und hatte nicht einmal den Anstand, beschämt zu wirken. Immerhin nahm er sie jetzt ernster. Vielleicht war sie ein bisschen harsch mit ihm gewesen; sie war sonst nicht so grob, aber die letzten paar Tage waren aufreibend gewesen.

»Sie könnten mich nicht vielleicht hinfahren?«, fragte sie höflicher als zuvor. Sie war immer noch müde und spürte ein dumpfes Pochen hinter den Augen.

»Wohin?«

»Zu der Bucht, in der man Elenas Leiche gefunden hat. Wie hieß sie noch? Flekkuvík?«

Olíver sah aus, als wollte er sich weigern, doch sie unterlegte ihre Bitte mit einem grimmigen Knurren. Ein Nein würde sie nicht akzeptieren. Also willigte er ein. »Okay, fahren wir.«

VIII

Er kletterte in das Bett über ihrem. Diese Nähe war ihr unangenehm, aber sie konnte nicht viel dagegen machen.

Sie hatte eine Kerze auf den Stuhl neben ihr Bett gestellt, um zumindest ein bisschen Licht zu haben. Die Stirnlampen lagen auf dem Tisch, wo er sie hingelegt hatte, um die Batterien zu schonen, wie er erklärt hatte. Sie schlüpfte in ihren Schlafsack – keine leichte Aufgabe in Wollunterwäsche und einem dicken Pullover – und kroch so tief hinein, wie es nur ging. Dann blies sie die Kerze aus, und Dunkelheit umhüllte sie, nach einer Weile nur aufgehellt durch die grauen Umrisse der Fenster.

Gott, wie sie fror. Sie fror erbärmlich. Die Kälte schien sich in ihrem ganzen Körper auszubreiten. Sie versuchte, die Öffnung des Schlafsacks zu schließen, indem sie ihn so fest um sich wickelte, dass keine Wärme entweichen konnte, bis sie zuletzt auch den Kopf hineinzog und nur eine winzige Öffnung für Nase und Mund freiließ. Aber nicht einmal dann wurde ihr warm.

Normalerweise schlief sie schnell ein, aber nicht hier in dieser fremden Umgebung. Sie lag wach und hoffte, dass ihr die Lider bald zufallen würden, während sie vergeblich versuchte, das Gefühl zu ignorieren, sie könnte jeden Augenblick ersticken.

IX

Zehn Minuten nach ihrem Aufbruch in Keflavík bogen sie in Richtung Vatnsleysuströnd ab.

»Noch fünf Minuten weiter die Küste entlang«, sagte Óliver seufzend. »Und danach müssen Sie noch ein ganzes Stück bis zum Meer runterlaufen, wenn Sie sich wirklich die Mühe machen wollen.«

»*Wir* müssen laufen, meinen Sie wohl«, sagte Hulda, als wäre dies die selbstverständlichste Sache der Welt. »Sie kommen mit, um mir die Stelle zu zeigen.«

Óliver nickte resigniert. Er hielt an einem Weg, der aussah, als führte er zum Strand, aber mit einem Steinhaufen blockiert war. »Weiter kommen wir mit dem Wagen nicht«, erklärte er. »Die Sperre lässt sich nicht umfahren.«

Die Bucht lag weiter entfernt, als Hulda erwartet hatte, außerdem war das Wetter lausig. Wollte sie sich diese Tortur wirklich antun?

»Wie lange laufen wir bis zum Strand?«

Sie konnte Óliver ansehen, was er dachte: Welches Tempo konnte man von einer Frau ihres Alters wohl erwarten?

»Ungefähr eine Viertelstunde«, schätzte er mit einem Blick auf seine Armbanduhr. »Hören Sie, ich habe dafür wirklich keine Zeit, und es ist auch nicht so, als ob es da unten irgendwas zu sehen gäbe.«

Es war diese Reaktion, die den Ausschlag gab. Óliver verärgerte sie dermaßen – was zugegebenermaßen in Teilen vielleicht ihrem Kater geschuldet war –, dass sie beschloss, ihn verdammt noch mal den ganzen Weg bis zum Meer hinunterzuschleifen.

»Dann machen wir eben das Beste daraus«, sagte sie eisig, stieg aus und marschierte los. Mit einem Blick über die Schulter vergewisserte sie sich, dass Óliver ihr folgte, wenngleich widerwillig. Es nieselte immer noch, und der Wind an der Küste war böig, aber das fand Hulda belebend. Wenn sie Glück hatte, würde die frische Brise den Schleier vor ihren Augen und womöglich sogar ihre Kopfschmerzen wegpusten. Sich am Meer aufzuhalten verbesserte ihre Laune sofort: Sie spürte, wie sich ihre innere Anspannung mit jedem Schritt löste. Sie stapfte über den rauen Steinpfad, den Kopf gegen den Wind gesenkt, auf beiden Seiten umgeben von Moosteppichen auf Lavafeldern, die eine ureigene karge Schönheit ausstrahlten. Bis auf einige Vögel, die hin und wieder über sie hinwegflogen, waren sie und Óliver allein. Dass in der Nähe Bauernhöfe lagen, war kaum zu glauben. Sie waren derart weitab der Zivilisation, dass Hulda sich fragte, was um alles in der Welt Elena an diesem verlassenen Ort gewollt hatte. War sie freiwillig hergekommen und bei einem Unfall gestorben? Hatte sie sich das Leben genommen, oder war sie von einem Unbekannten hergelockt und ermordet worden?

»Wir sind auf dem Weg hierher keinem Fahrzeug begegnet, oder?«, fragte Hulda laut, um sich über den Wind hinweg verständlich zu machen.

»Was? Nein«, grunzte Ólíver, dessen hochgezogene Schultern und sauertöpfische Miene davon zeugten, dass er Spannenderes zu tun gehabt hätte, als mit einer alten Schachtel von der Kriminalpolizei Reykjavík an der Küste herumzuwandern.

Die Bucht lag gute zwanzig Kilometer von der Asylbewerberunterkunft in Njarðvík entfernt, schätzte Hulda; nicht eben eine bequeme fußläufige Distanz. Alexanders Bericht war auch in diesem Punkt lückenhaft gewesen: Er hatte es versäumt, den genauen Fundort von Elenas Leiche zu benennen. Jemand musste Elena hierhergefahren haben – anders war es nicht zu erklären. Und es war ebenso signifikant, dass das letzte Stück bis zum Meer für Fahrzeuge unpassierbar war, obwohl Alexander auch dieses Detail ausgelassen hatte.

»Wurde dieser Weg erst kürzlich für den Verkehr gesperrt?«, fragte Hulda.

»Oh nein, schon vor Jahren. Hier draußen wohnt keiner mehr. Es gibt nur noch ein paar verfallene Höfe.«

»Sie halten es also für unwahrscheinlich, dass jemand eine Leiche bis zum Strand geschleppt haben könnte?«

»Sind Sie verrückt? Sie muss in der Bucht gestorben sein. Wenn Sie mich fragen, war es ein Unfall oder Selbstmord. Sie verschwenden Ihre Zeit damit, ein Verbrechen lösen zu wollen, das nie begangen wurde«, fügte er unverblümt hinzu. »Es gibt wirklich wichtigere Fälle, die Sie verfolgen sollten.«

Die Szenerie war trostlos und ungastlich; nur ein paar widerstandsfähige Pflanzen sowie ein einsames Baumskelett klammerten sich an die Felsen.

Bald hatten sie die unverkennbar verlassenen Gebäude erreicht. Von einem zweistöckigen Haus war nur die leere Hülle geblieben. Das doppelgiebelige Dach war noch intakt, doch die grauen Betonziegelmauern waren von den Elementen bloßgelegt worden, und wo die Fenster und Türen hätten sein müssen, klafften Löcher, durch die man durch das ganze Gebäude hindurchblicken konnte. Das zweite Haus war kleiner und einstöckig, mit einem roten Dach und Mauern, von denen die weiße Farbe abblätterte. Hulda blieb stehen, ließ den Blick schweifen und stellte wie erwartet fest, dass sie von keiner bewohnten Behausung aus sichtbar waren. Selbst der geparkte Streifenwagen war nicht mehr zu erkennen. Mehr denn je war sie sich sicher, dass Elena an diesem gottverlassenen Ort ohne Zeugen ermordet worden war. Was hast du hier gemacht, Elena?, fragte sie sich wieder. Und mit wem warst du zusammen?

Wenn der Ort jetzt im Mai schon einsam und ungastlich war, wie musste es erst gewesen sein, als Elena im tiefsten Winter hierhergekommen war? Was hatte sie sich dabei gedacht? Hatte sie eine Ahnung gehabt, was ihr bevorstand? Ganz abgesehen davon, dass sie gerade erst erfahren hatte, dass sie in Island hätte bleiben dürfen? Sie musste überglücklich gewesen sein. Vielleicht hatte sie das unvorsichtig gemacht, sodass sie die Gefahr, die von ihrem Begleiter ausging, erst erkannte, als …

»Es war purer Zufall, dass die Leiche so schnell gefunden wurde«, unterbrach Ólíver ihre Gedanken. »Hierher kommt nur selten jemand, gerade im Winter, aber eine Gruppe von Wanderern hat sie entdeckt. Sie haben die Polizei gerufen, und mein Partner und ich sind sofort losgefahren.«

Er hatte den Satz kaum zu Ende gesprochen, als die Bucht in Sicht kam.

Sie war nicht groß, aber auf eine karge Art schön, und das Meer strahlte trotz des böigen Sturms eine ureigene Ruhe aus. Für einen Moment genoss Hulda die Szenerie. Anblick und Geruch des Meeres versetzten sie zurück in ihr altes Zuhause auf Álftanes, in den Kreis ihrer Familie, so wie sie gewesen war, bevor die Katastrophe über sie hereingebrochen war. Das Gefühl verebbte, und ihre Gedanken kehrten zurück zu Elena, die vor mehr als einem Jahr an derselben Stelle gestanden, dieselbe Aussicht vor sich gesehen und vielleicht das gleiche Gefühl von Frieden empfunden hatte.

»Sie wurde mit dem Gesicht nach unten gefunden. Sie hatte Kopfverletzungen, aber man konnte nicht mehr feststellen, was die Ursache war. Vermutlich ist sie gestürzt und hat das Bewusstsein verloren. Die Todesursache war jedenfalls Ertrinken.«

Hulda ging vorsichtig über den rutschigen Fels bis zur Kante vor. Sie hatte das Gefühl, Elena möglichst nahe kommen zu wollen, obwohl deren Leiche natürlich längst nicht mehr da war.

»Himmel noch mal, seien Sie vorsichtig!«, rief Óliver. »Ich trage Sie nicht zurück zum Wagen, wenn Sie sich ein Bein brechen.«

Hulda blieb stehen. Von ihrem jetzigen Standpunkt aus konnte sie sich nur zu deutlich ausmalen, wie Elena dort unten im flachen Wasser gelegen hatte. Das Meer war gnadenlos: Es gab den Isländern Leben, aber verlangte auch einen grausamen Preis. Sie blickte über die Faxaflói-Bucht bis hinüber zur schneebedeckten Esja, und ihr Herz blutete nicht nur für Elena, sondern auch um ihrer selbst willen. Sie vermisste ihr altes Leben, die gute alte Zeit, und obwohl sie mit Pétur einen neuen Freund gefunden hatte, fühlte sie sich allein auf dieser Welt. Nie hatte sie das stärker empfunden als in diesem Augenblick.

X

»Das war wohl reine Zeitverschwendung«, grummelte Ólíver, als sie wieder beim Streifenwagen angekommen waren.

»Da wäre ich mir nicht so sicher«, erwiderte Hulda.

»Wo haben Sie Ihren Wagen abgestellt? Bei der Polizeistation?«

»Ich ... Ich bin nicht mit meinem Wagen gekommen«, gab sie leicht verlegen zu und versuchte so zu tun, als wäre das völlig normal.

Sie meinte, ein verstohlenes Grinsen auf Ólívers Gesicht zu entdecken.

»Dann fahre ich Sie wohl zurück nach Reykjavík«, stellte er ohne Begeisterung fest. »Nachdem wir schon bis hierher gekommen sind, ist das auch nicht mehr so weit.«

»Danke, aber ich muss noch in der Unterkunft in Njarðvík vorbeischauen. Es wäre wirklich freundlich von Ihnen, wenn Sie mich stattdessen dort absetzen könnten.«

»In Ordnung«, sagte er.

Obwohl der Regen vorübergehend nachgelassen hatte, hingen die Wolken immer noch tief über Keflavík und drohten minütlich mit dem nächsten Schauer.

»Vielen Dank für Ihre Hilfe«, sagte Hulda, als sie ihr Ziel erreicht hatten. Eilig stieg sie aus und sah zu, wie Óliver davonfuhr.

Elenas letzte Unterkunft.

In der kurzen Zeit, seit Hulda beschlossen hatte, sich eingehender mit dem Tod der jungen Russin zu befassen, hatte sie ein starkes Gefühl der Verbundenheit zu Elena entwickelt. Und als sie jetzt inmitten des nächsten Frühlingswolkenbruchs vor der Asylbewerberunterkunft stand, war dieses Gefühl stärker denn je. Sie durfte nicht aufgeben, nicht wo ihr Instinkt ihr sagte, dass sie der Wahrheit näher kam. Sie befürchtete nur, dass dieser eine Tag, ihr letzter, nicht ausreichen würde …

Sie hatte Glück. Dóra saß, in eine Zeitung vertieft, an der Rezeption.

»Hallo, ich bin es wieder«, sagte Hulda.

Dóra blickte auf. »Oh, hi. Wieder zurück?«

»Ja. Ich müsste Sie kurz sprechen. Irgendwelche Neuigkeiten?«

»Neuigkeiten? Nein, hier gibt es nie Neuigkeiten.« Dóra legte lächelnd die Zeitung zusammen. »Neue Menschen, ja, aber immer die gleiche alte Leier. Oder meinten Sie – Sie wissen schon … wegen Elena?«

»Ja, eigentlich schon.«

»Nein, da gibt es auch keine Neuigkeiten. Wie kommen Sie mit Ihrer Ermittlung voran?«

»Mühsam, aber es geht vorwärts«, antwortete Hulda. »Hören Sie, könnten wir uns kurz unterhalten?«

»Klar, holen Sie sich … Neben dem Telefon dort steht ein Hocker.« Dóra wies auf einen Tisch gegenüber dem Empfangstresen, auf dem ein altmodisches Festnetztelefon stand – neben einem Telefonbuch. Ein seltener Anblick in diesen Zeiten.

»Ich hatte gehofft, wir könnten uns irgendwohin zurückziehen, wo wir ungestört sind«, sagte Hulda.

»Oh, keiner der Bewohner hier versteht Isländisch. Und ich lasse den Empfang ungern unbesetzt, wenn es sich vermeiden lässt. Außerdem haben wir schon so gründlich über die Sache gesprochen, dass es vermutlich nicht lange dauert?«

»Nein«, lenkte Hulda ein, »es sollte schnell gehen.« Sie schnappte sich den Telefonhocker, setzte sich und sah Dóra über den Tresen hinweg an.

»Erzählen Sie mir von Katja.«

»Katja? Die Frau, die verschwunden ist?«

»Genau.«

»An die erinnere ich mich noch. Eine Russin – wie Elena. Sie waren gute Freundinnen, glaube ich. Dann ist sie eines Tages einfach verschwunden.«

»Wurde ihrem Verschwinden nachgegangen?«

»Das nehme ich an. Es war auf jeden Fall jemand von der Polizei hier und hat Fragen gestellt, aber ich konnte ihm nichts sagen. Ich dachte, sie wäre vielleicht irgendwo aufgehalten worden, aber sie ist nie wieder aufgetaucht. Ich weiß nicht, ob man sie je gefunden hat, aber hierher ist sie ganz bestimmt nicht zurückgekommen.«

»Sie wird nach wie vor vermisst.«

»Oh, verstehe. Ich habe mich ganz gut mit ihr verstanden. Ich hoffe, es geht ihr gut, wo immer sie ist.«

»Hat irgendjemand je einen Zusammenhang zwischen ihrem Verschwinden und Elenas Tod hergestellt?«

»Also, das war ja einige Zeit später ...« Dóra wirkte skeptisch. »Aber nein, ich glaube nicht. Und ich habe es auch nicht erwähnt, als Ihr Kollege mich zu Elena befragt hat.«

»Alexander?«

»Ja. Er war nicht gerade das, was man eifrig nennen würde. Er schien nicht besonders interessiert an dem Fall zu sein. Sie kommen mir viel energischer vor.« Dóra lächelte. »Wenn man mich umbringen würde, würde ich jedenfalls wollen, dass Sie die Ermittlung übernehmen.«

Hulda erwiderte das Lächeln nicht. »Gestern haben Sie mir erzählt«, sagte sie stattdessen, »dass Elena von einem Fremden in einem Geländewagen abgeholt wurde.«

»Mhm«, bestätigte Dóra.

»Klein, dick und unattraktiv, haben Sie gesagt.«

»Richtig.«

»Nun, ich habe gestern Abend einen Mann getroffen, der indirekt mit dem Fall zu tun hat, sodass Elena ihm begegnet sein könnte. Er hat auch Zugriff auf einen Geländewagen.« Hulda rief sich Dóras Bemerkung in Erinnerung, dass für sie alle Geländewagen gleich aussähen. Vielleicht lag es ja daran, dass sie dasselbe Fahrzeug mehr als nur einmal gesehen hatte? Vielleicht hatte Baldur Elena im Wagen seines Bruders Albert abgeholt? Sie würde es gleich erfahren.

Hulda kramte in ihrer Tasche nach ihrem Handy. Als sie es nicht sofort fand, fürchtete sie schon, dass sie es zu Hause vergessen hätte; im selben Moment dämmerte ihr, dass sie den ganzen Vormittag noch keinen Blick darauf geworfen hatte.

»Sorry«, murmelte sie. »Eine Sekunde ...« Ah, da war es. Hulda seufzte erleichtert. »Ich habe nämlich hier irgendwo ein Foto von ihm. Lassen Sie mich kurz nachsehen ...«

Nichts passierte. War der Akku leer? Verdammt.

»Sie haben nicht zufällig ein Ladekabel für dieses Ding?«, fragte sie Dóra. »Eins, das in diese ... passt.« Sie zeigte auf den Micro-USB-Anschluss.

»Kann ich mal sehen?« Dóra nahm das Handy und drückte auf einen Knopf. Das Telefon machte ein Geräusch. »Sie hatten es ausgeschaltet. Hier.«

Im selben Moment fiel Hulda wieder ein, dass sie ihr Handy am Vorabend tatsächlich ausgeschaltet hatte. »Tut mir leid«, sagte sie und wurde rot. Heute lief aber auch alles schief.

Noch während sie nach dem Foto suchte, vermeldete das Handy mit einem schrillen Piepen den Eingang einer SMS. Dann noch einmal und noch einmal und noch einmal.

»Was ist denn da los?«, fragte Hulda mehr an sich selbst gewandt als an Dóra. Die Nachrichten öffneten sich nacheinander auf dem Display.

RUFEN SIE MICH SOFORT AN
RUFEN SIE MICH UNVERZÜGLICH AN!
KOMMEN SIE SOFORT ZUR POLIZEISTATION!
HULDA, RUFEN SIE MICH AUF DER STELLE AN!

Die Nachrichten stammten allesamt von Magnús. Dann kam noch eine von Alexander: »Hulda, rufen Sie mich bitte an? Ich möchte mit Ihnen über die Ermittlung sprechen. Es ist wirklich nicht nötig, den Fall wieder aufzunehmen.« Sie beschloss, ihm weder zu antworten noch zurückzurufen.

Aber Magnús' Nachrichten konnte sie nicht ignorieren. Was zum Teufel war passiert?

Nicht dass es sie ernsthaft interessierte …

»Einen Moment bitte, Dóra. Ich muss kurz telefonieren.«

Mit klopfendem Herzen rief Hulda Magnús' Nummer auf, zögerte dann aber. Wollte sie wirklich mit ihm sprechen? War es irgendwie denkbar, dass er gute Nachrichten für sie hatte? Und wenn nicht, was um alles in der Welt konnte er von ihr wollen? Seit Monaten hatte er kaum mit ihr gesprochen, sondern sie einfach ihre Fälle bearbeiten lassen, ohne das geringste Interesse zu zeigen. Doch nachdem er sie jetzt gefeuert hatte – oder so gut wie –, wollte er sie plötzlich dringend sprechen. War es möglich, dass sie noch jemandem auf die Füße getreten war?

Sie drückte auf Anrufen.

Magnús meldete sich nach dem zweiten Klingeln, was an sich schon ungewöhnlich war.

»Hulda, wo zum Teufel sind Sie gewesen? Verdammt noch mal!«

Sie hatte schon einige seiner cholerischen Anfälle miterlebt, doch als sie jetzt seine Stimme hörte, war ihr klar, dass sie ihn noch nie so wütend gehört hatte.

Sie atmete tief durch. »Ich bin nach Reykjanes gefahren, um mir die Stelle anzusehen, wo Elenas Leiche gefunden wurde, und um ein paar weiteren Spuren nachzugehen. Sie hatten mich gebeten, weiter in dem Fall zu ermitteln…«

»Sie *gebeten*? Ich habe Sie *gelassen* – das ist ein Unterschied! Und Spuren, sagen Sie? Sie sind auf einer verdammten Geistersuche, Hulda! Niemand hat diese Russin ermordet!«

»Genau genommen waren es zwei Frauen«, warf Hulda ein.

»Zwei? Wie meinen Sie das? Egal, das ist irrelevant. Sie kommen jetzt sofort her. Haben Sie mich verstanden?«

»Stimmt irgendwas nicht?«

»Darauf können Sie Ihr Leben wetten. Bewegen Sie Ihren Hintern hierher. Wir müssen reden.«

Er legte auf. Er hatte sie schon oft unfair behandelt, aber er war noch nie so unverhohlen grob zu ihr gewesen. Irgendwas war ernsthaft verkehrt.

Benommen nahm sie wieder vor dem Empfangstresen Platz. Nicht zu wissen, was passiert war, machte sie wahnsinnig. Eigentlich konnte es nur mit Áki zu tun haben. Hatte sie, ohne es zu wollen, weitere Ermittlungen der

Kollegen gefährdet? Und wenn ja, warum konnte er ihr das nicht am Telefon sagen?

Als sie schließlich mit glühendem Kopf ihre Stimme wiederfand, sagte sie: »Ich fürchte, ich muss wieder los.«

Dóra nickte. »Das dachte ich mir schon. Er klang nicht besonders glücklich, wer immer das am Telefon gerade war.«

Hulda zwang sich zu einem Lächeln. »Nein.«

»Aber was wollten Sie mich denn fragen?«

»Was? Oh, natürlich.« Hulda konzentrierte sich wieder auf ihr Handy und suchte Baldur Albertssons Foto heraus. »Es ist ein bisschen verschwommen, aber könnte das der Mann mit dem Geländewagen gewesen sein?«

Dóra warf einen kurzen Blick auf das Display und nickte dann eifrig.

Hulda starrte sie fassungslos an.

»Das ist er«, sagte Dóra. »Ohne jeden Zweifel.«

XI

Sie wachte auf, weil sie keine Luft mehr bekam, weil sie erstickte ...

Es dauerte einen Moment, bis sie wieder wusste, wo sie war: eingehüllt in einen Schlafsack in einer eiskalten Hütte in den Bergen.

Von der alles durchdringenden Kälte war ihre Nase verstopft, weshalb sie nur mit Mühe atmen konnte. Einen kurzen Moment lang fühlte sie sich in dem Schlafsack gefangen und zappelte hektisch, fast hysterisch, um ihn zu öffnen, ihren Kopf zu befreien und wieder atmen zu können.

Am Ende gelang es ihr.

Sie richtete sich auf, versuchte sich zu beruhigen, und wartete darauf, dass ihr wild pochendes Herz wieder langsamer schlug.

Sie legte ihre zerknitterte Jacke, die sie als Kissen benutzt hatte, noch einmal ordentlich zusammen, um sich möglichst weich zu betten, und zog den Schlafsack bis unters Kinn zu; diesmal würde sie ihr Gesicht nicht bedecken. Dann konzentrierte sie sich darauf, wieder einzuschlafen.

XII

Hulda streckte die Kosten für das Taxi zurück nach Reykjavík vor – sollte das Kommissariat sie ihr später zurückerstatten. Vermutlich hätte sie auch auf Ólívers Angebot zurückkommen und sich in die Hauptstadt fahren lassen können, doch ihn wieder zurück zur Unterkunft zu beordern, hätte zu lange gedauert, und sie hatte es eilig.

Zu ihrer großen Erleichterung war der Fahrer, der sie abholte, nicht geneigt zu plaudern, sodass sie Zeit zum Nachdenken hatte.

Auf etwa halber Strecke fiel ihr ein, dass sie ihr Wort gegenüber Amena nicht gehalten hatte: Sie hatte der Syrerin versprochen, Ólíver gegenüber zu erwähnen, dass sie der Polizei geholfen hatte, doch dann war Hulda zu sehr mit ihren eigenen Problemen beschäftigt gewesen. Sie hatte sich den ganzen Tag selbst bemitleidet, und nun fühlte sie sich schuldig. Die arme Amena hatte nicht viele Verbündete in diesem Land, und Hulda hätte durchaus etwas tun können, um ihr zu helfen, nur eine kleine Gefälligkeit. Trotzdem war sie total darauf fixiert gewesen, Elena Gerechtigkeit widerfahren zu lassen, obwohl es für sie längst zu spät war, während Amena am Leben war und Hulda die Möglichkeit gehabt hätte, zumindest um ihretwillen etwas wiedergutzumachen. Sie beschloss, Ólíver später anzurufen, aber noch nicht gleich.

Der Himmel wurde heller; mit ein wenig Glück würden sie den Nieselregen auf Reykjanes zurücklassen.

Seit ihrem Telefonat mit Magnús waren ihre Nerven so angespannt, dass an ein Nickerchen während der Fahrt nicht zu denken war. Adrenalin pulsierte in ihren Adern, und ihre Gedanken rasten. Sie hatte keine Ahnung, was sie erwartete, machte sich jedoch auf das Schlimmste gefasst. Vielleicht sollte sie Pétur wegen ihrer Pläne für den Abend anrufen ...

»Hulda, welch unerwartete Freude«, sagte er fröhlich wie eh und je. »Wie läuft's?«

»Ich bin ehrlich gesagt ziemlich beschäftigt«, sagte sie. Es war eine Erleichterung, seine freundliche Stimme zu hören und zu wissen, dass sie in ihm jemanden gefunden hatte, dem sie vertrauen, mit dem sie wirklich reden konnte. Es war ein herzerwärmendes Gefühl.

»Ich freue mich auf heute Abend. Ich habe unseren Tisch schon reserviert.«

»Ja, was das angeht ... Können wir das vielleicht auf morgen verschieben? Ich weiß noch nicht genau, wie mein Tag sich weiterentwickelt.«

»Oh, verstehe.« Die Enttäuschung in seiner Stimme war unüberhörbar. »Kein Problem.«

»Kann ich dich anrufen, sobald ich Feierabend habe?

Vielleicht können wir ja doch irgendwo noch eine Kleinigkeit essen.«

»Ja, das klingt gut. Allerdings können wir unsere kleine Feier nicht auf morgen verschieben. Da muss es schon übermorgen sein.«

»Was …?«

»Das Essen im Hótel Holt, das können wir nicht auf morgen verschieben, weil wir morgen die Esja besteigen. Schon vergessen?«

»Oh, natürlich, stimmt!« Die Aussicht erfüllte sie sofort mit Vorfreude auf die Wanderung und darauf, Zeit mit Pétur zu verbringen.

»Ich höre dann später von dir«, sagte Pétur.

»Ja, ich hoffe, es wird nicht zu spät«, erwiderte Hulda, dankbar, dass er so gelassen auf die kurzfristige Planänderung reagiert hatte.

Sie verabschiedeten sich, und Hulda war wieder mit ihren Gedanken alleine. Am liebsten hätte sie dem Taxifahrer ein neues Ziel genannt, um dem Treffen mit Magnús zu entgehen. Dass sie so überhaupt keine Ahnung hatte, weshalb er sie sehen wollte, machte alles nur noch schlimmer. Wenn sie einfach nach Hause fahren, sich ausruhen und wieder vollends zu Kräften kommen könnte. Wenn sie die dunklen Türen des Kommissariats nie wiedersehen, ihrem nichtsnutzigen Chef nie wieder begegnen und sich nie wieder sein Gemecker anhören müsste! Aber das würde bedeuten, Elenas Schicksal ad acta zu legen, sodass ihr Mörder ungeschoren davonkäme. Und das kam nicht in Frage. Sie war jemand, der nicht lockerließ, schon immer. Also schwieg sie, während das Taxi weiter Kilometer fraß und die Lavafelder von Reykjanes allmählich den Vororten Reykjavíks wichen, einer Mischung aus Wohnblocks und größeren frei stehenden Häusern mit Gärten, in denen Familien an diesem sich endlich aufhellenden Tag vielleicht gerade grillten. Und die Art von Leben führten, wie es Hulda verloren hatte.

Sie spürte es, sobald sie, innerlich gewappnet für das drohende Gewitter, die Polizeistation betrat: Irgendetwas war anders. Die Luft war zum Schneiden. Sie wich den Blicken der Kollegen aus und marschierte, ohne nach links oder rechts zu schauen, schnurstracks auf Magnús' Büro zu – das zu ihrer Überraschung verwaist war. Hulda sah sich verwirrt um und klopfte dann bei seinem Stellvertreter, der in dem kleineren Büro nebenan saß. Ein weiterer jüngerer Mann, dessen Aufstieg durch die Ränge kometenhaft gewesen war, rasanter, als Hulda es in ihren kühnsten Träumen für möglich gehalten hätte.

Sie musste sich gar nicht erst die Mühe machen, ihr Anliegen vorzutragen.

»Maggi erwartet Sie schon im Besprechungsraum«, sagte er, sobald er sie sah, und seine Miene verriet, dass er sie um das bevorstehende Treffen nicht beneidete. Er nannte ihr noch die Zimmernummer und schüttelte dann den Kopf, als wollte er andeuten, dass die Schlacht, in die Hulda nun ziehen würde, bereits verloren war.

Schlafwandlerisch langsam steuerte sie auf ihr Schicksal zu wie eine zum Tode verurteilte Gefangene auf dem Weg zum Galgen – und tappte doch nach wie vor völlig im Dunkeln, was den Grund dafür anging.

Magnús war allein im Besprechungsraum. Ihm war schmerzhaft deutlich anzusehen, dass er üble Laune hatte. Bevor sie ihn auch nur begrüßen konnte, fragte er knapp: »Haben Sie mit irgendjemandem gesprochen?«

»Mit irgendjemandem gesprochen?«, wiederholte sie verwirrt.

»Über das, was gestern Abend passiert ist.«

»Ich fürchte, ich habe keinen Schimmer, was passiert ist«, sagte sie.

»Gut. Setzen Sie sich.«

Sie nahm Magnús gegenüber Platz. Vor ihm lagen einige Papiere, doch Hulda konnte nicht erkennen, worum es sich handelte.

»Emma Margeirsdóttir«, sagte er nach einer langen Pause gedehnt und hielt den Blick weiter auf die Unterlagen gerichtet.

Hulda gefror das Blut in den Adern.

»Sie wissen, wer das ist, oder?«

»Mein Gott, ist ihr etwas zugestoßen?«, krächzte Hulda.

»Sie haben sie getroffen, nicht wahr?«

»Ja, natürlich. Aber das wissen Sie ja. Das hab ich Ihnen selbst erzählt.«

»In der Tat.« Er nickte und ließ zu, dass sich für einen Moment Stille ausbreitete. Und sich hinzog. Offensichtlich versuchte er, Hulda mit ihren eigenen Waffen zu schlagen, doch darauf würde sie nicht hereinfallen. Sie war fest entschlossen, ihm den nächsten Zug zu überlassen.

Am Ende knickte er ein. »Sie haben sie offiziell befragt, richtig?«

»Ja, das ist richtig.«

»Und wenn ich mich recht erinnere, haben Sie mir berichtet, dass diese Befragung nichts Relevantes ergeben hat.«

Hulda nickte und spürte, wie ihr der Schweiß ausbrach. Sie war es nicht gewohnt, selbst verhört zu werden, und das hier konnte man nur als Verhör bezeichnen.

»Sie seien ›einer Lösung noch kein Stück näher gekommen‹ – das waren ihre exakten Worte, oder?«

Wieder nickte sie. Magnús schien auf eine Antwort zu warten, und diesmal hielt sie dem Druck nicht stand. »So ist es.«

Nach einer weiteren Pause sagte Magnús ein wenig sanfter: »Wissen Sie, ich bin ein wenig überrascht von Ihnen, Hulda.«

»Warum?«

»Ich habe Sie für eine der Besten gehalten. Genau genommen weiß ich, dass Sie eine der Besten sind. Das haben Sie im Laufe der Jahre wiederholt unter Beweis gestellt.«

Hulda wartete, unsicher, wie sie darauf reagieren sollte; dies hier war eines von schmerzhaft wenigen Komplimenten, die sie je von ihm bekommen hatte.

»Die Sache ist die … Sie hat gestanden.«

»Gestanden?« Hulda traute ihren Ohren nicht. War das möglich? Nach allem, was geschehen war? Nachdem sie für die Frau Kopf und Kragen riskiert hatte?

»Ja. Wir haben sie gestern Nacht verhaftet. Sie hat gestanden, diesen Mann, diesen verdammten Päderasten, überfahren zu haben. Natürlich hat sie mein Mitgefühl, aber es bleibt eine unumgängliche Tatsache, dass sie den Mann vorsätzlich schwer verletzt hat. Was haben Sie dazu zu sagen?«

»Das ist unglaublich«, sagte Hulda und versuchte vergeblich, überzeugend zu klingen.

»Ja, unglaublich. Aber sie hatte ein starkes Motiv, wie wir beide wissen.«

»Ja, das hatte sie.« Hulda strengte sich an, ruhig zu atmen.

»Sie muss damit rechnen, zu einer langen Haftstrafe verurteilt zu werden. Und ihr Sohn – wer weiß, was mit ihm passiert? Ganz schön hart, finden Sie nicht auch, Hulda?«

»Ja, natürlich. Ich weiß wirklich nicht, was ich sagen soll ...«

»Man sympathisiert unwillkürlich mit ihr.«

»Nun, ich nehme an ...«

»Dafür sind Sie bekannt, Hulda. Sie geben Menschen einen Vertrauensvorschuss, Sie neigen nicht zu vorschnellen Urteilen. Das ist mir durchaus bewusst, auch wenn wir uns leider nie so gut kennengelernt haben, wie es möglich gewesen wäre.«

Leider? Diese Heuchelei.

»Sie haben Emma sicher mit Samthandschuhen angefasst?«

»Was meinen Sie?«

»Bei der Befragung.«

»Nein, eher im Gegenteil. Ich habe sie ziemlich unter Druck gesetzt, wenn man die Umstände bedenkt.«

»Aber ohne Ergebnis?«

»Ja.«

»Die Sache ist die, Hulda, es gibt da etwas, was ich nicht ganz verstehe«, sagte er, zog die Brauen kraus und schlug denselben herablassenden Ton an, den er so oft benutzte. »Sehen Sie, Emma behauptet, sie habe Ihnen gegenüber gestanden ...«

Es war, als hätte Magnús eine Bombe gezündet. Hulda spürte, wie ihre Knie weich wurden. Gab es irgendeine Möglichkeit, sich aus dieser Sache herauszuwinden? Wie viel hatte Emma erzählt? Warum hatte sie Hulda verraten? Es war unbegreiflich.

Oder bluffte Magnús nur?

Stocherte er im Nebel?

Versuchte er, sie mit einem Trick dazu zu bringen, ein Fehlverhalten einzugestehen?

Sie konnte weder seinen Gesichtsausdruck noch seine Körpersprache deuten und wusste nicht, wie sie reagieren sollte. Alles gestehen oder weiter lügen und leugnen?

Hulda nahm sich Zeit für ihre Antwort.

»Nun«, erwiderte sie schließlich, »sie war ehrlich gesagt

ziemlich vage ... Natürlich war sie wegen der Bilder ihres Sohnes, die wir gefunden hatten, aufgewühlt. Möglicherweise hat sie in diesem Zusammenhang etwas gestanden, aber so habe ich unser Gespräch nicht aufgefasst.« Sie tupfte sich den Schweiß von der Stirn.

»Aha.« Magnús sah sie ausdruckslos an.

Darin war er ziemlich gut, dachte Hulda; sie hatte ihn unterschätzt.

»Es war also alles nur ein Missverständnis zwischen Ihnen beiden. Könnte das eine Erklärung sein?«

Hulda hatte den Eindruck, dass sie sich mit jeder Frage, die sie beantwortete, tiefer hineinritt. Ihr Unbehagen wuchs im selben Maße. Sie hatte das Gefühl, in der Falle zu sitzen.

»So muss es gewesen sein. Und Sie sind sich absolut sicher, dass sie es war – ich meine, dass sie ihn überfahren hat? Unabhängig von ihrem Geständnis.«

»Was wollen Sie damit andeuten?«, fragte er eher neugierig als überrascht.

»Vielleicht war es nur ein Schrei nach Aufmerksamkeit, vor allem nachdem sie Ihnen anscheinend erzählt hat, dass sie schon einmal gestanden hat.« Hulda versuchte weiter, mit ihrer Unverfrorenheit durchzukommen, obwohl sie inzwischen längst aufgeben und alles hätte zugeben müssen.

»Sie saß definitiv am Steuer des Wagens, der den Unfall verursacht hat. Ich glaube nicht, dass es da ernst zu nehmende Zweifel gibt. Aber darum geht es hier nicht vorrangig.«

»Oh?«

»Sie hat noch mehr erzählt ...«

Huldas Herz raste. Sie glaubte, jeden Moment in Ohnmacht zu fallen, und Magnús zögerte den Moment hinaus, als bereitete es ihm Freude zu sehen, wie sie sich wand.

»Emma hatte zu berichten, dass Sie sie am Abend nach der Befragung noch einmal angerufen haben. Entspricht das den Tatsachen?«

»Ich kann mich nicht erinnern ... Ja, möglicherweise. Um noch ein paar letzte Details für den Bericht abzuklären.«

»Hulda, sie behauptet, Sie hätten sie angerufen, um ihr zu sagen, dass sie sich wegen des Geständnisses keine Sorgen zu machen brauche, weil Sie in der Sache nichts weiter unternehmen würden.« Mittlerweile hatte er die Stimme gehoben und donnerte ihr entgegen: »Ist das denkbar, Hulda? Besteht auch nur die geringste Möglichkeit, dass sie die Wahrheit sagt?«

Wie sollte sie darauf antworten? Sollte sie am Vorabend ihres Ruhestands ihre Bilanz zunichtemachen, alles wegen eines Akts der Güte, der ihr jetzt ins Kreuz zu fallen drohte?

Um Zeit zu gewinnen, entschied sie, gar nichts zu sagen.

»Wissen Sie, was ich glaube, Hulda? Ich glaube, sie hat Ihnen leidgetan. Niemand vergeudet auch nur ein Quäntchen Mitgefühl an einen Kinderschänder – ich nicht, Sie nicht –, aber das bedeutet nicht, dass wir das Recht in die eigenen Hände nehmen dürfen. Wenn Sie mich fragen, haben Sie aus Mitgefühl für diese Frau eine Grenze überschritten. Was ich in gewisser Weise verstehen kann.« Er machte eine kurze Pause, doch Hulda schwieg hartnäckig. »Sie hätte immerhin mit einer Haftstrafe rechnen müssen, Mutter und Sohn wären getrennt worden ... Ich verstehe Sie. Schließlich haben auch Sie Ihr Kind verloren.«

»Halten Sie meine Tochter da raus!«, schrie Hulda ihn an. »Was fällt Ihnen ein? Sie wissen nichts über mich und meine Familie, und Sie haben auch nie etwas gewusst!«

Hulda war von ihrem Ausbruch selbst überrascht, doch er hatte zumindest dafür gesorgt, dass sie Magnús für einen kurzen Moment aus dem Konzept gebracht hatte. Er sollte es besser nicht noch einmal wagen, Dimma in die Sache hineinzuziehen, sonst könnte sie für nichts garantieren.

»Es tut mir leid, Hulda. Ich habe bloß versucht, mich in Ihre Lage zu versetzen.«

Es wurde immer offensichtlicher, dass Emma sie verpfiffen hatte, ungeachtet Huldas guter Absichten. Der Verrat der Frau war für sie unfassbar schmerzhaft. Ja, Emma war zutiefst aufgewühlt gewesen, aber das war keine hinreichende Entschuldigung für ihr Verhalten. Sie musste bei der Befragung durch Magnús komplett zusammengebrochen sein.

Erst jetzt fiel Hulda wieder ein, wieso sie am Abend zuvor ihr Handy ausgeschaltet hatte. Warum hatte sie so verdammt viel Wein getrunken? Ihr Kater half ihr jetzt auch nicht, mit dem Druck umzugehen. Sie war heute von Anfang an mit allem, was sie tat, im Hintertreffen gewesen, dabei hätte sie auf der Höhe sein müssen. Vielleicht holte das Alter sie doch langsam ein, dachte sie und verwarf den Gedanken gleich wieder. Sie wusste, dass sie als Polizistin genauso gut war, wie sie es immer gewesen war.

Emma hatte gestern am späten Abend angerufen. Bei Hulda hätten sämtliche Alarmglocken schrillen müssen, weil sie sich doch hätte denken können, dass es einen dringenden Grund dafür gegeben hatte. Aber Hulda hatte keine Lust gehabt, mit der Frau zu sprechen. Gott, wie sie das jetzt bedauerte. Vielleicht hatte Emma sie um Rat bitten wollen, bevor sie sich der Polizei stellte. Du lieber Himmel ...

»Dies ist eine außerordentlich ernste Angelegenheit, Hulda«, sagte Magnús nach einer gewichtigen Pause.

Sie konnte immer noch nicht einschätzen, wie sie reagieren sollte und welche Konsequenzen ihr Handeln nach sich ziehen könnte. Er wollte sie doch nicht an ihrem letzten Arbeitstag unehrenhaft entlassen?

»Sie wollen damit sagen, dass sie inzwischen ein Geständnis abgelegt hat«, stellte Hulda erneut fest, auch wenn ihr klar war, dass sie damit auch einen Fehler ihrerseits anerkannte, wenn auch kein direktes Schuldeingeständnis ablegte. »Spielt da wirklich noch eine Rolle, was Emma und ich besprochen haben und wie sie den Ausgang unseres Gesprächs verstanden hat?« Sie unterdrückte den Impuls, Magnús anzuflehen: Bitte, seien Sie nachsichtig.

Könnten wir über einen winzigen Fehler nach einer so langen, erfolgreichen Laufbahn nicht einfach hinwegsehen?

»Damit haben Sie den Nagel auf den Kopf getroffen, Hulda. Unter normalen Umständen müsste ich vermutlich keine große Sache daraus machen. Sie verlassen uns ohnehin und machen gerade eine schwierige Zeit durch. Eine Fehleinschätzung, die niemandem schadet.«

Unter normalen Umständen? Was wollte er damit andeuten?

»Aber es wird noch schlimmer. Emma ist gestern Abend ins Nationalkrankenhaus gefahren. Soweit ich weiß, hat sie früher für den Gesundheitsdienst gearbeitet und ist zurzeit in einem Pflegeheim angestellt.«

»Ins Nationalkrankenhaus?«

»Ja, offenbar war es nicht allzu schwierig, dort einfach hineinzuspazieren – es gibt keine großen Sicherheitsvorkehrungen, sie kannte sich aus, und vor jeder verschlossenen Tür hat sie einfach ihre alte Karte gezückt und sich irgendwie durchgequatscht.«

Hulda ahnte bereits, worauf es hinauslaufen würde, und ihr wurde übel.

»Sie hat nicht lange gebraucht, um herauszufinden, auf welcher Station der Kinderschänder lag. Er war in ein künstliches Koma versetzt worden, hatte aber meines Wissens Fortschritte gemacht.« Magnús hielt inne, bemerkte ohne Frage Huldas entsetzte Miene und fuhr mit seinem Bericht fort: »Sie hat dem Mann ein Kopfkissen aufs Gesicht gedrückt.«

Hulda traute sich nicht zu fragen, was danach geschehen war. Sie schwankte zwischen Hoffnung und Angst.

»Er ist tot.«

»Sie hat ihn umgebracht?«, fragte Hulda ungläubig, obwohl sie damit gerechnet hatte.

»Sie hat ihn umgebracht, Hulda, und sich danach sofort gestellt. Sie hat uns die ganze traurige Geschichte erzählt. Dass sie den Mann wegen dem, was er ihrem Sohn angetan hatte, überfahren hat – in der vollen Absicht, ihn zu töten, nicht bloß aus Rache, sondern um ihn daran zu hindern, weiteren Kindern das Gleiche anzutun. Sie haben sie an ihrem Arbeitsplatz befragt, oder? Und Sie haben ihr Leugnen sofort durchschaut. Sie hat ausgesagt, Sie hätten sie in die Mangel genommen, und am Ende sei sie eingeknickt und habe die Tat gestanden. Es sei eine Erlösung für sie gewesen. Und sie hat auch gesagt …« Er senkte den Blick auf die Papiere vor sich und zitierte Emmas Aussage: »Dass sie erleichtert gewesen sei, es von der Seele zu haben. Dass sie nie damit hätte leben können. Nach der Befragung durch Sie, Hulda, rechnete sie jede Minute damit, verhaftet zu werden, aber Sie haben sie noch am selben Abend angerufen und erklärt, dass Sie sie ungeschoren davonkommen lassen wollten. Die Frau war vollkommen perplex – dankbar natürlich, aber gleichzeitig auch zutiefst enttäuscht. Ihre Schuld lastete so schwer auf ihr, dass sie zu dem Schluss kam, sie hätte keine andere Wahl, als alles zu gestehen. Deshalb hat sie versucht, Sie anzurufen.«

Hulda verzog das Gesicht. Der spätabendliche Anruf.

»Aber Sie sind nicht drangegangen.«

Hulda schüttelte erschüttert den Kopf. »Nein, ich war beschäftigt«, flüsterte sie. Warum war sie verdammt noch mal nicht ans Telefon gegangen?

Magnús legte den Finger noch tiefer in die Wunde. »Sie war nicht bei Sinnen und konnte nicht mehr klar denken. Sie hatte das Gefühl, keine Zukunft mehr zu haben, vor sich nichts als Dunkelheit. Womöglich hatte sie deshalb auch das Gefühl, ebenso gut zu Ende bringen zu können, was sie begonnen hatte. Zumindest im zweiten Anlauf etwas Gutes zu tun. Sie hätten sie gestern Abend noch aufhalten können, Hulda.«

Sie nickte. Ihr Hals war wie zugeschnürt, sie brachte keinen Mucks heraus.

»Von dem groben Fehlverhalten, nämlich der Vertuschung der Tat, ganz zu schweigen. Das hier, Hulda, war mehr als ein unbedeutendes Fehlverhalten, wie Sie sehr gut wissen. Sie haben gegen das Gesetz verstoßen, Sie haben eine polizeiliche Ermittlung behindert.«

Aber meine Absichten waren gut, dachte sie im Stillen. Polizei und Justiz waren nun mal nicht die Einzigen, die über richtig und falsch entschieden. Manchmal musste man den größeren Zusammenhang betrachten. Sie machte sich keine Illusionen, wie gefährlich solche Gedanken für jemanden in ihrer Position waren. Sie hatte schließlich vor Jahren geschworen, Recht und Gesetz zu vertreten. Trotzdem hatte sie schon einmal unter dem Vorwand, es wäre unter bestimmten Umständen gerechtfertigt, dagegen verstoßen. Mit dem Unterschied, dass sie diesmal erwischt worden war. Ein Mann war tot, und das war zum Teil ihre Schuld.

Ihr war speiübel, trotzdem empfand sie angesichts des Todes dieses Kinderschänders keine Trauer. Sie wäre nicht so weit gegangen zu behaupten, er hätte den Tod verdient, trotzdem war Hulda sich sicher, dass die Welt ohne ihn ein besserer und sicherer Ort war.

»Können wir nicht …« Sie brachte den Satz nicht zu Ende. Zum zweiten Mal in ihrem Leben drohte die Welt um sie herum zusammenzubrechen. Beim ersten Mal war Dimma gestorben, und jetzt das. Ihr Ruf, ihre makellose Erfolgsbilanz, all das drohte, sich in Rauch aufzulösen. Und schlimmer noch: Sie könnte angeklagt werden. Würde sie es ertragen, nach ihrer langen Karriere bei der Polizei plötzlich selbst auf der Anklagebank zu sitzen? Ins Gefängnis zu gehen? Und was wäre mit Pétur, was würde er sagen? Sie hatte schreckliche Angst, dass ihr die Zukunft entgleiten könnte, auf die sie sich – wenn auch verspätet – gerade erst zu freuen begonnen hatte.

Magnús saß ihr regungslos und stumm gegenüber, den Blick immer noch unverwandt auf sie gerichtet. Das Schweigen wurde so erdrückend, dass sie am liebsten laut geschrien hätte.

»Sie machen sich keine Vorstellung, wie schwierig das für mich ist, Hulda«, sagte er schließlich. »Wie enttäuscht ich bin. Ich hatte immer Respekt vor Ihnen.«

So skeptisch sie diesbezüglich war, widersprach sie ihm nicht.

»Sie sind für viele von uns bei der Kriminalpolizei ein Vorbild. Und Sie haben den Weg für so viele andere geebnet – für Karen beispielsweise. Aber Sie haben mich in eine unmögliche Lage gebracht, Hulda.«

Hulda wusste nicht, was sie noch denken sollte. War Magnús ehrlich? Sie hoffte es, aber dann hätte sie ihr Verhältnis über all die Jahre falsch gedeutet und den Respekt unterschätzt, den sie bei ihren Kollegen tatsächlich genossen hatte.

Sie ließ den Kopf hängen; all ihre Widerstandskraft war erloschen.

»Ich bin wütend, damit wir uns da nicht falsch verstehen. Aber ich will meine Zeit auch nicht damit verschwenden, Sie anzubrüllen. Dafür ist die Sache viel zu ernst. Ich bin vor allem erschüttert«, fuhr er fort und klang zu Huldas Überraschung aufrichtig. »Ich habe mich oft für Sie eingesetzt, wenn die Rede davon war, Sie auszutauschen oder in eine andere Dienststelle zu versetzen. Sie sind vielleicht nicht die Flinkste gewesen, aber Sie waren immer hartnäckig. Alte Schule eben. Das weiß nicht jeder zu schätzen. Aber Sie liefern Ergebnisse.«

Sie war sich nicht sicher, ob sie ihm glauben sollte; sie hatte nie das Gefühl gehabt, von Magnús unterstützt zu werden, nicht ein einziges Mal. Aber Resultate hatte sie im Laufe der Jahre ohne Zweifel geliefert und in einigen prominenten Fällen die Ermittlungen geleitet. An zwei erinnerte sie sich besonders gut: an einen Todesfall auf einer kleinen Insel, wo vier alte Freunde ein Wochenende hatten verbringen wollen, und an die grausamen Ereignisse auf einem einsamen Bauernhof im Osten des Landes, Weihnachten 1987, dasselbe Weihnachtsfest, an dem Dimma gestorben war. Beide Fälle waren emotional sehr belastend gewesen, und die Ereignisse hatten sie später noch oft heimgesucht.

»Vielen Dank«, murmelte sie beinahe unhörbar.

»Wir werden versuchen, das unter der Hand zu lösen, Hulda, um unserer beider willen. Ich habe noch mit keinem Ihrer Kollegen über Details gesprochen; es wäre doch schade, wenn Sie Ihre Karriere mit diesem Fehltritt beenden müssten ... obwohl die Sache natürlich trotzdem ans Licht kommen könnte, wenn die Frau angeklagt wird und Sie ebenfalls belangt werden sollten. Aber damit befassen wir uns, wenn es so weit ist. Ich werde die Sache am Montag der Staatsanwaltschaft übergeben, und dann liegt die Entscheidung nicht mehr in meiner Hand. Ich kann das nicht unter den Tisch kehren, Hulda, das müssen Sie verstehen. Aber wir bemühen uns trotzdem um Schadensbegrenzung.«

Sie nickte in demütiger Dankbarkeit. Es kam ihr nicht in den Sinn, weiter zu lügen. Das Spiel war aus.

»Natürlich müssen Sie den Dienst sofort quittieren. Diesbezüglich habe ich keinen Spielraum mehr. Haben Sie Ihr Büro geräumt?«

Sie schüttelte benommen den Kopf.

»Dann veranlasse ich, dass das jemand für Sie übernimmt und die Sachen zu Ihnen nach Hause schickt, in Ordnung?«

»Okay.«

»Gibt es denn im Fall der russischen Asylbewerberin irgendetwas Nennenswertes zu berichten?«

Hulda stand kurz vor einem Zusammenbruch. So konnte sie ihre Karriere nicht beenden. Vierundsechzig Jahre alt und an ihrem letzten Arbeitstag in Tränen aufgelöst. Sie räusperte sich und stieß heiser hervor: »Ich arbeite noch daran. Es gab zwei …«

»Ja, das erwähnten Sie schon am Telefon. Was meinten Sie damit?«

»Es gab da eine Russin namens Katja, die seit mehr als einem Jahr vermisst wird. Dann ist Elena gestorben. Die beiden waren beste Freundinnen. Ich bezweifle, dass Alexander den Zusammenhang hergestellt hat.«

»Besteht denn ein Zusammenhang?«

»Ich weiß es nicht, aber es muss überprüft werden.«

»Sie haben recht.« Er dachte kurz darüber nach. »Könnten Sie den Bericht schreiben und mir dann per E-Mail schicken? Ich werde mich dann persönlich darum kümmern, sobald ich Zeit habe.«

Aber sein Tonfall verriet ihn. Sie glaubte ihm keine Sekunde, wusste die Geste jedoch zu schätzen.

»Ja, sicher, das mache ich.«

Er stand auf, streckte die Hand aus, und sie schüttelte sie wortlos.

»Es war ein Privileg, mit Ihnen zusammenzuarbeiten, Hulda. Sie waren eine herausragende Polizistin.« Nach einer kurzen Pause fügte er hinzu: »Schade, dass es so enden musste.«

XIII

Wieder schreckte sie aus dem Schlaf. Sie hatte keine Ahnung, wie spät es war, doch sie spürte, dass es noch immer mitten in der Nacht war.

Zuerst glaubte sie, die Kälte hätte sie geweckt, und das stimmte auch: Ihr war eiskalt, nicht nur am Kopf, sondern am ganzen Körper. Erst dann merkte sie, dass ihr Schlafsack offen war.

Ihr Begleiter war von dem Bett über ihr herabgestiegen, lag neben ihr und hatte die Hand in ihre Unterwäsche geschoben.

Panisch vor Angst versuchte sie, ihn von sich wegzustoßen, doch sie war so steif vor Kälte, das die Gliedmaßen ihr nicht gehorchten. Er zog sie an sich, während sie mit aller Kraft versuchte, ihn wegzustoßen.

»Lass das«, knurrte er. »Wir wussten beide, was passieren würde – was ich gemeint habe, als ich dich zu diesem Wochenende eingeladen habe. Ich habe gesehen, wie du mich angeguckt hast. Fang jetzt nicht an, die Schüchterne zu spielen, verdammt.«

Sie war fassungslos.

Dann schrie sie aus Leibeskräften los, lauter als je zuvor in ihrem Leben.

Er machte sich nicht einmal die Mühe, ihr den Mund zuzuhalten.

XIV

Hulda stand wie erstarrt vor der Polizeistation an der Hverfisgata. Ein paar Kollegen sagten im Vorbeigehen Hallo, doch sie war unfähig, den Gruß zu erwidern. Sie stand einfach da und starrte ins Leere.

Es war, als hätte man einen Punkt hinter ihr Leben gesetzt. Sie konnte nicht nach vorn schauen, sich nicht vorstellen, was der nächste Tag bringen würde. Sie wollte vor allem mit Pétur reden, brachte es jedoch nicht über sich, ihn anzurufen. Noch nicht.

Als sie sich schließlich in Bewegung setzte, ging sie langsam um die Ecke des Polizeigebäudes und weiter in Richtung Meer. Obwohl die Sonne durch die Wolken gebrochen war, schlug ihr eine steife Brise entgegen, als sie die Küstenstraße erreichte. Ohne auf den Verkehr zu achten, überquerte sie die vielbefahrene Straße, setzte sich auf eine Bank und blickte über die Bucht auf die Berge. All die Gipfel, die sie schon bewältigt hatte: Esja, Skarðsheiði, Akrafjall. Die atemberaubende Schönheit beruhigte, tröstete und erinnerte sie an einige der glücklichsten Momente in ihrem Leben. Doch sie rief auch Bilder von Elena wach, tot angespült in einer Bucht. Die See gab, und die See nahm.

Wieder spürte Hulda die erdrückende Last der Einsamkeit.

Sie hatte so viel auf dem Gewissen.

Wieder kehrten ihre Gedanken zu Elena zurück. Könnte sie der Schlüssel sein? Huldas Chance, doch noch eine Art Absolution zu erlangen und ihren Ruf bis zu einem gewissen Grad wiederherzustellen? Könnte sie etwas aus den Trümmern ihres Lebens bergen, indem sie diesen Fall doch noch löste? Und sei es nur, um sich mit sich selbst zu versöhnen?

Die unruhigen Wasser der Faxaflói-Bucht gaben keine Antwort, aber vielleicht einen Funken Hoffnung. Sie hatte Magnús versprochen, ihre Ermittlung einzustellen – doch wie wahrscheinlich war es, dass er es erführe, wenn sie für den Rest des Tages daran weiterarbeitete? Wenn sie ihre letzten Stunden bei der Polizei nutzte? Es gab immer noch zwei Spuren, denen sie nachgehen musste. Wem würde das schaden? Sie würde lügen und vorgeben müssen, noch im Dienst zu sein, doch es wäre unwahrscheinlich, dass irgendjemand das anzweifelte.

Ja, sie musste es tun. Nur noch heute. Es war ihre letzte Chance. Und es würde für die nötige Ablenkung sorgen, bis sie den Mut aufbrachte, Pétur am Abend von Angesicht zu Angesicht gegenüberzutreten.

XV

»Niemand kann dich hören«, sagte er lachend, während er ihr die lange Unterhose herunterzerrte.

Im selben Moment mobilisierte sie trotz der betäubenden Kälte von irgendwoher ungeahnte Kräfte und stieß ihn so heftig von sich weg, dass er aus dem Bett fiel.

Blind in der Dunkelheit sprang sie ebenfalls auf. Ihre einzige Chance bestand darin, aus der Hütte hinaus in den Schnee zu fliehen und in der endlosen, leeren Landschaft ein Versteck zu finden. So unrealistisch es war – sie musste es zumindest versuchen. Im selben Moment fiel ihr das blasse Blitzen des Eispickels ins Auge, den sie von ihrem Rucksack losgebunden und auf den Boden gelegt hatte.

Wie durch ein Wunder erreichte sie ihn als Erste.

XVI

Hulda klopfte an Alberts Tür. Eigentlich hoffte sie, seinen Bruder anzutreffen, um ihn zu fragen, ob er Elena irgendwann mit einem Geländewagen zu einem Ausflug abgeholt hatte. Aber zu ihrer Überraschung öffnete der Anwalt selbst die Tür, obwohl es noch nicht einmal vier Uhr am Nachmittag war.

»Hulda?« Er klang überrascht.

»Albert, ich habe es auf gut Glück probiert ...«

»Sicher, natürlich ... Ich bin heute ausnahmsweise früher nach Hause gekommen, weil nicht viel los war.« Er wirkte verlegen; vielleicht ging es seiner Kanzlei nicht besonders gut. »Haben Sie die Unterlagen nicht bekommen? Baldur hat gesagt, dass Sie sie gestern Abend abgeholt hätten.«

»Oh, ja, die habe ich bekommen. Es ist nur alles auf Russisch, deshalb konnte ich bisher nichts damit anfangen.«

»Ja, das dachte ich mir. Aber man kann ja nie wissen – vielleicht enthalten sie trotzdem etwas Nützliches. Hoffen wir, dass Sie der armen Frau Gerechtigkeit widerfahren lassen können. Sie war schließlich meine Mandantin.«

»Ich hatte eigentlich gehofft, noch einmal kurz mit Ihrem Bruder zu sprechen.«

»Mit meinem Bruder?« Das hatte Albert offensichtlich als Letztes erwartet.

»Ja ... Er hat, ähm ... Er hat gestern etwas erwähnt«, flunkerte sie und fluchte still, weil sie sich keine bessere Erklärung zurechtgelegt hatte. Sie hatte nicht damit gerechnet, Albert anzutreffen. »Ich bräuchte von ihm nun doch eine genauere Erklärung.«

»Was um alles in der Welt hat er Ihnen erzählt? Hat es etwas mit Elena zu tun?«

»Nein, also, ja ... Nicht direkt. Es ist ein bisschen kompliziert.«

»Dann geht es um mich?« Alberts Stimme war schärfer geworden.

»Was? Nein, natürlich nicht, nichts dergleichen. Ist er zu Hause?«

»Nein, ist er nicht. Er hat tatsächlich einen Job ergattert, einen Hausanstrich. Er wird noch eine Weile unterwegs sein.«

»Könnten Sie ihn bitten, mich anzurufen, sobald er nach Hause kommt?«

Albert wirkte verunsichert, sagte aber schließlich: »Ja, ja, natürlich. Das mache ich. Im Kommissariat oder ...?«

»Nein, er soll mich auf dem Handy anrufen, die Nummer haben Sie ja«, sagte Hulda eilig und lächelte.

Albert erwiderte ihr Lächeln knapp und schloss die Tür.

XVII

Weil sie keinen offiziellen Polizei-Übersetzer mehr mit einem Auftrag betrauen konnte, beschloss Hulda kurzerhand, Bjartur um Hilfe zu bitten. Sie fuhr in den Westen der Stadt, wo der Übersetzer wohnte. Dies würde ihre letzte Etappe sein, wenn sich aus den Unterlagen nichts Wichtiges ergeben würde. Während ein Teil von ihr sich nach wie vor an diese Hoffnung klammerte, breitete sich in ihr langsam die Erkenntnis aus, dass sie dankbar sein sollte, endlich alles hinter sich lassen und sich ausruhen zu können.

Ihr Telefon klingelte, und sie fuhr rechts ran, um den Anruf entgegenzunehmen. Es war noch einmal Magnús.

»Hulda«, sagte er ernst.

»Ja?« Sie machte sich auf alles gefasst.

»Ich wollte Sie vorhin nicht noch weiter belasten, aber es gibt etwas, was ich vergessen habe zu erwähnen. Heute Morgen wurde Áki verhaftet.«

»Wirklich?« Ihre Laune war schlagartig ein wenig besser. »Wegen des Betreibens eines Prostitutionsrings?«

»Unter anderem, die Kehrseite ist nur, dass die Operation vorgezogen werden musste und alles ein bisschen überstürzt abgelaufen ist ... weil Sie ihn ohne Erlaubnis befragt haben.«

Hulda verfluchte sich im Stillen dafür.

»Und natürlich besteht die Gefahr, dass er in der Zwischenzeit fleißig Unterlagen vernichtet hat, was eine Katastrophe wäre. Sie sollten darauf vorbereitet sein, dass man Sie wegen Ihres Gespräches mit ihm kontaktiert. Man wird wissen wollen, ob er irgendetwas ausgeplaudert hat und aufgrund welcher Informationen Sie überhaupt tätig geworden sind ...«

Hulda seufzte. »Ja, okay ... Aber ich habe nichts für die Kollegen.«

»Dann müssen Sie das Theater einfach über sich ergehen lassen, fürchte ich. Es ist ein totales Fiasko. Aber lassen Sie sich davon nicht verunsichern.«

Jedenfalls nicht mehr als ohnehin schon, dachte Hulda, als sie auflegte. Sie hatte wirklich ein schlechtes Gewissen, weil sie die Ermittlungen ihrer Kollegen durchkreuzt hatte und ahnte, wie viel Vorarbeit damit zunichte gemacht war.

Sie hasste es, Fehler zu machen.

Sie hasste es wirklich, Fehler zu machen.

Wenn sie als kleines Mädchen Hausaufgaben gemacht hatte, hatte die Großmutter ihr immer über die Schulter geschaut und jede Lösung, jeden Aufsatz kontrolliert, egal ob es um Grammatik, Mathematik, Erdkunde oder Geschichte gegangen war. Hulda hatte ihren Tadel oft als harsch und ungerecht empfunden. Immer wieder hatte die Großmutter ihr erklärt, dass sie zu langsam sei, dass sie besser sein müsse als die Jungen, wenn sie eine Chance haben wolle, im Leben erfolgreich zu sein. Die Standpauken hatten Hulda oft zu Tränen getrieben.

Erst als Erwachsene hatte sie gelernt, was konstruktive Kritik bedeutete – ein Konzept, das ihrer Großmutter offenbar völlig fremd gewesen war.

Und nun empfand sie wieder diese Scham, einen Fehler gemacht zu haben.

Sie konnte das besser.

XVIII

Diesmal vergeudete Hulda keine Zeit damit, an der Haustür zu klingeln, sondern klopfte direkt an Bjarturs Garage. Dabei fiel ihr das Schild im Fenster auf: »Bjartur Hartmannsson, Dolmetscher und Übersetzer.«

Als er aufmachte, schien er überrascht zu sein, sie zu sehen.

»Hallo.«

»Hallo, Bjartur. Ich schon wieder«, sagte sie entschuldigend. Schließlich wusste sie, dass sie gegen Windmühlen kämpfte, um einen Fall zu lösen, der fast sicher nicht aufzuklären war.

»Also wirklich«, sagte er lächelnd und kratzte sich den blonden Schopf. »Sieht so aus, als würde aus mir noch ein Kumpel der Polizei.«

Hulda fragte sich kurz, wie alt er war. Sie hatte sich nicht die Mühe gemacht, ihn zu überprüfen, vermutete jedoch, dass er trotz seiner jungenhaften Erscheinung knapp vierzig sein musste. Die Frau, die bei Huldas erstem Besuch die Tür geöffnet hatte – vermutlich seine Mutter –, war ungefähr siebzig gewesen.

»Viel zu tun?«, fragte sie freundlich.

»Ja, klar, also ... nicht so viele Übersetzungen, aber jede Menge Reisegruppen. Ich schwöre Ihnen, die Dollars der Touristen sind das Einzige, was Island dieser Tage über Wasser hält. Aber heute ist es ruhig. Ich ... Ich schreibe nur, wissen Sie ... Ich arbeite an meinem Buch.«

Seit dem Kollaps des isländischen Bankensystems – und dem darauf folgenden Einbruch des isländischen *króna* – half der Touristenstrom dem Land, wieder auf die Beine zu kommen, weil die Touristen Devisen brachten. Die Aussichten waren ein bisschen rosiger geworden, die Folgen der Finanzkrise aber noch immer nicht überwunden. Zu Huldas persönlicher finanzieller Lage würde der Tourismus allerdings nichts beitragen; ihr Job war nicht sonderlich gut bezahlt, und in Zukunft bliebe ihr nur die Pension einer Staatsdienerin.

»Kommen Sie rein«, riss Bjartur sie aus ihren Gedanken. »Es ist leider immer noch ziemlich unordentlich, und ich bin auch noch nicht dazu gekommen, einen Stuhl für Besucher zu kaufen ... Sie müssten wieder mit dem Bett vorliebnehmen.« Er wurde rot. »Ich meine, Sie wissen schon ... Sie müssten sich bitte aufs Bett setzen.«

Hulda fand einen freien Platz in dem Durcheinander, während Bjartur sich auf seinen in die Jahre gekommenen Bürostuhl setzte. Es war unangenehm stickig. Mit ihrem unangekündigten Besuch hatte Hulda ihm keine Chance gelassen, durchzulüften.

»Wohnen Sie auch hier in der Garage?«, fragte sie neugierig.

»Ja. Ich schlafe und arbeite hier. Hier ist es privater, verstehen Sie? Meine Eltern haben das Haus, aber ich konnte nicht mehr mit ihnen zusammenleben. Es wurde einfach alles zu viel, so dicht aufeinanderzuhocken ... Leider gibt es keinen Keller, sonst wäre ich dorthin gezogen. Aber sie haben mir erlaubt, die Garage auszubauen.«

Hulda wollte ihn schon fragen, warum er nicht einfach in eine eigene Wohnung zog, besann sich dann aber eines Besseren, da das vielleicht unhöflich war.

Trotzdem schien Bjartur die ungestellte Frage erahnt zu haben. »Es hat keinen Sinn, mir eine eigene Wohnung zu suchen, noch nicht. Die wäre viel zu teuer, egal ob ich mieten oder kaufen würde. Die Immobilienpreise gehen durch die Decke, und ich habe kein regelmäßiges Einkommen. Ich lebe mehr oder weniger von der Hand in den Mund – Übersetzungsarbeiten, Jobs als Tourguide. Manchmal, vor allem im Sommer, kriege ich vor lauter Arbeit kein Bein auf die Erde. Dann wieder habe ich nicht genug zu tun, um auch nur ansatzweise über die Runden zu kommen. Ich schaffe es trotzdem, ein bisschen was beiseitezulegen, sodass es irgendwann klappen sollte. Und meine Eltern werden auch nicht jünger und wollen sich garantiert irgendwann verkleinern.«

Oder sterben, las Hulda in seiner Miene.

»Ich wollte Sie um einen kleinen Gefallen bitten«, ergriff sie wieder das Wort.

»Ach ja? Was denn?«

Sie überreichte ihm den Umschlag mit den Papieren, den Albert ihr hatte zukommen lassen.

»Der Umschlag enthält einige Dokumente, die Elenas Anwalt ausgegraben hat. Ich weiß nicht, ob irgendwas davon von Interesse ist, aber man soll ja ›jeden Stein umdrehen‹ und so.« Sie lächelte, um das Ganze herunterzuspielen.

»Schon verstanden. Wie läuft die Ermittlung überhaupt? Wie ich sehe, sind Sie immer noch an dem Fall dran.«

»Ja ... klar. Ich hab nicht vor, aufzugeben«, log sie. In Wahrheit hätte sie das Ganze gern sofort hinter sich gelassen. Vor allem heute, wo sie von Magnús' Neuigkeiten noch immer völlig von der Rolle war, wäre ihr alles andere lieber gewesen, als diese Ermittlung weiterzuverfolgen – auch wenn es das Einzige war, was ihr noch blieb.

Ihretwegen war ein Mann gestorben. Diese Tatsache ließ sich nicht mehr aus der Welt schaffen. Allerdings war er ein Kinderschänder gewesen, was es ihr leichter machte, mit den Gewissensqualen umzugehen, denn manche Verbrechen waren einfach unverzeihlich.

Zudem bestand durchaus die Möglichkeit, dass sie die Ermittlungen der Kollegen zu Ákis Machenschaften sabotiert hatte. Ihre Karriere als Kommissarin lag in Trümmern; kein Wunder, dass sie sich für die Arbeit nicht mehr fit genug fühlte. Trotz allem machte sie weiter, zu starrköpfig, um aufzuhören, auch wenn sie sich wie gefangen fühlte in diesem letzten Wettlauf gegen die Zeit.

»Natürlich schaue ich mir das für Sie an.« Bjartur drehte sich mitsamt Bürostuhl zum Schreibtisch, wo er die Dokumente aus dem Umschlag zog und vor sich ausbreitete. »Geben Sie mir eine Minute, die Unterlagen zu überfliegen.«

»Natürlich. Und könnten Sie besonderes Augenmerk auf die Erwähnung einer gewissen Katja legen?«, fügte Hulda einer spontanen Eingebung folgend hinzu.

»Katja?«, fragte er, während er sich über die Papiere beugte.

»Ja, ich vermute, sie war eine Freundin von Elena.«

»Okay ...«

»Kannten Sie sie? Haben Sie auch für sie gedolmetscht?«

»Nein.«

»Sie wird nämlich vermisst.«

»Vermisst?«

»Also, entweder das, oder sie ist untergetaucht. Sie war ebenfalls Asylbewerberin, stammte auch aus Russland, und ich dachte, dass vielleicht ein Zusammenhang zwischen den beiden Fällen besteht.«

»Okay. Bisher noch nichts. Das erste Dokument ist eine Art Meldebescheinigung; wahrscheinlich hat sie die als Identitätsnachweis vorgelegt.«

»Verstehe«, sagte Hulda leicht enttäuscht. Sie wusste, dass sie sich an einen Strohhalm klammerte, aber diese Unterlagen waren ihre letzte Chance. »Bitte lesen Sie gründlich«, fügte sie so höflich wie nur möglich hinzu.

»Klar.«

Mit dem Rücken zu Hulda las Bjartur stumm weiter, während sie auf der unbequemen Bettkante hockte und in quälender Anspannung wartete. Die Stille schien sich ewig hinzuziehen, bis Bjartur schließlich zusammenzuckte.

»Boah …« Offensichtlich war er auf etwas Unerwartetes gestoßen. »Wow, okay …«

»Was?« Hulda sprang auf und blickte ihm über die Schulter. Er nahm das letzte Blatt, das von Hand geschrieben war.

»Was haben Sie gefunden?«, fragte sie ungeduldig.

»Also … Ich würde ungern … obwohl …«

»Was?«, fragte sie in schärferem Tonfall. »Was steht da?«

»Sie spricht hier von einem Ausflug, den sie mit einer Freundin gemacht hat, die sie K. nennt. Könnte das Katja gewesen sein?«

»Ja, könnte sein.« Huldas Nerven waren zum Zerreißen gespannt. Endlich.

»Und mit jemandem … Ich weiß leider nicht, ob es sich um einen Mann oder eine Frau handelt …«

»Kommen Sie, raus damit.«

»Sie benutzt wieder nur die Initiale. Aber dem Kontext nach zu urteilen klingt es, als wäre ein Mann dabei gewesen.«

»Welcher Anfangsbuchstabe ist es?«

»Ein A.«

XIX

Er lachte.

»Leg den Eispickel weg, und wir reden. Du hast sowieso nicht den Mumm, das zu tun.«

Außer sich vor Angst stemmte sie sich gegen die Tür und schwenkte den Eispickel, während sie mit der freien Hand nach der Klinke tastete.

Er wirkte nicht im Geringsten beeindruckt. Er kam erst langsam einen Schritt näher, machte dann einen jähen Satz nach vorn und entriss ihr den Eispickel.

Einen Moment lang stand er reglos vor ihr.

Sie war gelähmt vor Angst, obwohl all ihre Instinkte sie antrieben, die Flucht zu ergreifen.

Dann stürzte er sich auf sie.

Hatte der Eispickel sie getroffen? Für den Bruchteil einer Sekunde verharrte sie ungläubig und von der Kälte viel zu benommen, um zu begreifen, was gerade passiert war.

Aber als sie sich an den Kopf fasste, spürte sie, wie das Blut heiß aus ihr herausströmte.

XX

»Ein A?«

»Ja.«

»Sie glauben doch nicht …?«

»Daran habe ich auch sofort gedacht«, erwiderte Bjartur und nickte bestürzt.

Hulda sprach den Verdacht laut aus. »Albert?«

»Ja.«

»Aber vielleicht … Vielleicht war alles ganz harmlos, vielleicht hatte es etwas mit der Vorbereitung ihrer Fälle zu tun. Könnte er auch Katjas Anwalt gewesen sein?«

Bjartur zuckte mit den Schultern.

»Es klingt aber nicht harmlos. Sie deutet hier einen gewalttätigen Übergriff an – es liest sich wie der Auszug aus einem Tagebuch. Vielleicht wollte sie es schriftlich festhalten für den Fall, dass noch mehr passiert. Ich gehe zumindest davon aus, dass Elena das geschrieben hat. Sie hat kaum Englisch gesprochen, deshalb hätte sie all das natürlich auf Russisch geschrieben.«

»Und Albert ist darauf gestoßen, ohne zu ahnen, was es enthielt? Und hat es an uns weitergegeben?«

»Welch Ironie«, sagte Bjartur. »Wissen Sie, ich komme mir vor, als wäre ich in einen Rätselkrimi geraten. Die habe ich gerne gelesen, als ich jünger war.«

»Mein Gott ...«, murmelte Hulda. Wie sollte sie darauf reagieren? War es tatsächlich vorstellbar, dass Albert selbst und nicht sein Bruder Baldur etwas zu verbergen hatte?

»Lassen Sie mich zu Ende lesen«, sagte Bjartur, beugte sich wieder über das Blatt und las weiter: »Ja ... ja ...« Er ging wirklich in seiner Rolle auf. »Ich glaube, ich weiß, wohin sie gefahren sind. Es liegt ein bisschen außerhalb, etwa anderthalb Stunden von Reykjavík entfernt.« Er nannte ein Tal, von dem Hulda noch nie gehört hatte, allerdings bevorzugte sie auch die Berge. Täler boten einfach nicht den gleichen Nervenkitzel.

»Aber es ist seltsam«, fuhr Bjartur fort, »denn sie erwähnt ein Haus, meines Wissens ist das Tal aber unbewohnt.«

»Könnten Sie mir dieses Tal vielleicht auf einer Karte zeigen?«, fragte Hulda.

»Ich könnte Sie sogar hinbringen«, bot er eifrig an. »Ich hab heute sonst nichts vor.«

»Ja. Okay ... Danke. Dann rede ich später mit Albert. Könnten Sie mir das Dokument Wort für Wort übersetzen?«

»Klar, ich erzähle Ihnen unterwegs, was drinsteht. Ähm, können wir Ihren Wagen nehmen? Ich weiß nicht, ob, ähm, mein Tank noch voll genug ist.«

Ein Leben als Übersetzer bedeutete offensichtlich, dass man nur so eben über die Runden kam, dachte Hulda und hatte kurz Mitleid mit dem Mann.

Sie setzte sich hinters Steuer ihres verlässlichen alten Skoda. Bjartur nahm auf dem Beifahrersitz Platz, fungierte als Lotse und gab gleichzeitig den Inhalt des handgeschriebenen Berichts wieder. Elena hatte in Begleitung von zwei Personen einen Ausflug gemacht – mit einer Frau, deren Name mit einem K begann, und einem Mann, dessen Name mit einem A anfing. Sie hatten in einer Hütte übernachtet, doch das Wochenende hatte verfrüht geendet, nachdem der Mann die andere Frau angegriffen hatte.

Obwohl Hulda sich nur schwer vorstellen konnte, dass Albert in so etwas verwickelt war, durfte sie die Möglichkeit nicht ausschließen. War es denkbar, dass er beide Frauen ermordet hatte, Katja und Elena? Und wie kam sein Bruder ins Spiel?

Als ihr Telefon klingelte, betete sie inständig, dass es nicht wieder Magnús war. Ihre beiden letzten Gespräche bereiteten ihr immer noch Kopfzerbrechen, und sie hatte nach wie vor nicht alle Details zu einem Gesamtbild zusammengefügt. Sie hätte wirklich gern einen Tag mehr gehabt, um den Fall abzuschließen, einen Tag, an dem sie mehr sie selbst gewesen wäre … Außerdem ertappte sie sich bei dem Gedanken, dass sie vielleicht auch gern zehn Jahre jünger gewesen wäre, so widerwillig sie es sich eingestand.

Sie hielt am Straßenrand, zog ihr Handy aus der Tasche und nahm das Gespräch entgegen, obwohl sie die Nummer auf dem Display nicht kannte.

»Hulda? Hallo, hier ist Baldur Albertsson, Alberts Bruder.«

»Was? Oh ja, hallo.« Sein Timing war beinahe schon unheimlich.

»Albert hat gesagt, Sie wollten mich sprechen ...« Er klang nervös.

»Ja, das stimmt. Es geht um Elena, die junge Russin, die Ihr Bruder vertreten hat.«

»Ja?«

»Kannten Sie sie persönlich?«

»Ich? Nein ...« Er zögerte, und Hulda wartete ab. »Nein ... aber ... Also, ich hab sie ein- oder zweimal getroffen. Warum fragen Sie?«

»Wo haben Sie sie getroffen?«

»Ich habe sie ein paarmal aus Njarðvík abgeholt.«

»Oh? Warum das?«

»Um meinem Bruder einen Gefallen zu tun. Er musste sich mit ihr beraten, hatte aber keine Zeit, sie selbst abzuholen. Er hatte Besprechungen oder so. Also habe ich mir seinen Jeep geliehen und bin rausgefahren, um sie abzuholen. Keine große Sache. Wir haben die Kosten abgerechnet – die Fahrtzeit und das Benzin, wissen Sie. Das ist doch kein Problem, oder? Das war alles nach Vorschrift, nur dass Albert streng genommen nicht selbst gefahren ist. Ich helfe gern aus, wenn ich Zeit habe – das ist das

Mindeste, was ich tun kann, um mich dafür zu revanchieren, dass ich bei ihm wohnen darf. Ich leiste gern meinen kleinen Beitrag, wenn ich kann.«

Es hörte sich so an, als atmete Baldur zu schnell und abgerissen.

War das wirklich alles? Hatte Baldur seinem Bruder schlicht einen Gefallen getan?

»Vielen Dank, Baldur. Das ist gar kein Problem. Ich wollte es bloß überprüfen, damit ich Sie endlich aus der Ermittlung ausschließen kann. Jemand hat gesehen, wie Sie Elena in Njarðvík abgeholt haben, und ich musste wissen, warum Sie dort waren. Das ist alles. Keine Sorge, alles in bester Ordnung.«

»Okay, danke«, sagte er. »Ich ... Ich bin es bloß nicht gewohnt, in polizeiliche Ermittlungen verwickelt zu werden.«

»Sicher. Ist ja auch besser so.«

»Das können Sie laut sagen.«

Jetzt musste Hulda nur noch in Erfahrung bringen, ob Albert auch Katja, die zweite Russin, vertreten hatte.

»Ist Ihr Bruder zufällig zu Hause, Baldur?«, fragte sie möglichst beiläufig. »Ihn müsste ich auch noch etwas fragen.«

Am anderen Ende herrschte Schweigen.

»Also ... ähm ... Nein, ist er nicht«, antwortete Baldur und fügte nach kurzem Zögern hinzu: »Ich weiß ehrlich gesagt nicht genau, wo er ist.«

»Okay, Baldur, kein Problem. Danke für den Anruf.«

Sie versuchte, Albert auf seinem Handy zu erreichen. Sie hatte immer mehr das Gefühl, ihn aufspüren zu müssen, weil sie fürchtete, dass er, sofern er wirklich der Mörder war, versuchen könnte, das Land zu verlassen oder …

Er ging nicht dran.

Als sie das Handy gerade wieder wegpacken wollte, kam ihr unvermittelt Amena, die Syrerin, in den Sinn. Irgendetwas war da, eine Bemerkung, die Amena gemacht hatte … ein Detail am Rande, dem Hulda während ihrer Unterhaltung keine Beachtung geschenkt hatte. Verdammt. Früher hatte sie sich gewissenhafter Notizen gemacht, und ihr Gedächtnis war auch noch deutlich besser gewesen. Es war … irgendetwas, was sie gesagt hatte … Hulda rief sich die junge Frau in der Zelle vor Augen. Prostitution, ja … Amena hatte heftig bestritten, dass Elena irgendetwas mit Prostitution zu tun gehabt hatte. Sie war sehr überzeugt gewesen. Außerdem hatte sie Hulda auf die Existenz von Katja aufmerksam gemacht. Und sie hatte etwas zu deren Aufenthaltsgenehmigung gesagt … Ja, das war es … Damit hatte es zu tun. Aber was zum Teufel war es genau gewesen? Es machte Hulda wahnsinnig. Der entscheidende Hinweis schien in greifbarer Nähe, ohne dass sie ihn zu fassen bekam.

»Entschuldigen Sie, aber könnte ich mir vielleicht kurz Ihr Telefon leihen?«, riss Bjartur sie aus ihren Gedanken, noch ehe sie den Wagen wieder anlassen konnte. »Es ist nur … Ich hab vergessen, meinen Eltern Bescheid zu sagen, dass ich weg bin. Und ich, also, ich habe kein Guthaben mehr.« Er wurde wieder rot.

»Natürlich.« Sie gab ihm ihr Handy.

Er tippte eine Nummer ein und wartete.

»Hallo«, sagte er dann, »Papa, hör mal ... Ja, ich weiß ... Dann wird es Mama eben selbst machen müssen ... Nein, Papa, ich kann es jetzt nicht machen ... Ich helfe einer Dame von der Polizei ... Wir arbeiten an einem Fall ...« Er sah Hulda an und verdrehte die Augen. Dann stieg er aus und redete draußen weiter.

Hulda erinnerte sich an eine Zeit, in der man sie noch als junge Frau und nicht als Dame bezeichnet hatte.

Sie nutzte seine Abwesenheit, um das Radio einzuschalten und sich für einen Moment auf dem Sitz zurückzulehnen. Es war ein langer Tag gewesen, und er war noch nicht vorbei. Aber der Himmel war blau, und nach einem wenig vielversprechenden Start war es ein schöner, sonniger Abend geworden. Für Hulda war der Mai auf jeden Fall die beste Zeit des Jahres in ihrer kühlen Heimat.

Nach ein paar Minuten stieg Bjartur wieder in den Wagen. »Tut mir leid, jetzt können wir weiterfahren.« Er lächelte sie an. »Es ist nur noch eine halbe Stunde.«

Sie waren bereits eine Stunde gefahren, und Hulda knurrte der Magen. Sie hatte seit den Prins-Póló-Waffeln am Vormittag nichts mehr gegessen. Außerdem wurde sie allmählich müde. Vielleicht könnte sie Bjartur auf dem Rückweg bitten zu fahren.

Dieser Ausflug erwies sich besser nicht als Zeitverschwendung. Sie hatte sich selbst versprochen, den Fall am Ende dieses Tages abzugeben, aber würde sie dieses Versprechen auch halten können? Es bereitete ihr nach wie vor Unbehagen, dass sie Albert nicht erreichen konnte. Sie musste mit ihm sprechen.

Oder sollte sie einfach die Anweisung befolgen, das gesamte Beweismaterial Magnús übergeben und ihn die Sache abschließen lassen? Es würde kein Spaß werden, ihm zu erklären, dass sie ihren Ex-Kollegen Albert eines Doppelmordes verdächtigte. Die Jungs hielten gewohnheitsmäßig zusammen, und Albert war als Mitglied der Gang akzeptiert gewesen, obwohl er Jurist und kein Polizist war.

Sie fluchte leise in sich hinein. Vielleicht sollte sie es einfach lassen. Diese Fahrt hinter sich bringen und fertig.

Sie vermisste Pétur und hatte unversehens das Gefühl, dass sie inzwischen doch beinahe froh war, in Rente zu gehen, und dass die Vorstellung, ihre goldenen Jahre mit ihm zu verbringen, aufregend verlockend war. Sie würden so viel unternehmen können, durch Island reisen, vielleicht sogar ins Ausland, und das Leben in Gesellschaft des jeweils anderen genießen. Mit Pétur könnte sie wandern gehen, aber vielleicht auch ganz neue Leidenschaften für sich entdecken; sie war immer noch fit und aktiv. Vielleicht probierte sie es sogar mit Golf, der liebsten Freizeitbeschäftigung zahlreicher Kollegen. Sie war erst vierundsechzig, und es gab noch so vieles zu erleben. Vielleicht könnte sie mit Péturs Hilfe sogar versuchen, ihre finstere

Vergangenheit hinter sich zu lassen. So klar hatte sie die Dinge seit Langem nicht mehr gesehen.

Sie freute sich wirklich darauf, später nach Hause zu fahren, sich ins Bett zu legen und morgen, wenn die Sonne aufging, ihr neues Leben mit Pétur zu beginnen.

XXI

Er griff nach einer der Stirnlampen auf dem Tisch und schaltete sie ein. Dann starrte er auf sie hinab und versuchte zu begreifen, was er getan hatte. Er liebte diese Frau – und nun lag sie tot zu seinen Füßen. Er hatte sie umgebracht. Das war doch grotesk ...

Er musste jetzt ruhig überlegen. Logisch denken. Nach Möglichkeit vermeiden, dass zu viel Blut auf den Boden der Hütte sickerte.

Denk nach. Das Wichtigste war, dass niemand von ihrem Ausflug wusste. Und niemand würde im Traum darauf kommen, hier in der Hütte nach ihnen oder nach Spuren eines Verbrechens zu suchen.

Es war noch dunkel, ihm blieb also reichlich Zeit. Er musste nur einen kühlen Kopf bewahren und methodisch vorgehen.

Es war das erste Mal, dass er jemanden umgebracht hatte, und es war beunruhigend leicht gewesen.

XXII

»Hier sind wir richtig«, verkündete Bjartur. »Das ist das Tal, das Elena erwähnt hat. Mir war nicht bewusst, dass hier überhaupt Gebäude stehen. Aber es ist auch schon lange her, seit ich zum letzten Mal in der Gegend war. Sind Sie sich sicher, dass wir weiterfahren sollten?«, fügte er hinzu. »Ich bin es wirklich nicht gewohnt, einen … Sie wissen schon … Mörder zu verfolgen …«

»Jetzt, wo wir so weit gekommen sind, können wir doch nicht einfach umkehren«, entgegnete Hulda. »Es wird schon alles gut gehen. Ich glaube keine Sekunde, dass wir in Gefahr sind. Und das ist auch bestimmt der richtige Weg? Fahren wir weiter runter ins Tal?«

Die Straße war zu einem Schotterweg geschrumpft, dessen Belag mit jedem Kilometer unwegsamer wurde.

»Genau.«

Hulda fürchtete schon, ihr Skoda wäre den Schlaglöchern nicht gewachsen, doch bald forderten wieder andere Dinge, die ihr im Kopf herumgingen, ihre Aufmerksamkeit: der Todesfall im Krankenhaus, die Mutter auf dem Weg ins Gefängnis, die Konsequenzen, die dieses tragische Ereignis für Hulda selbst haben könnte, die Art, wie sie in einer einzigen furchtbaren Woche alles ruiniert hatte ... In ihren Gedanken rückte Elena immer weiter in den Hintergrund.

Es war ein schöner Abend, die Sonne stand tief am beinahe wolkenlosen Himmel, und ein paar junge Bäume warfen lange Schatten auf das blassgrüne Gras des Tals. Die Hänge selbst waren noch nicht wieder ergrünt, weil der Frühling hier oben nicht annähernd so weit fortgeschritten war wie in der Stadt. In der weiten Landschaft unter dem endlosen Himmel verspürte Hulda kurz ein Gefühl von Freiheit, von grenzenlosen Möglichkeiten. Dann machte sich die Müdigkeit wieder bemerkbar, und sie hätte alles dafür gegeben, das Wetter irgendwo anders genießen zu können – vorzugsweise mit Blick auf Péturs Garten in Fossvogur.

»Vielleicht sollten wir es für heute gut sein lassen«, murmelte sie nach weiteren fünf Minuten, in denen sie in ihrem Skoda ordentlich durchgeschüttelt worden waren.

»Ja, finde ich auch«, sagte Bjartur. »Gut hundert Meter vor uns ist eine Stelle, wo man besser wenden kann.« Im nächsten Augenblick rief er triumphierend: »Sehen Sie mal, das Gebäude! Das ist neu. Das stand da noch nicht, als ich zuletzt hier war.«

Hulda bremste und folgte Bjarturs Fingerzeig.

»Sollen wir es uns ansehen?«, schlug er vor. »Ich wette, das ist das Haus, das Elena meinte.«

»Unbedingt«, sagte Hulda.

»Haus« war leicht übertrieben. Als sie näher herankamen, erwies es sich als eine primitive Hütte inmitten einer verwaisten Baustelle – nirgends Anzeichen dafür, dass im Moment dort gearbeitet wurde. Doch dahinter befand sich eine Baugrube für ein Fundament, auf dem allem Anschein nach ein größeres Haus errichtet werden sollte. Hulda parkte vor der Hütte und ließ vor dem Aussteigen aus alter Gewohnheit den Blick über die Umgebung schweifen. In dieser offenen Landschaft und im hellen Abendlicht hätte sich niemand vor ihnen verstecken können. Es gab nicht einmal Felsen. Das einzig mögliche Versteck war die Hütte selbst.

»Sieht nicht so aus, als gäbe es hier irgendetwas zu entdecken«, sagte Hulda.

»Sollten wir nicht wenigstens einen kurzen Blick in die Hütte werfen?«, fragte Bjartur.

»Wir haben keinen Durchsuchungsbeschluss«, wandte sie ein, obwohl sie versucht war, die Regeln zu ignorieren. Was hatte sie schließlich noch zu verlieren? Zumal sie extra den weiten Weg hierhergekommen waren.

»Wir könnten zumindest durchs Fenster gucken«, schlug Bjartur vor, und Hulda zuckte mit den Schultern. Sie konnte ihn schlecht aufhalten.

Er ging um die kleine Hütte herum, spähte durch die Fenster, legte die Hand an die Türklinke – und die Tür ließ sich öffnen.

»Es ist nicht abgeschlossen«, rief er ihr zu und trat ein, ehe sie reagieren konnte.

»Ach, was soll's«, murmelte sie und folgte ihm ohne Eile. Selbst wenn jemand herausfände, dass sie ohne Erlaubnis in die Hütte eingedrungen waren, würde man sie schließlich nicht zweimal feuern können.

Als sie die Hütte betrat, spürte sie, wie ihr Herz erwartungsvoll schneller schlug, der vertraute Adrenalinkick setzte ein, und ihr Verstand schien mit einem Mal aus seiner Erstarrung zu erwachen: Jenes Detail aus ihrem Gespräch mit Amena, das sich ihr die ganze Zeit entzogen hatte, stand ihr schlagartig wieder vor Augen. Am Abend vor ihrem Tod hatte Elena angeblich stundenlang in der Hotellobby telefoniert. Und hatte der Mann am Empfang nicht erklärt, dass Nummern im Ausland blockiert waren? Elena hatte nur Russisch gesprochen. Hatte sie etwa mit Bjartur gesprochen?

Bjartur.

Wohin war er verschwunden? Er war nirgends in der winzigen Hütte zu sehen. Bevor sie sich umdrehen konnte, traf sie ein schwerer Gegenstand am Hinterkopf.

XXIII

In der Dunkelheit dauerte es eine Weile, bis er die Hütte gesäubert hatte, doch selbst danach war ihm klar, dass er so bald wie möglich mit stärkeren Reinigungsmitteln zurückkommen müsste, um die verbliebenen Spuren zu beseitigen. Er empfand eine seltsame Distanz, als wäre es ein anderer gewesen, der der Frau mit dem Eispickel den Kopf eingeschlagen hatte; als wäre er selbst bloß damit beauftragt worden, hinter ihm sauber zu machen. In gewisser Weise tat Katja ihm leid, gleichzeitig war er wütend, weil sie so dumm reagiert hatte. Sie hatte es nicht verdient zu sterben, aber unter den Umständen war seine Reaktion die einzig mögliche gewesen.

Ein Blick in das Gästebuch der Hütte hatte bestätigt, dass um diese Jahreszeit zwischen den einzelnen Besuchen zumeist Tage, wenn nicht Wochen vergingen, deshalb müsste er damit durchkommen, wenn er noch heute Abend wiederkäme ...

Doch im Augenblick war es das Wichtigste, die Leiche zu entsorgen.

Er hatte sie in den Schlafsack gesteckt, den Reißverschluss zugezogen, sie den ganzen Weg zurück zum Auto geschleift und hoffte inständig, dass der Schneefall seine Spuren schnell wieder verwischen würde. Er war zuversichtlich, dass er jetzt, im tiefsten Winter und in den dunklen Stunden vor Morgengrauen, unbeobachtet und ungestört bliebe. Nur, wie sollte er die Leiche loswerden? Alle Lösungen, die ihm einfielen, bargen ein gewisses Risiko, manche mehr als andere.

Am Ende beschloss er, ins Landesinnere bis zum nächsten Gletscher zu fahren. Er kannte dort ein Gebiet mit Felsspalten, die für seine Zwecke ideal geeignet waren. Das letzte Stück des Weges war mit dem Wagen unpassierbar, aber bei dem Wetter und dem anhaltenden Schneefall würde er die Strecke auf Skiern bewältigen können. Im Sommer, wenn es auf den Gletschern von Touristen nur so wimmelte, wäre es nicht möglich gewesen, doch um diese Jahreszeit war es das Risiko wert. Dorthin war er nun also unterwegs, dort würde er Katja für immer verschwinden lassen.

XXIV

Zu lange hatte Hulda die Augen vor der Wahrheit verschlossen. Und seit einem Vierteljahrhundert lebte sie jetzt mit den Konsequenzen. Sie wusste nicht genau, wann ihr klar geworden war, was sich anzubahnen drohte, aber da war es bereits zu spät gewesen. Schuld daran war teils ihr Leugnen, teils ihre Blindheit im Angesicht von Dingen, die direkt vor ihrer Nase passierten. Sie war sich der grässlichen Ironie durchaus bewusst; sie war immer stolz gewesen auf ihre Fähigkeiten als Ermittlerin, hielt sich für eine der besten Kommissarinnen der Truppe, eben weil ihr nichts entging und sie die Gabe hatte, lange vor ihren Kollegen Lügen und Täuschung zu durchschauen.

Als jenes Verbrechen in ihren eigenen vier Wänden verübt worden war, hatte sie trotzdem nichts mitbekommen.

Oder hatte nichts mitbekommen wollen.

Es war undenkbar gewesen. Fast ihr ganzes Erwachsenenleben lang war sie in Jón verliebt gewesen. Sie hatten jung geheiratet, er hatte sie immer gut behandelt, war ein ehrlicher und vertrauenswürdiger Ehemann gewesen.

Ihre Verliebtheit hatte sich weiterentwickelt, zumindest eine Zeit lang, und war zu einer innigen Liebe geworden. Sie erinnerte sich noch gut daran, wie er sie im ersten Jahr ihrer Beziehung umworben hatte. Dieser attraktive, charmante Mann, der so urban, so weltgewandt gewirkt hatte, hatte sie umgehauen. Nur deshalb hatte sie wohl gewisse Indizien bereitwillig übersehen und sich eingeredet, dass sie nichts zu bedeuten hätten.

Sie waren so glücklich gewesen, als Dimma geboren wurde, waren stolze Eltern gewesen. Aber als ihre Tochter zehn Jahre alt wurde, hatte sie sich verändert, war launisch geworden und hatte sich distanziert, unter Depressionen gelitten. Trotzdem hatte Hulda nach wie vor nicht geschaltet. Sie hatte sich den Luxus erlaubt, weiter ignorant zu sein, sie hatte sich eingeredet, dass die Ursachen nicht zu Hause liegen konnten.

Natürlich hatte sie versucht, mit ihrer Tochter zu reden, hatte gefragt, warum sie sich schlecht fühle, was geschehen sei, dass sie so aufgewühlt war, doch Dimma war störrisch und wortkarg geblieben, hatte jede Antwort verweigert und lieber weiter stumm gelitten. In ihren verzweifeltsten Momenten hatte Hulda sich sogar gefragt, ob sie mit der Wahl des ungewöhnlichen Namens für ihre Tochter vielleicht alles selbst heraufbeschworen hatten. »Dimma« bedeutete schließlich »Dunkel«. Als hätten sie ihre Tochter von Geburt an zur Düsternis verdammt. Dabei hatte ihnen bloß der poetische Klang gefallen. In ihren rationaleren Momenten hatte sie solche Gedanken rasch wieder verworfen.

Rückblickend bereute Hulda, Dimma nicht stärker unter Druck gesetzt und keine Antwort von ihr verlangt zu haben. Das Kind war in einem verzweifelten Zwiespalt gefangen gewesen und mit jedem Tag, der verging, tiefer in den Abgrund gesunken. In jenen letzten Wochen, bevor Dimma sich im Alter von nur dreizehn Jahren das Leben genommen hatte, hatte Hulda unruhig geschlafen, als hätte sie die Katastrophe vorausgeahnt. Trotzdem hatte sie es versäumt, energisch genug einzugreifen und auf diese Weise Dimmas Leben aufs Spiel gesetzt, als es vielleicht noch hätte gerettet werden können.

Im Moment ihres Todes, in dem Moment, als sie Jóns Reaktion gesehen hatte, war die Wahrheit krachend auf sie eingestürzt. Sie hatte nicht einmal mehr fragen müssen. Über Nacht hatte sich ihre Welt grundlegend verändert. Aber aus irgendeinem Grund hatten sie beide die Fassade aufrechterhalten, hatten im selben Haus weiter zusammengelebt und der Welt Einigkeit vorgegaukelt, obwohl ihre Ehe in genau jenem Augenblick zu Ende gewesen war. Vielleicht hatte sie die direkte Konfrontation mit Jón vermeiden wollen, weil sie gefürchtet hatte, sein furchtbares Verbrechen würde auf sie abfärben. Es hätte Getuschel gegeben – sie hätte es merken müssen, sie hätte irgendetwas tun müssen, um ihm Einhalt zu gebieten und ihre Tochter zu beschützen. Um Dimmas Leben zu retten. Allein, dass in dem Gerede ein Körnchen Wahrheit enthalten gewesen wäre, war für sie unerträglich gewesen.

Also hatte sie kein Wort zu dem Mann gesagt, der ihr einmal so sehr am Herzen gelegen hatte. Hatte ihn nicht gefragt, was er ihrer Tochter angetan hatte, die sie mehr geliebt hatte als das Leben selbst. Hatte nicht wissen wollen, wie lange der Missbrauch schon gegangen war. Aber in einem Punkt war sie sich sicher: Dimmas Selbstmord war eine direkte Folge dieses Missbrauchs gewesen. Dimma hatte sich selbst das Leben genommen, aber Jón trug die volle Verantwortung dafür.

Außerdem hätte Hulda es niemals ertragen, sich die Details anzuhören und all die widerlichen Dinge vorzustellen, zu denen er ihre Tochter gezwungen hatte.

Als Dimma starb, war auch in Hulda etwas gestorben. Das Einzige, was sie in jenen dunkelsten Zeiten, als die Trauer am schlimmsten und die Schuldgefühle unerträglich gewesen waren, in Gang gehalten hatte, war ihr lodernder Hass auf Jón.

Hulda hatte mit ihm nie wieder über ihre Tochter gesprochen, ihren Namen nie wieder erwähnt. Sie hatte es nicht über sich gebracht, ihn in Gegenwart dieses Fremden, dieses … *Monsters* laut auszusprechen. Und Jón war so klug gewesen, in Huldas Nähe auch nie wieder etwas über Dimma zu sagen.

XXV

Es dauerte eine Weile, bis Hulda wieder zu sich kam. Zunächst konnte sie sich nicht daran erinnern, was geschehen war. Wo war sie, und wer war bei ihr? Als es ihr schließlich wieder einfiel, versuchte sie, die Augen zu öffnen. Im selben Moment verspürte sie einen lähmenden Kopfschmerz.

Sie lag irgendwo. Über ihr war der Abendhimmel, aber auch ... War das Erde? Wo war sie?

Sie schloss erneut die Augen. Verdammt, ihr Kopf fühlte sich an, als würde er jeden Moment platzen. Er hatte sie niedergeschlagen. Bjartur hatte ihr auf den Kopf geschlagen. Sie zwang die Lider einen Spaltbreit auf und stellte zu ihrem ungläubigen Entsetzen fest, dass sie im Fundamentgraben der Baustelle lag.

Und über ihr – Bjartur. Mit einem Spaten in der Hand.

Sie wollte schreien, doch sobald sie den Mund öffnete, war er mit Erde gefüllt. Sie spuckte aus und stieß zwischen den rissigen Lippen hervor: »Was machen Sie?«

Bjartur grinste sie gespenstisch ruhig an.

»Ich habe ehrlich gesagt nicht erwartet, dass Sie noch mal zu sich kommen«, sagte er langsam. »Sie können so viel schreien, wie Sie wollen. Wir sind hier allein. Das Grundstück gehört einem Freund von mir. Ich helfe ihm, hier draußen ein Ferienhaus zu bauen.«

Sie versuchte vergeblich, sich aufzurichten.

»Ich habe Sie trotzdem gefesselt, nur zur Sicherheit«, fügte er hinzu. Erneut landete Erde auf Huldas Gesicht und Brust. Instinktiv kniff sie die Augen zu. Obwohl sie brannten, zwang sie sich, die Augen wieder zu öffnen.

»Was zum Teufel soll das?«, fluchte sie, als ihre Angst für einen Moment ungläubiger Wut wich.

»Ich vergrabe Sie und sorge dafür, dass Sie verschwinden. Unter dem Haus.«

Endlich nahm Huldas Gehirn die Arbeit auf. Sie versuchte, auf Zeit zu spielen. »Kann ich ... Kann ich einen Schluck Wasser haben?«

»Wasser?« Er hielt kurz inne. »Nein, das hat keinen Sinn. Es ist Ihre eigene Schuld, wissen Sie. Sie hätten *nie* vorbeikommen, nie bei mir herumschnüffeln und mich nach Katja fragen dürfen. Niemand wusste von der Verbindung zwischen Katja und Elena ... und mir. Ich darf kein Risiko eingehen, das verstehen Sie sicher.«

»Sie meinen, Sie wollen mich umbringen?«

»Ich ... Ich werde Sie vergraben. Und ja, Sie werden vermutlich sterben.«

Mit wild pochendem Herzen unternahm Hulda einen weiteren Versuch, sich zu befreien, doch sie konnte sich nur hin- und herwälzen. Bjartur setzte ihr die Spatenspitze auf die Brust und drückte fest zu. »Bleiben Sie liegen!«

»Haben Sie ... Haben Sie so auch Katja entsorgt?«, fragte Hulda. Egal was, Hauptsache, er redete weiter.

»Gewissermaßen. Aber sie ... liegt woanders.«

»Wo?«

»Ich glaube nicht, dass Sie das etwas angeht. Andererseits werden Sie es wohl niemandem mehr erzählen können, schätze ich. Sie liegt an einem kälteren Ort als Sie.« Er grinste. »Sie hat mit mir auch einen Ausflug aufs Land gemacht, aber die Umstände waren ein bisschen anders. Sehen Sie ... Ich war verliebt in sie, und das wusste sie auch. Ich dachte, der Ausflug könnte der Beginn einer Beziehung werden, aber sie hatte es sich dann wohl doch anders vorgestellt und ... Nun ja, was geschehen ist, ist geschehen.«

Um gegen die aufsteigende Panik anzukämpfen, konzentrierte Hulda sich darauf, gleichmäßig zu atmen, damit sie wieder klar denken konnte. Es musste einen Ausweg geben, eine Möglichkeit, ihn umzustimmen. Aber dafür brauchte sie mehr Zeit. Sie musste ihn in ein Gespräch verwickeln – und sich selbst von der Aussicht ablenken, lebendig begraben zu werden.

»Sie haben auch Elena umgebracht, oder?«, stieß sie hervor, als sie ihre Stimme wieder unter Kontrolle hatte. »Sie haben am Abend vor ihrem Tod lange miteinander telefoniert. Das haben Sie nie erwähnt.«

»Elena hatte sich alles zusammengereimt«, erklärte Bjartur. Er hatte wieder angefangen zu schaufeln, machte jedoch erneut eine Pause und hieb die Spatenspitze für einen Moment in den Boden. »Elena war die Einzige, die wusste, dass Katja und ich befreundet waren. Sie hat einfach nicht aufgehört, mich mit Fragen zu nerven, was mit Katja passiert war. Anfangs habe ich gelogen und behauptet, ich hätte Katja geholfen, den Behörden zu entkommen und sich auf dem Land zu verstecken. Aber Elena lag mir permanent in den Ohren, dass sie Katja sehen wollte. Ja, sie hat mich an dem Abend angerufen ... dem Abend ihres Todes. Sie hat gedroht, zur Polizei zu gehen. Das konnte ich ihr zum Glück ausreden. Trotzdem musste ich sie zum Schweigen bringen, das verstehen Sie doch bestimmt?«

Hulda nickte.

»Ich habe sie zu einem Spaziergang eingeladen. Sie hatte keinen Grund, sich vor mir zu fürchten.«

XXVI

»Ich muss Katja sehen!«, rief Elena am Telefon. »Ich muss!«

»Das geht nicht«, erwiderte Bjartur. Er saß in seiner Garage, genauer gesagt: in der Garage seiner Eltern. Der Monat hatte ihm einiges abverlangt. Es waren nicht genug Jobs reingekommen, und er war zu apathisch gewesen, um an seinen eigenen Geschichten weiterzuarbeiten. Der Zwischenfall im Gebirge setzte ihm immer noch zu. Immer wieder hatte er den Moment vor Augen, in dem er die Frau, die er liebte, hatte töten müssen. Katja, die als Asylbewerberin ins Land gekommen war. Die er kennengelernt hatte, als er für sie dolmetschen sollte. Sie hatten sich von Anfang an gut verstanden, zumindest hatte er das geglaubt. Und sie war so schön gewesen …

Da Katja kein Wort Englisch gesprochen hatte, hatte sie sich oft hilfesuchend an ihn gewandt, und manchmal hatten sie den ganzen Abend geplaudert. Sie waren beide an der Natur und an russischer Literatur interessiert gewesen. Es war ihm nie leichtgefallen, mit Frauen zu reden – mit isländischen Frauen jedenfalls –, und mit seinen gut vierzig Jahren hatte er sich mehr oder weniger damit abgefunden, für den Rest seines Lebens allein zu bleiben. Doch dann war Katja in sein Leben getreten. Er hatte davon geträumt, sie zu heiraten, womit sie automatisch eine Aufenthaltserlaubnis bekommen hätte. Vielleicht hätte er endlich auch bei seinen Eltern ausziehen oder sie in ein Seniorenheim verfrachten und dann mit Katja in deren Haus ziehen können. In seiner Fantasie hatte er ihre gemeinsame Zukunft bereits geplant und nur auf den richtigen Moment gewartet, ihr seine Liebe zu gestehen. Er war zuversichtlich, dass Katja genauso empfand. Dass sie ihn liebte. Dann hatte sie beiläufig die Bemerkung fallen lassen, dass sie gerne einen Ausflug raus aus der Stadt machen würde. Er hatte sie sofort beim Wort genommen, weil er wusste, dass das seine Chance war. Er würde ihr das Landesinnere zeigen, wo sie in einer Hütte übernachten könnten. Und dort, zu zweit allein und von der Außenwelt abgeschnitten, dort würde ihre Beziehung beginnen.

Aber es war alles ganz anders gekommen. Am Ende hatte er sie töten müssen. Natürlich hatte er das nicht gewollt, aber manchmal hatte man keine Wahl. Genau wie in Elenas Fall: Er war gezwungen gewesen, auch sie umzubringen. Sie hatte ständig nach Katja gefragt, sodass er hatte lügen und behaupten müssen, er habe ihr geholfen unterzutauchen. Katja habe gehört, dass sie wahrscheinlich keine Aufenthaltsgenehmigung bekommen würde, und sei in Panik geraten. Das stimmte natürlich nicht, aber er hatte mit einem plausiblen Grund aufwarten müssen, warum sie angeblich untergetaucht war. Und Elena hatte die Geschichte zu Beginn auch nicht angezweifelt.

Er hatte gebetet, dass sie bald abgeschoben würde, damit er sie nie wiedersehen müsste und Katjas Schicksal nie ans Licht käme. Die Polizei hatte anfangs noch nach ihr gesucht, doch niemand hatte von ihrem Ausflug in die Berge erfahren, und außer Elena hatte auch niemand gewusst, dass er und Katja sich so gut verstanden hatten. Das hieß – bis zu jener Nacht in der Hütte.

Dann kam der Tag, als Elena ihn anrief. Soweit sie es mit ihrem begrenzten Englisch verstanden hatte, hatte man ihr erklärt, ihr Asylantrag sei bewilligt worden. Als sie ihm die Neuigkeit am Telefon erzählte, geriet er in Panik: Sie wollte Katja sehen, ihr die gute Nachricht überbringen und sie überreden, sich den Behörden zu stellen, damit sie gemeinsam ein neues Leben in Island beginnen könnten.

»Ich muss sie sehen«, beharrte Elena. »Und du bist der Einzige, der mir helfen kann. Sag mir einfach, wo sie ist, ich werde es niemandem verraten. Ich will sie einfach nur sehen und mit ihr reden.«

»Das Risiko dürfen wir nicht eingehen«, sagte er.

Am anderen Ende der Leitung herrschte Stille.

»Dann gehe ich zur Polizei«, brachte Elena zu guter Letzt hervor.

»Zur Polizei?«

»Ja. Ich werde ihnen erzählen, dass du ihr geholfen hast unterzutauchen. Und wenn die Polizei dich befragt, musst du die Wahrheit sagen. Dann hat Katja vielleicht eine Chance, verstehst du das nicht? Eine Chance auf eine richtige Aufenthaltsgenehmigung. Aber erst muss sie sich stellen.«

Wieder herrschte Schweigen. Und nach dem langen Telefonat war Bjartur mit den Nerven am Ende. Der Druck, ständig lügen zu müssen, zermürbte ihn. Und jetzt kam auch noch Angst dazu.

Er konnte nicht ins Gefängnis gehen. Er konnte nicht. Seine Tat durfte nie ans Licht kommen. Katjas Leiche lag für alle Zeiten unauffindbar auf dem Grund einer Gletscherspalte, und die belastenden Spuren in der Hütte hatte er weggeschrubbt, so gut es ging. Außerdem ahnte keine Menschenseele, dass er überhaupt dort gewesen war. Er war ungeschoren davongekommen, hatte er zumindest geglaubt. Bis Elena, diese blöde Kuh, beschlossen hatte, alles zu ruinieren.

»Okay«, sagte er schließlich.

»Okay?«, wiederholte Elena hörbar erstaunt. »Du willst, dass ich zur Polizei gehe?«

»Nein, ich sage dir, wo sie ist. Oder ... möchtest du lieber gleich heute Abend mitkommen und sie persönlich treffen?«

»Was? Im Ernst? Natürlich möchte ich das.«

Noch während er es aussprach, ratterten die Rädchen in seinem Kopf, als er versuchte, den optimalen Ort auszuwählen. Vielleicht die einsame Bucht bei Flekkuvík auf halbem Weg zwischen Reykjavík und Keflavík? Durch seine Arbeit als Touristenführer kannte er die Gegend gut, er war überhaupt mit einem Großteil des Landes gut vertraut, entweder weil er selbst herumgereist war oder Bücher über diverse Landesteile gelesen hatte.

Der Vorteil dieser Bucht bestand darin, dass man sie we-

der vom nächsten Haus noch von der Straße aus sehen konnte, obwohl sie nur eine Viertelstunde von Njarðvík entfernt lag. Sie würden garantiert die Einzigen dort sein, weil man mit dem Auto nicht bis direkt ans Meer fahren konnte. Sie würden aussteigen und die letzten paar hundert Meter laufen müssen.

»*Kannst du mich abholen?*«*, fragte Elena.*

»*Hm ... Nicht in der Unterkunft. Wir dürfen nicht riskieren, gesehen zu werden, solange Katja sich versteckt. Das verstehst du doch.*« *Er nannte ihr einen Laden in fußläufiger Entfernung zur Unterkunft und bat Elena, ihn dort zu treffen.*

»*Wie weit ist es denn noch*«*, jammerte Elena mit vor Kälte klappernden Zähnen. Obwohl kein Schnee lag, war es eiskalt, und sie war nicht angemessen gekleidet. Das ließ sich nun nicht mehr ändern. Bjartur führte sie zur Bucht. Vor ihnen lagen mehrere Gebäude, die in der Dunkelheit nur schwer auszumachen waren.*

»*Sie ist in dem Haus da drüben, in dem, das näher am Meer steht als die anderen*«*, sagte er schließlich.*

»*Dann ist Katja wirklich hier?*«

»*Niemand würde darauf kommen, hier nach ihr zu suchen.*«

»*Unglaublich! Du meinst, sie war die ganze Zeit hier?*«

»*Am Anfang hat sie bei mir gewohnt*«*, sagte Bjartur im Plauderton. Einen Moment lang glaubte er es fast selbst, verlor sich in seiner Fantasie, Katja zu heiraten und mit ihr* *in seinem Elternhaus zu leben.* »Aber das war zu riskant«, *fuhr er fort.* »Meine Eltern wohnen nebenan, sie hätten es früher oder später bemerkt.«

»*Verstehe*«, *sagte Elena.*

In der Dunkelheit konnte er ihr Gesicht nicht sehen. Glaubte sie ihm?

»*Ich bin sicher, sie bekommt bald auch eine Aufenthaltsgenehmigung*«, *sagte Elena nach einer Weile.* »*So unterschiedlich ist unsere Situation nicht.*«

»*Da hast du recht*«, *sagte Bjartur.*

»*Aber ... es ist schade, dass sie erst weglaufen musste. War das deine Idee?*«, *fragte sie vorwurfsvoll.*

»*Meine Idee? Natürlich nicht*«, *erwiderte Bjartur vorgeblich empört.* »*Ich habe mir alle Mühe gegeben, es ihr auszureden.*«

»*Weiß sie es? Dass wir kommen, meine ich.*«

»*Nein. Sie hat dort kein Telefon.*«

Elena schwieg. Erst als sie sich den Häusern näherten, sprach sie wieder.

»*Weißt du, das fühlt sich irgendwie verkehrt an, Bjartur. Niemand würde hier wohnen wollen. Die Fenster haben nicht mal Scheiben. Diese Häuser stehen leer.*«

»*Sei nicht albern. Ich schwöre dir, dass sie da ist.*«

Als Elena sich zu ihm umdrehte, hatte sie die Augen argwöhnisch zusammengekniffen.

»*Lügst du mich an?*«

Allein mit ihm in der Kälte und Dunkelheit war sie mit einem Mal starr vor Angst.

Bjartur blieb stehen. Es ging kaum Wind, und das Gemurmel des Meeres war hypnotisierend. Er sah sie an. Sie würde ihm nicht entkommen.

»Lügst du mich an? Warum lügst du?« Sie klang jetzt schrill. »Wo ist Katja?«

Langsam wich sie vor ihm zurück, doch Bjartur rührte sich nicht.

Im nächsten Moment wirbelte sie herum und floh in die Dunkelheit.

Es dauerte nicht lange, bis er sie eingeholt hatte. Er schleuderte sie zu Boden, griff sich einen Stein und schlug ihr damit auf den Kopf, bis sie bewusstlos war. Oder tot? Wahrscheinlich nicht. Er meinte, ihren Puls zu spüren.

Bjartur hob sie hoch und trug ihren schlaffen Körper zur Bucht hinunter. Ein- oder zweimal stolperte er im Dunkeln über Felsbrocken. Am Ufer drehte er Elena behutsam auf den Bauch, legte ihren Kopf ins Salzwasser und drückte fest zu.

XXVII

»Wollen Sie mir sagen, dass in den Papieren, die ich Ihnen gebracht habe, gar nichts stand?«, fragte Hulda. Ihr Verstand arbeitete fieberhaft; sie war fest entschlossen, alles in ihrer Macht Stehende zu tun, um das Gespräch in Gang zu halten.

Bjartur lachte. »Nichts von Interesse. Ich musste natürlich schnell schalten, als Sie Katja erwähnt haben, und mir irgendeinen Vorwand ausdenken, um Sie aus der Stadt zu locken. Ich muss Sie loswerden, es gibt keine Alternative.«

Hulda fluchte stumm in sich hinein. Dieser Tag hatte sich als Höllentag entpuppt – all ihre Fehler kehrten sich gegen sie und verfolgten sie: Emmas Geständnis, der Mann, der im Krankenhaus ermordet worden war, Ákis Verhaftung. Sie hätte heute Morgen besser gar nicht aufstehen sollen. Normalerweise hätte sie die Gefahr viel schneller gewittert, doch die Sorgen hatten ihren Blick getrübt.

»Bitte, geben Sie mir ein bisschen Wasser«, keuchte Hulda, obwohl es ihr zutiefst zuwider war, den Mann um irgendetwas anzuflehen.

»Später«, sagte er, doch sie war sich nicht sicher, ob es ein Später geben würde.

»Haben die zwei eigentlich als Prostituierte gearbeitet?«, fragte sie.

Bjartur brach in Gelächter aus. »Natürlich nicht. Keine von beiden. Sie waren gute Mädchen, vor allem Katja. Sie war entzückend.«

»Aber ...« Erst jetzt und viel zu spät erkannte Hulda, wie Bjartur sie in die Irre geführt und gleich zu Beginn ihrer Ermittlung auf eine falsche Fährte gelockt hatte.

»Sie haben mich eiskalt erwischt, als Sie plötzlich vor meiner Tür standen«, fuhr er fort. »Ich hatte die ganze Sache längst abgehakt und gedacht, der Fall wäre schon vor Urzeiten abgeschlossen worden. Ich musste mir auf die Schnelle irgendwas ausdenken, um Ihre Aufmerksamkeit von mir abzulenken. Dann hatte ich einen Geistesblitz: Ich habe Ihnen erzählt, dass Elena eine Professionelle gewesen sei. Und es hat ziemlich gut funktioniert, oder nicht? Ich hab Sie getäuscht.«

Hulda blinzelte sich die Erde aus den Augen und sah, dass Bjartur versonnen lächelte.

Sie spürte, wie ihr die Panik erneut das Herz zuschnürte, doch davon durfte sie sich nicht beeinträchtigen lassen. Für einen kurzen Moment war sie wieder das unartige Kind, das von der Großmutter in die Kammer gesperrt worden war.

Sie schloss kurz die Augen und konzentrierte sich auf das Vogelgezwitscher. Jemand würde ihr zu Hilfe kommen. Obwohl es schon nach Mitternacht war, musste doch noch jemand in der Nähe sein. Oder vielleicht würde Bjartur es sich noch anders überlegen, vielleicht wollte er ihr nur Angst machen ... Doch mit jeder Sekunde, die verstrich, verebbte ihre Hoffnung ein bisschen mehr.

»Damit werden Sie nicht durchkommen«, sagte sie schließlich, klang aber selbst in ihren eigenen Ohren nicht überzeugend.

»Ich bin schon mit zwei Morden durchgekommen. Langsam habe ich eine gewisse Routine. Und ich werde dafür sorgen, dass man Sie niemals finden wird. Wir gießen noch in dieser Woche das Betonfundament.«

»Aber ...« Im selben Moment kam ihr das Handy in den Sinn. Es musste doch möglich sein, ihren Standort zu orten und zu rekonstruieren, wo sie sich aufgehalten hatte, selbst wenn es zu spät wäre, um sie zu retten.

Wieder schien Bjartur ihre Gedanken zu lesen.

»Um Ihr Handy habe ich mich schon vor Stunden gekümmert. Erinnern Sie sich, als ich Sie gebeten habe, es mir zu leihen? Ich habe so getan, als würde ich meinen Vater anrufen und dabei den Akku rausgenommen.«

»Bleibt immer noch mein Wagen.«

»Der bereitet mir tatsächlich mehr Kopfzerbrechen, das können Sie mir glauben, aber den werde ich schon irgendwo los. Ich könnte ihn von einer Klippe ins Meer stoßen und dann irgendwie anders nach Hause kommen.

Außerdem interessiert sich ohnehin niemand dafür, was ich gemacht habe, weil ich in diesem Fall nie verdächtig war. Keine Sorge – ich werde damit durchkommen.«

Dann schippte er weiter.

XXVIII

Der Vorteil von Dunkelheit ist, dass es keine Schatten gibt.
Hulda schloss die Augen.
Sie hatte beschlossen, sich nicht mehr zu wehren. Den Widerstand einzustellen.
Die erstickende Klaustrophobie war entsetzlich, unbeschreiblich, aber seltsamerweise spürte sie, wie sich zugleich auch eine Art Frieden über sie senkte, nachdem sie sich dem Unvermeidlichen ergeben hatte: der Einsicht, dass niemand ihr zu Hilfe kommen würde; dass dies die letzten Minuten ihres Lebens waren. Sie würde die Demütigung, wegen eines Dienstvergehens angeklagt zu werden, nicht mehr ertragen müssen. Sie war sich sicher, dass Magnús im Fall ihres Todes die interne Untersuchung gegen sie einstellen würde. Ihre Gedanken wanderten weiter zu Pétur. Der würde bereits auf sie warten. Vielleicht hatte er sogar schon versucht, sie anzurufen. Nun würde er für immer warten müssen.
Ihr Gesicht war jetzt beinahe vollständig mit Erde bedeckt.
Vor allem aber bot der Tod einen gnädigen Ausweg: das

Ende ihrer Albträume. Die lang ersehnte Absolution. Frieden. Seit zwanzig Jahren und mehr hatte Hulda versucht, die Tat zu büßen, die so schwer auf ihr lastete, indem sie Verständnis und Mitgefühl für die Schuldigen aufgebracht hatte. Manchmal hatte sie dabei Grenzen überschritten, wie im Fall von Emma. Die Frau hatte ein Verbrechen begangen, hatte einen Pädophilen überfahren, aber Hulda hatte sie nur zu gut verstanden.

Sie wusste nicht, wie viel Zeit ihr noch blieb. Vielleicht nur noch ein paar kurze Sekunden.

In diesem Moment wünschte sie sich beinahe, an eine höhere Macht zu glauben. Als Kind war sie mit ihren Großeltern regelmäßig in die Kirche gegangen, aber nach dem Tod ihrer Tochter hatte sie auch der letzte Rest Gläubigkeit verlassen.

Ihre Gedanken kehrten zu Jón und Dimma zurück.

Einst hatte sie niemanden auf der Welt mehr geliebt als diese beiden, ihren Mann und ihre gemeinsame Tochter. Aber nachdem sie herausgefunden hatte, dass Jón Dimma unsagbare Grausamkeiten angetan hatte, war ihre Liebe in Hass umgeschlagen. Mit brutaler Härte hatte sie beide verloren: Dimma hatte sich das Leben genommen, und Jón hatte sich in ein Monster verwandelt. Ihr Hass war mit jedem Tag größer geworden, intensiver, war zu einer gewaltigen unkontrollierbaren Wut angeschwollen. Was Jón getan hatte, war unverzeihlich, trotzdem hatte er weiterleben dürfen und Dimma nicht. Jedes Mal wenn Hulda ihn angesehen hatte, hatte sie an ihre Tochter denken müssen.

Dimma war tot, Hulda hatte sie im Stich gelassen, und trotzdem wurde sie von der Liebe einer Mutter für ihr Kind durchströmt, stärker noch als in der Zeit, als ihre Tochter noch gelebt hatte.

Sie hatte Jón aus ihrem Leben tilgen müssen. Eine Scheidung hätte nicht ausgereicht, und sie hatte keine Lust gehabt, ihn anzuzeigen und eine öffentliche Anhörung wegen sexuellen Missbrauchs über sich ergehen zu lassen. Nein, an der Oberfläche hatte alles bleiben sollen, wie es gewesen war, aber Jón hatte weggemusst, er hatte den Preis für seine abscheulichen Verbrechen bezahlen müssen.

In seinem Fall hatte sich das als ziemlich einfach erwiesen.

Jón hatte Herzprobleme gehabt, aber mit den richtigen Medikamenten hätte er gut bis ins hohe Alter leben können.

Hulda hatte seine Tabletten gegen ein nutzloses Placebo ausgetauscht und abgewartet. Sie hatte gehofft, dass er eines schönen Tages einfach einschlafen und nie wieder aufwachen würde.

Natürlich wusste sie, dass das, was sie tat, falsch war. Nicht nur falsch, es war schlicht und einfach Mord. Doch das verdrängte sie und konzentrierte sich ganz auf die Aufgabe, Jón loszuwerden – um damit hoffentlich ein wenig Frieden zu finden, ein wenig Gerechtigkeit wiederherzustellen. Sie musste den Tod ihrer Tochter rächen. Sie konnte den Gedanken, dass Jón weiterleben durfte, nicht ertragen.

Nachdem sie ihren Plan geschmiedet hatte, hatten sich alle Bedenken zerstreut. Die kamen erst später wieder, aber da war es schon zu spät.

Am Ende war sie des Wartens überdrüssig geworden und eines Tages zum Mittagessen nach Hause gefahren, wohl wissend, dass Jón dort sein würde. Sie brach vorsätzlich einen Streit vom Zaun und führte ihn gnadenlos so lange weiter, bis Jón sich dermaßen aufregte, dass er einen Herzinfarkt erlitt.

Er fiel auf den Wohnzimmerboden, unfähig, etwas zu sagen, unfähig zu schreien, doch er lebte noch. Sah sie flehend an. Er hatte nicht die geringste Ahnung, was sie getan hatte, und Hulda hatte nicht das Bedürfnis, sich zu erklären. Sie stand einfach da, sah ihm beim Sterben zu und dachte an Dimma. Als er schließlich tot war, war sie erleichtert, weil es endlich vorbei war.

Sie wusste, dass sie nun endlich nach vorn schauen konnte. Natürlich würde nichts je wieder normal sein, doch sie hatte getan, was sie hatte tun müssen.

Sie hatte einen Mann getötet, der ein noch viel schlimmeres Verbrechen begangen hatte als Mord.

Sie ließ ihn auf dem Boden liegen und fuhr zurück ins Büro.

Später kam sie erneut nach Hause, »fand« die Leiche und wählte den Notruf. So einfach war das.

Ein Mann mit einem schwachen Herzen war tot zusammengebrochen, so etwas war nicht ungewöhnlich. Vor nicht allzu langer Zeit hatte die Tochter sich umgebracht;

das hatte sich wohl als zu schwere Belastung erwiesen. Es gab nicht den Hauch eines Verdachts über den wahren Grund für Dimmas Selbstmord, geschweige denn, dass Jón keines natürlichen Todes gestorben sein könnte. Alles Mitgefühl galt seiner Frau, einer Polizistin. Natürlich gab es keine Untersuchung. Hulda war mit ihrer Tat davongekommen.

Trotzdem war seither kaum eine Nacht vergangen, in der Jón sie nicht in ihren Träumen heimgesucht hatte. Sie hatte einen Mord begangen, war damit durchgekommen und hatte dann festgestellt, dass sie nicht damit leben konnte. Insofern war es vielleicht eine passende Strafe, dass auch ihr Leben grausam enden sollte.

Hulda versuchte, nicht erneut in Panik zu geraten, obwohl ihre Atemwege blockiert waren und sie würgen musste. Sie fügte sich dem Unvermeidlichen und dachte an ihre Tochter; Dimma war immer in ihren Gedanken gewesen, aber in diesem Moment sah sie ihr Gesicht deutlich vor sich und war von einer grenzenlosen Liebe erfüllt, in die sich entsetzliche Schuld mischte.

Dimma …

Bjartur schien eine Pause eingelegt zu haben. Um zu Atem zu kommen vielleicht. Oder hatte sie den Namen ihrer Tochter laut ausgesprochen und ihn verwirrt?

Dann schaufelte er weiter.

Die Vögel sangen.

Sie wussten nicht, dass es Nacht war.

EPILOG

»Es ist schön zu sehen, dass an diesem sonnigen Tag so viele Menschen zusammengekommen sind, um Hulda Hermannsdóttir die letzte Ehre zu erweisen«, sagte der Priester. »Dies ist keine Beerdigung, da Hulda bislang nicht gefunden wurde, wie wir alle wissen. Wir beten aus tiefstem Herzen, dass sie irgendwo da draußen noch bei uns ist und ihr Leben genießt – dass sie einfach gegangen ist, aus Gründen, die nur sie selbst kennt. Deshalb sollten wir diesen Tag vielleicht besser als Gelegenheit betrachten, Huldas Leben zu feiern, auch wenn dies in vielerlei Hinsicht ein trauriger Anlass ist. Noch immer weiß niemand genau, was an Huldas letztem Arbeitstag geschehen und warum sie spurlos verschwunden ist, unmittelbar vor dem Beginn eines langen und glücklichen Ruhestands, der die Belohnung für ihren hingebungsvollen Dienst bei der Polizei hätte werden sollen. Es versteht sich von selbst, dass nicht jeder diesen Meilenstein willkommen heißt. Manche haben Angst vor dem Tag, andere können ihn kaum erwarten. Wir wissen nicht, was Hulda an ihrem letzten Arbeitstag durch den Kopf ging – genauso wenig, wie wir wissen, wo sie jetzt ist. Aber wir können gewiss sein, dass sie versöhnt mit Gott und mit ihren Mitmenschen Ruhe gefunden hat.

Hulda konnte auf eine herausragende Laufbahn im Polizeidienst zurückblicken. Sie war rasch aufgestiegen und hat auf ihrem Karriereweg stets den Respekt ihrer Kollegen und Vorgesetzten genossen. Einen Großteil dieser Karriere hat sie der Aufklärung von Schwerverbrechen gewidmet, weil sie für den Frieden und die Sicherheit ihrer Mitbürger Sorge trug. In den vergangenen Jahren war sie an der Lösung zahlreicher prominenter Fälle beteiligt, oftmals in vorderster Reihe, mitunter aber auch hinter den Kulissen, weil sie in der für sie typischen Bescheidenheit das Rampenlicht meist gemieden hat.

Viele von Huldas Kollegen haben in diesem Frühling bei der Suche nach ihr weit mehr getan als ihre Pflicht, obwohl es nicht den geringsten Hinweis darauf gibt, wohin sie verschwunden sein könnte. Ich weiß, dass Hulda tief bewegt gewesen wäre von der selbstlosen Großzügigkeit dieser Anstrengungen, die von der Zuneigung zeugen, die ihr entgegengebracht wird. Ihre Freunde haben sich geweigert, die Suche aufzugeben, bis es irgendwann keine Spur mehr gab, die sie noch hätten verfolgen können. Die meiste Zeit haben sie das Gebirge durchkämmt, wo Hulda sozusagen zu Hause war – denn wie Sie alle bestimmt wissen, war das Wandern in den Bergen Huldas größte Leidenschaft, oder, um es mit ihren eigenen Worten zu sagen, sie war eine echte Bergziege. Ich habe den Überblick darüber verloren, wie viele Gipfel sie erklommen hat – wahrscheinlich wusste sie es selbst nicht genau. Wollen wir uns also wünschen, dass sie am Vorabend ihrer Pensionierung zur Feier des Tages einen ihrer Lieblingsberge erklommen hat, ein Ausflug, der sich als ihr letzter erwies. Finden wir Trost in der Vorstellung, dass sie nun im Herzen der isländischen Wildnis ruht, die sie so sehr geliebt hat.

Aufgrund schwieriger familiärer Umstände verbrachte Hulda ihre ersten beiden Lebensjahre in einem Kinderheim in Reykjavík. Das war damals nicht ungewöhnlich, und sie wurde von der liebevollen Belegschaft bestens umsorgt. Im Alter von zwei Jahren kam sie zurück zu ihrer Mutter, beide zogen später bei Huldas Großeltern mütterlicherseits ein, sodass sie endlich doch eine Familie um sich hatte. Hulda hatte zeitlebens eine starke Bindung zu ihrer Mutter, ihrem Großvater und ihrer Großmutter. Diese glückliche, liebevolle Kindheit kam Hulda in ihrem späteren Leben zugute: Sie hatte eine offene, sonnige Art und kam mit allen gut aus. Ihren Vater, einen Amerikaner, hat Hulda hingegen nie kennengelernt.

Aber es waren vor allem zwei Menschen, die die wichtigsten Plätze in Huldas Herzen einnahmen: Der eine war Jón, ihr Mann, den sie früh kennengelernt und nach kurzer Bekanntschaft geheiratet hat – eine glückliche Entscheidung. Die beiden wurden mir als echte Seelenpartner beschrieben. Hulda und Jón hielten durch dick und dünn zusammen, teilten zahlreiche Interessen und ergänzten einander, so wie es gute Gefährten tun. Freunde bezeugen, dass die beiden nie ein böses Wort gewechselt haben. Sie schufen sich auf Álftanes, damals noch eine ländliche Gemeinde, ein Zuhause am Meer, und vielleicht wurde dort Huldas Leidenschaft für die isländische Landschaft geweckt.

Dort war es auch, wo ihr Augenstern, ihre Tochter Dimma, zur Welt kam. Dimma war beliebt bei ihren Klassenkameraden, eine vorbildliche Schülerin und ein Mädchen mit einer verheißungsvollen Zukunft. Ihre Eltern waren enorm stolz auf sie. Deshalb war ihr tragischer Tod als junger Teenager ein umso erschütternderer Schlag für sie beide. Jón und Hulda bewältigten ihn mit Stoizismus und Mut, blieben unzertrennlich wie eh und je und spendeten einander zweifelsohne großen Trost. Sie lebten weiter auf Álftanes und kehrten nach einer Weile zu ihrer Arbeit zurück: Hulda zur Polizei, Jón zu seinem Job als Investmentberater. Dann verlor Hulda zwei Jahre später auch Jón, die Liebe ihres Lebens. Einige Jahre zuvor hatte man bei ihm eine Herzschwäche diagnostiziert, doch niemand hätte erwartet, dass er so jung sterben würde. Wieder stand Hulda vor der Herausforderung, einen furchtbaren Schicksalsschlag zu bewältigen. Sie tat es mit unbezwingbarem Mut, rappelte sich auf, ging das Leben erneut an und machte sich um ihren anstrengenden Beruf weiter verdient.

Hulda hat Jón und Dimma nie vergessen. Und wie wir wissen, ist sie auch ihrem christlichen Glauben immer treu geblieben. Sie war davon überzeugt, dass sie im nächsten Leben mit ihren Liebsten wiedervereint werden würde. Für uns alle, die wir Hulda so schmerzhaft vermissen, liegt ein Trost in der Gewissheit, dass sie nun in Jóns und Dimmas Armen liegt, die sie mehr geliebt hat als das Leben selbst.

Gott segne das Andenken an Hulda Hermannsdóttir.«

DANK

Mein besonderer Dank gilt Haukur Eggertsson für seinen Rat zu Expeditionen ins Hoch- und Inland und der Staatsanwältin Hulda María Stefánsdóttir für ihre Hilfe bei allen Fragen zur Polizeiarbeit.

Kommissarin Hulda kehrt zurück!

Lesen Sie auch den zweiten Teil
der Hulda-Trilogie von Ragnar Jónasson,
der fünfzehn Jahre früher spielt.

Leseprobe

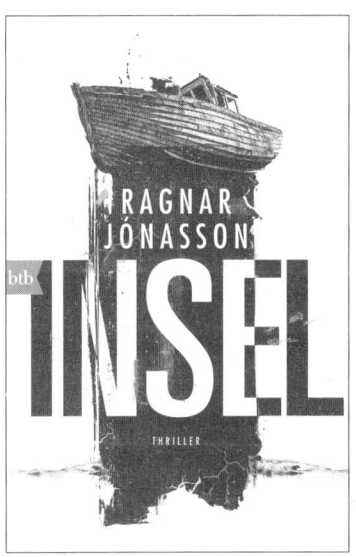

Ragnar Jónasson

INSEL

Thriller

*Aus dem Englischen
von Kristian Lutze*

PROLOG

KÓPAVOGUR, 1988

Die Babysitterin war zu spät.

Das Paar ging abends fast nie aus, deshalb hatten sie sich lange im Voraus vergewissert, dass sie Zeit hatte. Sie wohnte um die Ecke und hatte schon ein paarmal für sie babygesittet, doch abgesehen davon wussten sie nicht viel über sie und ihre Familie, obwohl sie die Mutter vom Sehen kannten und grüßten, wenn sie ihr in der Nachbarschaft begegneten. Aber ihre siebenjährige Tochter blickte zu der Einundzwanzigjährigen auf, die der Kleinen sehr erwachsen und glamourös vorkam. Sie redete immer davon, wie viel Spaß sie zusammen gehabt hatten, was für hübsche Kleider sie trug und welch aufregende Gutenachtgeschichten sie erzählte. Auch weil ihre Tochter von der Aussicht auf einen Abend mit der Babysitterin begeistert gewesen war, hatte das Paar kein allzu schlechtes Gewissen gehabt, die Einladung anzunehmen; sie waren beruhigt, dass ihre Tochter nicht nur in guten Händen sein, sondern sich auch amüsieren würde.

Sie hatten ausgemacht, dass die Babysitterin von sechs bis Mitternacht da sein sollte, doch mittlerweile war es bereits nach sechs, genau genommen kurz vor halb sieben, und das Abendessen sollte um sieben Uhr anfangen. Der Ehemann wollte schon anrufen und fragen, was los sei, doch seine Frau war dafür, noch zu warten: Die Babysitterin würde schon kommen.

Es war ein Samstagabend im März, und sie waren voller Erwartung gewesen, bis die Babysitterin nicht pünktlich aufgetaucht war. Das Paar hatte sich genauso sehr auf einen unterhaltsamen Abend mit den Kollegen der Frau aus dem Ministerium gefreut wie ihre Tochter auf den Abend mit der Babysitterin. Sie besaßen keinen Videorekorder, aber zu diesem besonderen Anlass waren Vater und Tochter zur örtlichen Videothek gegangen und hatten sich dort ein Abspielgerät und drei Filme ausgeliehen. Das kleine Mädchen hatte die Erlaubnis, so lange aufzubleiben, wie sie wollte und bis ihr die Puste ausging.

Es war kurz nach halb sieben, als es an der Tür klingelte. Die Familie wohnte in einem kleinen Wohnblock in Kópavogur unmittelbar südlich von Reykjavík, eine verschlafene Gemeinde, eingeklemmt zwischen Reykjavík und anderen kleineren Vororten im Großraum der Hauptstadt, in die die meisten Bewohner zur Arbeit pendelten.

Die Mutter hob den Hörer der Gegensprechanlage ab – es war endlich die Babysitterin. Kurz darauf stand sie nass bis auf die Knochen vor der Wohnungstür und erklärte, sie sei zu Fuß gekommen. Draußen regnete es so heftig, dass sie aussah, als hätte ihr jemand einen Eimer Wasser über den Kopf gekippt.

Das Paar winkte ab, bedankte sich, dass sie einspringen konnte, erinnerte sie an die wichtigsten Hausregeln und fragte noch, ob sie wisse, wie man einen Videorekorder bediente, worauf die Tochter ihnen ins Wort fiel und erklärte, dass sie keine Hilfe bräuchten. Sie konnte es offensichtlich kaum erwarten, ihre Eltern loszuwerden, damit das Videofest endlich anfangen konnte.

Obwohl das Taxi schon wartete, konnte die Mutter sich nicht losreißen. Sie gingen zwar gelegentlich aus, doch für sie war es ungewohnt, ihre Tochter allein zu lassen.

»Machen Sie sich keine Sorgen«, sagte die Babysitterin. »Ich werde gut auf sie aufpassen.« Dabei wirkte sie so beruhigend verlässlich, und in der Vergangenheit hatte sie ihren Job immer gut gemacht. Deshalb traten die Eltern schließlich in den strömenden Regen hinaus und liefen zum wartenden Taxi.

Im Laufe des Abends machte die Mutter sich zunehmend Sorgen um ihre Tochter.

»Sei nicht albern«, sagte ihr Mann. »Ich wette, sie hat einen Riesenspaß.« Mit einem Blick auf die Uhr fügte er hinzu: »Wahrscheinlich sind sie gerade beim zweiten oder dritten Film und haben bereits den kompletten Eisvorrat verputzt.«

»Meinst du, ich könnte das Telefon am Empfang benutzen?«, fragte seine Frau.

»Jetzt ist es schon ein bisschen spät, um noch zu Hause anzurufen, meinst du nicht? Ich wette, sie sind vor dem Fernseher eingeschlafen.«

Am Ende machten sie sich ein wenig früher als geplant um kurz nach elf auf den Heimweg. Das Drei-Gänge-Menü war verspeist und ehrlich gesagt eine Enttäuschung gewesen, der Hauptgang – das Lamm – bestenfalls fade. Nach dem Essen hatten die Leute die Tanzfläche gestürmt; anfangs hatte der DJ beliebte Oldies gespielt, war dann jedoch zu aktuelleren Charthits übergegangen, die eher nicht nach dem Geschmack des Paares waren, obwohl sie sich beide immer noch jung fühlten. Noch waren sie nicht einmal in der Lebensmitte.

Schweigend fuhren sie nach Hause. Regen strömte an den Scheiben des Taxis hinunter. In Wahrheit waren sie einfach keine Partymenschen, dafür genossen sie die heimische Behaglichkeit einfach zu sehr. Der Abend hatte sie beide ermüdet, obwohl sie nicht viel getrunken hatten – nur ein Glas Rotwein zum Essen.

Als sie aus dem Taxi stiegen, sagte die Frau, sie hoffe, ihre Tochter würde schon schlafen, damit sie beide direkt ins Bett kriechen konnten.

Ohne Eile stiegen sie die Treppe hinauf und öffneten die Tür ohne zu klingeln, um das Kind nicht zu wecken. Doch wie sich herausstellte, schlief ihre Tochter noch nicht. Sie kam ihnen entgegengerannt, schlang die Arme um sie und drückte sie fester als sonst an sich.

»Du bist ja ganz aufgekratzt«, sagte der Vater lachend.

»Ich bin so froh, dass ihr wieder zu Hause seid«, sagte das kleine Mädchen und verzog das Gesicht. Irgendwas stimmte nicht.

Mit einem breiten Lächeln kam die Babysitterin aus dem Wohnzimmer.

»Wie ist es gelaufen?«, fragte die Mutter.

»Sehr gut«, antwortete die Babysitterin. »Ihre Tochter ist so ein braves Mädchen. Wir haben uns zwei Videos angeschaut, Komödien. Sie hatte wirklich Spaß. Und sie hat die Frikadellen gegessen, die Sie vorbereitet hatten – die meisten jedenfalls –, und jede Menge Popcorn.«

»Vielen Dank, dass Sie gekommen sind. Ich weiß nicht, was wir ohne Sie gemacht hätten.«

Der Vater zückte seine Brieftasche, zählte ein paar Scheine ab und drückte sie der Babysitterin in die Hand. »Stimmt das so?«

Die junge Frau zählte nach und nickte. »Ja, perfekt.«

Nachdem sie gegangen war, wandte der Vater sich an seine Tochter.

»Bist du nicht müde, Schätzchen?«

»Ja, ein bisschen vielleicht. Aber können wir noch ein Stück weitergucken?«

Der Vater schüttelte den Kopf. »Tut mir leid, aber es ist schon schrecklich spät.«

»Oh bitte, ich will noch nicht ins Bett gehen«, sagte das kleine Mädchen den Tränen nahe.

»Okay, okay ...« Er führte sie ins Wohnzimmer. Es war bereits nach Sendeschluss, also schaltete er den Videorekorder an und schob eine neue Kassette ein. Dann setzte er sich zu seiner Tochter aufs Sofa, und sie warteten, dass der Film begann.

»Es war doch ein schöner Abend, oder?«

»Ja ... Ja, war es«, sagte sie nicht besonders überzeugend.

»Sie war doch ... nett zu dir, oder nicht?«

»Ja«, antwortete das Kind. »Ja, sie waren beide nett.«

Ihr Vater war verwirrt. »Beide?«

»Sie waren zu zweit.«

Er drehte sich zu ihr um und hakte vorsichtig nach: »Es waren zwei?«

»Ja, zwei.«

»Ist eine Freundin von ihr vorbeigekommen?«

Seine Tochter zögerte. Den Vater schauderte, als er die Angst in ihrem Blick sah.

»Nein. Aber es war irgendwie komisch, Papa ...«

RAGNAR JÓNASSON
bei btb

Hulda-Serie

DUNKEL. *Thriller*
INSEL. *Thriller*
NEBEL. *Thriller*
HULDA. *Thriller*

»Großartig! Hulda ist eine der großen tragischen Heldinnen zeitgenössischer Kriminalromane.«
Sunday Times

»Ein gelungener, stimmungsvoller Krimi mit überraschenden Wendungen und einer außergewöhnlichen Protagonistin.«
Stern (über DUNKEL)

Hulda-Helgi-Serie

FROST. *Thriller*

RAGNAR JÓNASSON & KATRÍN JAKOBSDÓTTIR

Reykjavík. *Thriller*

btb

RAGNAR JÓNASSON

Dark-Iceland-Serie

Schneeblind. *Thriller*
Todesnacht. *Thriller*
Blindes Eis. *Thriller*
Totenklippe. *Thriller*
Schneetod. *Thriller*
Wintersturm. *Thriller*

»Jónasson hält immer die hohen Erwartungen – er schreibt überaus atmosphärische Krimis über einen klaustrophobisch kleinen Ort, in dem alles mit allem zusammenhängt.«

The Guardian

»Wie Agatha Christie serviert Jónasson ein ganzes Dorf von Verdächtigen, die alle ein Motiv für ihr Verbrechen haben könnten.«

Washington Post

btb